空に響くは竜の歌声

紅蓮の竜は愛を歌う

MIKI IIDA
飯田実樹

ILLUSTRATION
HITAKI
ひたき

この物語はフィクションであり、
実際の人物・団体・事件等とは、いっさい関係ありません。

九代目竜王&リューセー

フェイワン

異世界エルマーンの竜王。魂精が欠乏し、幼い姿に若退化したが、龍聖と結ばれて元の姿を取り戻した。龍聖を熱愛し、幸せな家族を作る。黄金竜ジンヨンと命を分け合う。

守屋龍聖（もりやりゅうせい）［九代目］

普通の銀行員だったが突然異世界へ召喚され、竜王に命の力・魂精を与えられる唯一の存在だとわかる。フェイワンを愛し、彼の子供を産む。

シェンファ

長女。不思議な力がある。

インファ

次女。おてんばで明るい。

シィンワン

長男。心優しい次代の竜王。

ヨウチェン

次男。のんきでマイペース。

タンレン

フェイワンの従兄弟で親友。シュレイに長く片思いしていたが、ついに結ばれる。

シュレイ

リューセーの側近。不幸な生まれ育ちでタンレンの愛を拒んでいたが、紆余曲折の末、受け入れる。

ユイリィ

フェイワンの従兄弟。母の罪を黙認したことにより罰されたが許され、今は子供たちの教育係。

ラウシャン

外務大臣。気難しいが頼りになる、竜族（シーフォン）の相談役的な存在。

十代目竜王&リューセー

シィンワン

フェイワンと龍聖の息子。優しく愛情深い青年。呪術師に率いられて西の大陸から攻めてきた軍勢を、姉弟の力をまとめて撃退する。

守屋龍聖 [十代目]

先祖代々の契約によりエルマーンに召喚された高校生。純真無垢で明るい。日本では弓道をやっていて学生日本一だった。

初代竜王&リューセー

ホンロンワン

強大な魔力を持つ初代竜王。竜族を導くために身を削る。龍成と出会い、初めて愛というものを知る。

守屋龍成(もりやたつなり)

誰よりも強い魂精を持つ人間。幼い頃に「龍神様」ホンロンワンに出会い、ずっと彼を想い続け、エルマーンへ迎えられた。

二代目竜王&リューセー

ルイワン

初めて「人」として育った世代の王。人間の国と交流し、エルマーンを豊かにしようと奔走する。エルマーン史上最大の侵略危機をはじめ、数々の苦難を乗り越えた。

守屋龍聖［二代目］

龍神様に捧げられる神子として育った青年。ルイワンに愛され、やがて彼を神としてではなく、夫として愛するようになる。

エルマーン用語集

リューセー

竜の聖人にして、竜王の伴侶。そして王に魂精を与え、王の子供を宿せる唯一の存在。

魂精（こんせい）

リューセーだけが与えることのできる、竜王の命の糧。魂精が得られないと竜王は若退化し、やがて死に至る。

シーフォン

竜族の総称。かつては獰猛な竜だったが、世界を滅ぼしかけて天罰を受け、人間の姿に変えられた。男性は自分の分身である竜と共に生まれる。女性は竜を持たずに生まれる。竜王に率いられており、もしも竜王がこの世からいなくなれば、竜族は正気を保てず、滅びる運命にある。

アルピン

もっとも弱い人間の種族。シーフォンはアルピンを保護するように神に命じられている。物事を学ぶのに時間がかかるが、勤勉で善良な人々。

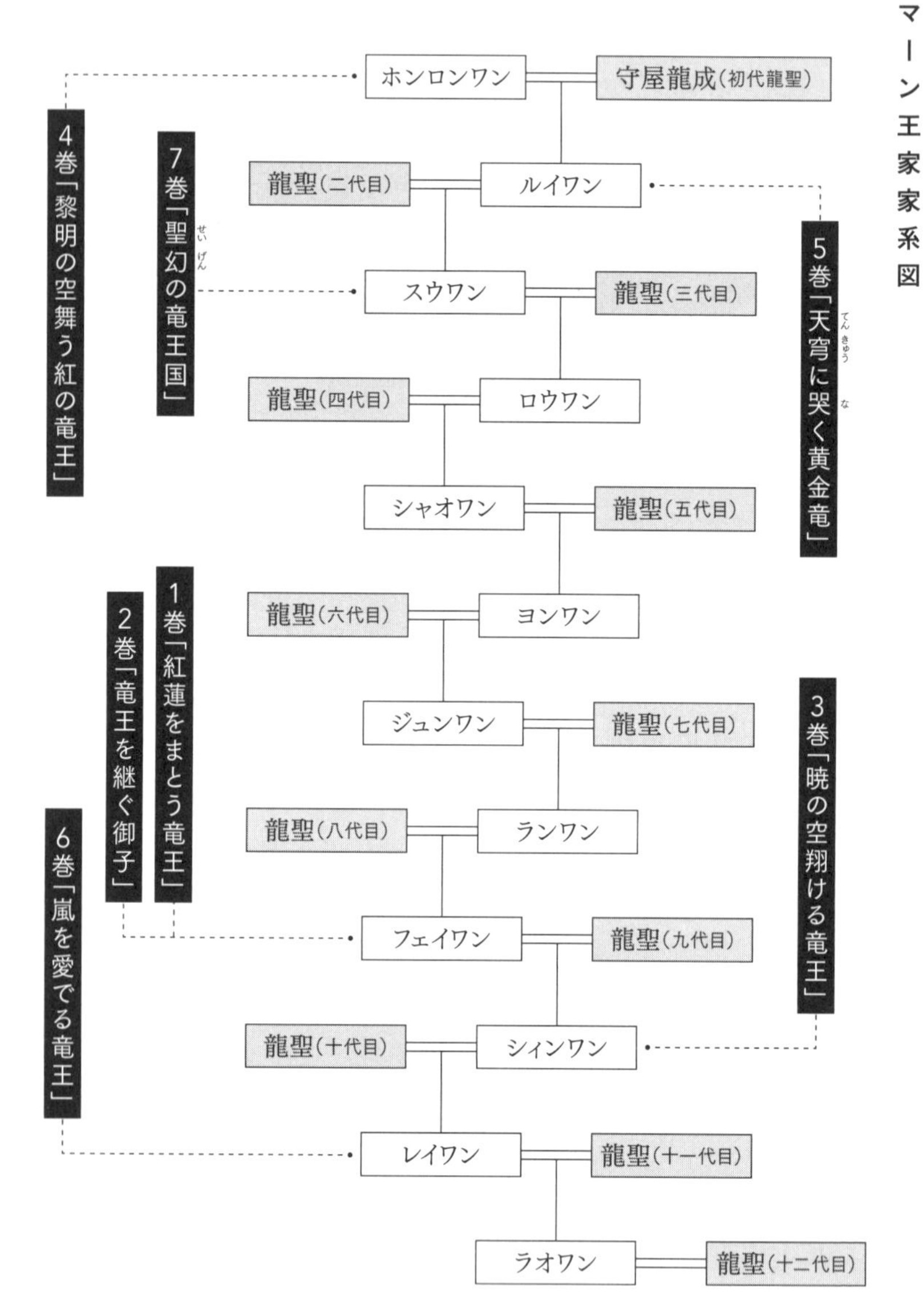
Family tree
エルマーン王家家系図
ホンロンワン
守屋龍成（初代龍聖）
ルイワン
龍聖（二代目）
スウワン
龍聖（三代目）
ロウワン
龍聖（四代目）
シャオワン
龍聖（五代目）
ヨンワン
龍聖（六代目）
ジュンワン
龍聖（七代目）
ランワン
龍聖（八代目）
フェイワン
龍聖（九代目）
シィンワン
龍聖（十代目）
レイワン
龍聖（十一代目）
ラオワン
龍聖（十二代目）
5巻「天穹に哭く黄金竜」
3巻「暁の空翔ける竜王」
7巻「聖幻の竜王国」
4巻「黎明の空舞う紅の竜王」
1巻「紅蓮をまとう竜王」
2巻「竜王を継ぐ御子」
6巻「嵐を愛でる竜王」

空に響くは竜の歌声　紅蓮の竜は愛を歌う

――はるか昔、この世で最も強い生き物であった竜に、人間が戦いを挑んだ。人間達は知恵を出し、強靭な体を持つ竜を倒すための武器を作り上げた。次々と竜を倒す人間達に、竜は怒り狂い世界のすべての生き物を殺し始めた。

獰猛で残虐な竜に対抗出来る者はなく、世界は破滅へと向かっていった。

天上の神々は、暴れ狂う竜を止めるため雷を落とした。雷は竜の体を貫き、次々とその命を奪っていった。

竜族の長であるホンロンワンは、神々に命乞いをし、竜族の絶滅を食い止めようとした。

神々はホンロンワンの願いを聞き、代わりに竜達に天罰を与え生きることを許した――。


シィンワンは、はっきりと大きな声で、歴史書の一節を読んでいた。子供のシィンワンには、まだ難しい言葉や言いまわしがあったが、なんとかそこまで読み終えると、本から視線を上げて、側にいる教育係のユイリィをみつめた。

「よく読めていますよ」

ユイリィが優しく言ったが、シィンワンは少し浮かない表情をしている。それに気づいたユイリィが、不思議そうにシィンワンの顔を覗き込んだ。

「シィンワン様、どうかなさいましたか？」

「なぜ人間は竜に戦いを挑んだのでしょうか？」

「人間にとって竜はとても怖い存在でしたから、身を護るために戦ったのです」

「怖いのに戦うのですか？」

「竜は獲物を狩るために、時々人間の国の近くにも現れていました。家畜を襲うこともありました。人間達は自分達の町や家を護るために戦ったのです」

ユイリィの説明を聞いて、シィンワンはますます浮かない表情をした。

「竜は……そんなに悪い生き物だったのですか？」

シィンワンの表情とその言葉に、ユイリィは慌てて言葉を選びつつ慰めようとした。

「人間にとってはそうかもしれませんが、竜はわざと悪行を働こうとしたわけではありません。野に生きる動物と家畜の違いは、竜にとっては関係のないものなのです。これは別に竜に限ったことではなく、狼や他の肉食の獣が、人間の村や町に入り込み家畜や人を襲うことは、今でもよくあることです。ただ竜はそれらの肉食の獣と比べても、極端に体が大きく力も強く、人間にとっての被害が甚大になっていたため、武器を取って戦うという状況にならざるを得なかったのです」

ユイリィの話を聞いて、シィンワンは考え込んだ。

「この……昔の人間は竜を倒す武器を作ったのでしょう？　今の人間も竜を倒す武器を持っているのですか？」

「いいえ、持っていませんよ」

「どうしてですか？」

「え？　……それは……私の知る限り、我々の竜が人間から攻撃を受けたことがありませんから……千年以上は戦争を仕掛けられたこともありませんし、今の人間はその武器を持っていないのだと思います」

シィンワンの思いがけない質問に、ユイリィは困惑した様子で答えた。その答えは、シィンワンを納得させるものではなかったらしく、相変わらず浮かない表情をしている。

「シィンワン様？」

ユイリィが心配そうに声をかけると、シィンワンはそんなユイリィの様子を察して、少し笑みを作った。

「分かりました。ありがとうございます」

「大丈夫ですか？　私の説明がうまくなくて申し訳ありません」

「いいえ、先生の話はとても分かりやすいです。すみません、勉強を続けましょう」

シィンワンが笑顔でそう言ったので、ユイリィは気がかりではあったが授業を進めた。

「え？　シィンワンが？」

ユイリィは、その日あったことを龍聖に話していた。

「はい、シィンワン様はとても聡いお子様です。年齢相応に思っていると、大人でも驚くような深い見識をお持ちになっています。こちらが教えるよりもずっと深く物事を捉えていて、疑問質問が大変多いです。私も教えるつもりが、逆に教えられるといいますか……こちらでその日教えようと思っていたよりも、もっと深い質問を投げかけられたりしてしまって、なかなか先に進めません」

ユイリィはそう言って苦笑した。

「シィンワンってそんなにおりこうなのかぁ……シィンワンは三十六歳だから人間でいうと七歳くら

いだよね。ついこの前まで、勉強に集中出来ず、お姉ちゃん達と遊ぶことばかり考えて駄々をこねていた子とは思えないね」

龍聖が驚いて目を丸くしながらそう言ったので、ユイリィはさらに苦笑した。

「実は私も同じように驚きまして……シィンワン様を侮っていたようで、本当に恥ずかしい限りです。さすが竜王様だと思い知らされました」

「いつからなの？　ユイリィがそんな風に驚くということは、最近のことなんだよね？」

「はい、最近のことです。シィンワン様もだいぶん難しい単語まで読めるようになりましたので、学習に書物を取り入れ始めまして……あわせてエルマーン王国の歴史についても少しずつですが、学び始めました。今日はそれで歴史書の一節を読んでそのようになった次第で……」

ユイリィの説明に、龍聖はなるほどというように頷いた。

「歴史書は今日初めて読んだの？」

「いいえ、読み始めたのは数日前ですが、最初は難しい言葉や言いまわしがあるので、ひとつひとつ分からない言葉を教えて、その意味も理解していただくように、学んでいました。今日はそれらがある程度進んだので、一節を通して読んでいただき、私は改めてその内容について教える予定でした。ところがシィンワン様の方から先にいろいろとご質問がありまして……予定とはずいぶん変わってしまったのです。シェンファ様やインファ様の時にはそのようなことがありませんでしたので、私も驚いたわけです」

「そうなんだ……これがその歴史書だよね」

龍聖はユイリィの持っていた本を受け取り、中を開いてパラパラと流し読みした。

「うん、そうだね……オレもこの世界に来た頃に、シュレイからこれを読むように渡されたな。確かにエルマーン語を覚えたての頃は、単語とか言いまわしが難しくて読みにくかったけど、内容としては子供でも分かりやすくまとめてあるよね。オレのエルマーン王国の歴史に関する知識もこの程度だよ」

龍聖は本を閉じてユイリィに返した。

「これよりも詳しい本はあるの？」

「はい、ございます。これは降臨したばかりのリューセー様やお子様達のために、分かりやすく要点のみを抜粋したものです。さらに詳しく学びたいと思う大人のための本は書庫にございます」

「そっかぁ……ユイリィはそれらの本で勉強したんだね」

「はい、若いシーフォン達は、それぞれ書庫で勉強をします。書庫にいる学者達が、先生として若いシーフォン達に教えています」

「なるほど……自主的に通う塾みたいなものか」

「じゅく……ですか？」

ユイリィが不思議そうに首を傾げた。だが龍聖は笑って誤魔化した。

「まあ、そういうことなら、オレも改めて勉強しようかな」

「リューセー様が勉強をなさるのですか？」

ユイリィはとても驚いた。龍聖はニコッと笑う。

「うん、オレ、婚姻の儀の後、すぐにシェンファを妊娠しただろう？　それから子育てとかでバタバタしていて、その上次々と四人も産んじゃったし、なんやかんやであまり勉強をしていないんだよね。

言葉は自然に話せるようになっていたし、文字も書けるようになったから、たぶんそれ以上は必要ないと思って、シュレイがうやむやにしてくれたんだと思うんだ。エルマーン王国の歴史についても、その本に書いてある範囲を知っていれば、特に支障はないだろうって思われているんだと思う。まあ、実際のところ今までまったく不自由はしていないしね。だけど子育てにも慣れて、上の子達はもう手がかからないし、自分の自由な時間もあるし……毎日遊んでいるより、勉強した方が良いと思うんだ」

龍聖の話を聞いて、ユイリィは感銘を受けて一礼をした。

「リューセー様には心からの敬意を表します。普通リューセー様のようなお立場にある方は、そのように今さら勉学に勤しむようなことをなさらないと思います。このことをシーフォン達が知れば、きっと自らを省みることでしょう」

「そんな大げさな」

龍聖は少し赤くなって照れたように笑った。

「オレ、昔から勉強は好きなんだよ。試験勉強とかはあまり好きじゃないけど、知らないことを知るのって結構楽しいし……エルマーンの歴史には興味あるしね」

ユイリィはさらりとなんでもないことのように言い切る龍聖に、感心しながら微笑んで頷いた。

龍聖はその後早速シュレイに、勉強したいと相談をした。

「書庫でお勉強をなさるのですか？」

シュレイが少し驚いたように聞き返したので、龍聖は苦笑してしまった。

「シュレイも驚くんだ」

「驚きますよ。リューセー様はもう特に勉強を必要とはしないと思っていますから……」

龍聖は、そんなシュレイの反応を見て、日頃勉強をしない子が急に勉強をするなんて言ったら、母親はこんな反応をするのかな？　などとどうでもいいことを思った。

「だけどさ、ユイリィに聞いて分かったけど、オレがシュレイから教わったことって、すごく初歩的というか……割と低年齢の子供達が教わるようなことだろう？　もっと大人が学ぶべき本があるなら、学んでみたいよ。ヨウチェンの世話は乳母に任せて大丈夫でしょ？　一日中ってわけでもないから、それくらいの自由な時間はあると思うんだけど」

「もちろん……それはもちろんです。お子様方のことは、乳母や私やユイリィに任せて、リューセー様はもっとご自分のために時間を使っていただいていいのです。ただそれは、寛いでいただきたいと思ってのことで……まさかわざわざお勉強をなさりたいだなんて……」

狼狽えたように言い訳をするシュレイに、龍聖はクスクスと笑った。

「まあシュレイの言いたいことは分かるよ。だけどな～……この世界には、オレが向こうの世界でやっていたような趣味や娯楽がないからなぁ」

「リューセー様は、大和の国でどのようなご趣味をお持ちだったんですか？」

シュレイに尋ねられて、龍聖は少し考え込んだ。

『映画観に行ったり、ドライブしたり、好きな歌手のライブに行ったり……なんて言えないよね』

「うん、まあいろいろ……説明が難しいからさ。でも遊びだよ。遊び」

龍聖は両手をひらひらと振って、にっこりと笑って答えた。シュレイはそれ以上踏み込んでこなかった。

「とにかくそういうわけで、これからしばらく勉強したいから、書庫に通っていいかな？」

「はい、かしこまりました。リューセー様はお子様方のことや、それ以外のことなども何もご心配なさらずに、好きに時間をお過ごしください」

「ありがとう。じゃあ、早速行ってきます」

「いってらっしゃいませ」

龍聖はご機嫌な様子で、シュレイに手を振ると私室を出ていった。


龍聖は二人の兵士を従えて、ふたつ下の階にある書庫に向かう。書庫には一度行ったことがある。図書館みたいなところだ。世界中からあらゆる書物を集めてある。

初めて龍聖が行った時は、そういえばシーフォンの子供達が、熱心に勉強をしていた。シーフォンの子供達には、王の御子（みこ）のように専属の養育係がついているわけではない。それぞれが書庫に通って勉強をするのだ。

恐らくこの世界では学校がある国は稀（まれ）だろう。

龍聖のいた世界でも、義務教育は十九世紀以降に施行されるようになったくらいだから、この世界に学校というものが少ないのも仕方ないのだろう。

エルマーン王国にもかつては学校がなかった。だがそれは過去の話だ。龍聖がアルピンのために小学校を作り、今ではアルピンの子供達はみんなそこで教育を受けている。

　もともと以前からシーフォンの子供達には学びの場があり、王の御子だけではなくシーフォンの子供達は皆、書庫に通って勉強をしていた。それはとても良いことだ。きっと歴代の龍聖が、そうするように進言してきたのだろう。

　でもアルピン達には、城で働くような限られた者達にしか学びの場がなかった。すべての国民に義務教育を……最低限の教育を施したいと、小学校を作るように提案した。だから今のエルマーン王国では、すべての国民が文字の読み書きが出来、計算も出来る。

　本当は高等教育もやりたいのだが、そこまではなかなか難しそうだと龍聖は諦めた。それを実行するためには、もっと文化水準を上げる必要があるし、高等教育の必要性に同意してくれる同志も必要だ。龍聖には高校や大学を作れるだけの知識はない。

　現在のアルピンの小学校は三年制だ。最低限の教育である国語・算数・社会（歴史含む）を学ばせている。すべての国民が、読み書き計算が出来るようになることが、当面の目標だった。それだけでもこの世界では初めての試みだったし、エルマーン王国の教育水準を上げることが出来たと思う。

　龍聖がこうして進んで勉強をすると言ったら驚かれたくらいだ。やはり高等教育はまだまだ難しいなと思いながら、書庫の扉を開いた。

　広いその部屋には、たくさんの大きな本棚が並んでいて、びっしりと本が詰まっている。中央には大きな長机がいくつか並び、さながら龍聖の知る図書館のようだった。

　四人のシーフォンの子供が、勉強をしている最中だった。突然の龍聖の訪問に、子供達も学者達も驚いている。

龍聖は付き添いの兵士達に外で待ってもらい、一人で書庫の中に入っていった。すぐに一人の学者が奥からやってきた。この書庫の責任者だと思われる。

「リューセー様、本日はいかがなされましたか？」

中年のシーフォンが、恭しく一礼をして龍聖に声をかけた。

「突然お邪魔してすみません。ちょっと勉強がしたいのですが、ここを使ってもよろしいですか？」

「勉強……リューセー様が……ですか？」

男が驚いて聞き返した。

「はい、もちろんです」

龍聖がにこやかに答えると、ますます男は驚いている。

「何かお調べになりたいことがございましたら、お部屋の方へ必要な書物をお届けいたします」

「いえいえ、その必要はありません。私が毎日ここに通えば済む話ですから」

「ですが……」

男は困惑したように目をうろうろとさせている。シュレイが驚いたくらいだから、普通はみんな驚くよねと、龍聖は内心思っていた。

龍聖がこの世界に来てもうずいぶんとたつ。さすがに城での生活にも慣れたし、自分の立場も理解している。『王妃』としての立ち居振る舞いも板についてきた。龍聖にとって普通のことも、こちらでは普通ではないことは、重々承知しているし、この世界の基準に合わせるべきだということも覚えた。

たとえば外出する際は、城内のすぐ近くの場所に移動するだけであっても、護衛の兵士を連れて歩く。龍聖は必要ないと思っていたけれど、城内であっても絶対に安全であるとは言えないし、龍聖は王妃であり守られるべき大切な存在であるため、護衛は必要だと理解した。

ちょっとした用事も、侍女やシュレイに頼んだ方が良いことも理解した。自分で出来ることは自分でやる……のではなく、王妃という立場では、人に頼んだ方が良いことも多い。皆もその方が安心するし、喜んでくれる。そう理解した。

そして彼らの気遣いや意図を理解した上で、時には彼らの申し出をうまく断り自身の主張を貫く術も覚えた。

「ここだとすぐに読みたい本を探せますし、何より貴方がたに質問も出来ますから便利なのです。ご迷惑はかけないようにしますから、こちらで勉強をさせてください」

戸惑っている学者に、龍聖はにこやかにそう説明した。

「迷惑だなどと……それではこちらに」

男が奥へ案内する素振りを見せた。龍聖はそれを断り「ここでいいです」と言いかけたが、子供達が頬を紅潮させて、ずっと龍聖をみつめていることに気がついた。これでは彼らの勉強の邪魔になってしまう。

『まあ、そうだよね、仕方ないか』

龍聖は特別扱いされることを仕方なく受け入れて、男に従い書庫の奥へ歩いていった。

奥には学者達が使用する小部屋があり、その中に案内された。部屋にいた二人の学者が、驚いて立ち上がる。

「お邪魔をしてしまって申し訳ありません。どうか私に構わず仕事を続けてください」

龍聖が彼らにそう言うと、皆は姿勢を正して一礼した。

『あ～、やっぱりみんなの邪魔しちゃうなぁ……でも私室にいちいち本を届けてもらうのも申し訳ないと思ったんだよね。もしも思っていたのと違ったら、また探してもらったり、往復させたりとか、いろいろ手間になると思ったんだけど……』

もちろんこうなることは、ある程度想定していたつもりだったが、皆から伝わる緊張感が想定以上のもので、龍聖は申し訳ない気持ちでいっぱいになった。

「こちらの机をご利用ください」

ここまで案内してくれた男が一番立派な机を示してくれた。たぶんこの机は学者長である彼の机なのだろう。

この世界に来たばかりの龍聖だったら、とんでもないと慌てて断るところだ。だが今では彼の敬意を断るのは失礼に当たることも分かっている。そういう家臣達の忠誠や誠意を、遠慮なく受け取ることも『王妃』という立場である龍聖がしなければならないことだと知った。仕事の邪魔をして迷惑をかけてしまうのは間違いないのだが、それでもここで龍聖が彼の敬意を喜んで受ければ、彼は『リューセー様のお役に立てた』と誉(ほまれ)に思うのだ。

「ありがとうございます。それではこちらを使わせていただきます。勉強が捗(はかど)りそうですね」

龍聖が笑顔でそう言って椅子に座ると、男は嬉しそうな表情をした。

「必要な本を言っていただければお持ちいたしますが、何が必要ですか？」

「えっと……この国の歴史について学びたいのだけど、本は何種類もありますか？　あっ、子供が学ぶ用の本は読んだことがあるので……これくらいの割と薄い赤茶色の革の表紙の本です。それ以外の本が読みたいのです。もっと詳しく書かれた本を……」

「それでしたら本は一種類しかありませんが、ただ冊数が多いです。なにしろフェイワン様が九代目竜王ですから、それまでの歴史がすべて書かれています」

「ああ、そうか……それでしたらまずは最初の本を読ませていただけますか？　それと他の国の歴史というか、この世界の歴史が書かれている本はありますか？」

「他の国ですか……そうですね、もちろん全部の国というわけには参りませんが、いくつかございます」

「そうか……それって同じ棚にありますか？　もしもよろしければ、その場所までご案内いただいて、ちょっと中身を確認してから、どれを読むか決めたいのですけど」

「かしこまりました。ご案内いたします」

いちいち彼に持ってきてもらうのでは、書庫まで来た意味がない。図書館のように自由に探すことが出来ればいいのにな……と龍聖は思ったが、不自由なのも仕方がないと諦めて、大人しく学者長の後に続いた。

さすがは学者長というべきか、迷うことなく真っ直ぐに目的の棚へ辿(たど)り着いた。どの棚に何の本があるのかすべて把握しているようだ。

学者長は本棚の少し上の方から一冊の本を取り出した。厚みのある立派な革の装丁の本だ。

「これがエルマーン王国の歴史書です。各巻、竜王様の御世(みよ)ごとにまとめてありますので、現在八巻まであります」

「八巻……」

龍聖はその本のあった棚へ視線を向けた。八巻は他の本の半分ほどの厚さしかなかった。先代……フェイワンの父の代だ。そう思ったら、切ない気持ちになる。

「この本棚には歴史や世界情勢に関する書物が取り揃えてあります。あらゆる国から入手したもので、中には事実と異なることの書かれた本も多数あります」

「事実と異なる？」

「いわゆる創作物の類です。お伽噺と言いますか……そのような本の多くは、その国の国王が自分の武勇伝を軍記として書かせたもので、王を讃えるための大げさな脚色が加えられているのです」

「あ～……なるほど」

龍聖は興味深いという顔で、目の前に並ぶ本をみつめた。

「もしかしてこれとかそうなのですか？」

龍聖は一冊の本を取り出した。眩しいばかりに金箔を施してある豪華な装丁が目についたのだ。

「はい、そうです。よくお分かりになりましたね」

「こんな豪華な本、王様のためのものって感じですよね」

龍聖はクスクスと笑いながら、本を開いて中を見た。いくつか挿絵が入っていて、王様らしき立派な体格の男が、男の何倍もの大きさの熊のような獣と戦っている様子などがある。

「面白いなぁ」

『こういうのも、もちろん印刷技術とかないから、まだ全部写本なんだ。絵は版画みたいだけど……すごいよね』

読みやすい綺麗な文字でびっしりと書き込まれた頁を、龍聖はじっとみつめながら思った。

「分かりました。ありがとうございます。一度にそんなには読めないと思うので、今日はこのエルマーン王国の歴史書だけにします。でも場所は分かりましたから、次からは私が自分で探しますね。どうか皆さんに、私に構わず仕事をするようにお伝えください。もちろん貴方も」

「は、はい、かしこまりました」

「分からないことがあればお尋ねします」

龍聖は学者長に会釈をして、本を持って先ほどの部屋へ戻った。

机に着くと本をパラパラとめくってみた。さすがに龍聖が読んだ歴史書とは、全然中身が違うと感じた。

国内での出来事だけではなく、シーフォン、アルピンの人口の推移や、城の構造、町の成り立ちなど、衣食住に関することまで、当時の資料を基に後年の学者がまとめたと思われるデータが、細かく記載されている。一巻はホンロンワンの統治時代。エルマーン王国建国からの、本当に国の歴史の始まりだ。

データを見れば、いかに『何もなかった』のかが窺い知れる。とても興味深いものだと思った。

「日本の歴史で考えれば大和朝廷を開いたくらいの感じなのかな？　原始人じゃないしね……当時シーフォンはまだ人としての文化を持っていないけど、世界にはすでに文化的な生活を送る人間の国があったのだから、それを真似ていたんだな」

龍聖は熱心に本を読み進めた。

「ほお……勉強を始めたのか」

「はい、子供達に負けていられないなと思って……だってシィンワンが読み始めたエルマーン王国の歴史書は、オレが学んだ本とまったく同じで……ということは、オレの知識量はあれくらいの低年齢の者と同じだったんですからね」

「だがリューセーは、大和の国でもっと難しい勉強をたくさんしていたのだろう？　えっと……そうだ。ダイガクとかいう大人が通う学校にも行っていたと教えてくれたではないか」

「まあ、そうですけど……」

「お前がこの世界のことを知らなくて当然だ。しかしエルマーンの誰よりもお前は博識だ。計算も速いし、他にも我々の知らないことをたくさん知っている。それなのにまだ勉強をするのか？」

夜になって、いつものようにソファにフェイワンと並んで座り、互いにその日あったことを報告し合う。龍聖は勉強を始めたことを、早速フェイワンに報告していた。

フェイワンは龍聖を抱き寄せながら、耳元で甘く囁くように言って、龍聖の首筋に口づけた。

「オレはもうこの世界の人間なんですから、この世界のことを知ることは大事だし、勉強をして無駄になることなんてないと思います。他にすることがたくさんあるならともかく……オレは専業主婦だし……いや、家事も育児も人任せだから専業主婦でもないか？　ただの暇なニートみたいなものか？」

龍聖の呟き(つぶや)は途中から独り言のようになっていた。首を傾げてぶつぶつ呟いていると、フェイワンが優しく髪を撫でる。

「センギョウシュフとかニートとかは分からないが、お前は『リューセー』で『エルマーン王国の王妃』だ。仕事はないかもしれないが、お前でなければならないことはたくさんある。オレやシィンワンに魂精を与えるのだって大事な役目だし、ヨウチェンもまだお前の魂精が必要だ。娘達ももう手がかからなくなったといっても、お前が必要だ。日常に決まった仕事がなくても、お前にしか出来ない役目がある。それだけでも十分に忙しいはずだよ」

龍聖はじっとフェイワンをみつめた。フェイワンは、あまりにもずっと黙ったまままみつめられるので、困ったように苦笑した。

「なんだ？　オレの顔に何かついているか？」

「ああ、いえ……フェイワンって、何を言ってもオレのことを、すごく褒めまくりますよね。それにちょっと今さらながら感心してしまったのです。以前からそうでしたけど……オレを褒めることに関しては、フェイワンの右に出る者はいませんね」

「なんだ？　変か？」

「いえ、感心していると言ったじゃないですか……喜んでいますよ。でもオレはそうやって、いつでもフェイワンに甘やかされて褒めまくられて、ダメな人間になってしまいそうで怖くなります」

「リューセーも時々面白いことを言うよな」

「そうですか？」

龍聖がクスクスと笑って、フェイワンの頬に口づけると、フェイワンも笑って龍聖を抱きしめた。

「代々の竜王の最大の悩みを知っているか？」

「代々の竜王の最大の悩みですか？　それって歴史書に載っています？」

「いや、載っていないと思う」

「なんですか？　教えてください」

「リューセーが働きたがることだよ」

「働きたがる……ですか？　本当に？　それが悩みなのですか？」

龍聖は思わず吹き出してしまった。

「本当だ。リューセー……他国の……世の王妃達が毎日どんなことをして過ごしているか知っているか？」

「他の国の王妃様達ですか？　なんだろう？　そもそも王妃の仕事が何なのか、未だに分かっていないんですよね」

「ほら、また仕事って言った」

フェイワンがそう言って、腕の中にいる龍聖の脇を、こちょこちょとくすぐる。龍聖は笑いながら身を捩らせた。

「だって……王様も仕事をしているでしょう？　だから王とか王妃って役職というイメージなんですけど違うのかな？」

「まあ、そうかもしれないが……とにかく世の多くの王妃達が毎日何をしているか……まずサロンに友人を招いてお茶会をする。お茶会は大抵朝から夕方までだ。ずっとおしゃべりをして過ごす」

フェイワンが右手の人差し指を立てて、少しおどけたように話した。

「次にドレスを作る。これは体の採寸から始まり、生地の色を選んだり、飾りを選んだり、一日仕事だ。それから次にダンスの練習……これは宴の時に舞踏会を開くこともあるから、とても大事な仕事だ。趣味の時間も必要だ。王妃達の多くが、刺繍をしたり、カードゲームに興じたりする時間を楽しむ。来賓をもてなすのも、もちろん大事な仕事だ。宴を開いて、ダンスをし、もてなすためにドレスで着飾り……それから次の仕事のために、またドレスを作り、ダンスをし、刺繍をして、お茶会を開く……毎日大忙しだ」

龍聖はフェイワンの話を聞きながら、漫画かアニメで見たかつてのフランス王室の華やかな暮らしを頭に思い浮かべていた。『パンがなければお菓子を食べればいいじゃない』って言ったという有名な王妃様がいたっけ？　なんてことを考える。

「え？　本当にそんな感じなのですか？　そういうのって、てっきり漫画とか……あ、いや、その、お伽噺の中のことかと思っていたんですけど……」

龍聖が笑いながら尋ねると、フェイワンは至って本気だというように、何度も頷いた。

「そもそもお前は……いや、お前に限らず歴代のリューセー達は、皆贅沢を望まぬ。大和の国というところは、本当に不思議な国だな。皆がそんなに勤勉で、質素で、堅実なのか？」

「そんなことはありませんよ。日本人だって……大和の国にだって悪人はたくさんいるし、悪人でなくても、仕事をしない者や贅沢が好きな者もいます。オレはともかくとして、今までのリューセー達だったらたぶん……龍神様にお仕えする神子みたいな存在だったから、慎ましやかだったんではないでしょうか？　仕事のことにしてもそうです。皆王妃としてではなく、龍神様にお仕えすると思って来ているから、龍神様のために働かなければって思っていたのでしょう」

龍聖に言われて、フェイワンは「う～ん」と言って腕組みをした。

「まあ……それは分からないこともないが……働くなと言っても働くのは困る。何が困るって家臣達やアルピン達が困るのだ」

「そうですよね、それはオレも大分分かってきました。確かにオレも支店長に、オレの分まで働かれたら困るもんなぁ……上に立つ者にはそれなりの役目があるのは分かります」

龍聖は、自分が働いていた銀行のことを思い出してそんなことを言った。

「だけど話は少し変わりますが、最近気がついたことがあるんですよ」

「なんだ？」

「オレやフェイワンや……シーフォンは人間に比べて長命でしょう？　この世界の人間の平均寿命って、たぶん六十歳くらいですよね。アルピンはもっと短いかな？　それに比べてシーフォンは三百年以上生きる。でも同じ世界に生きているから、時間の流れは同じじゃないですか。朝起きてから夜寝るまでの時間は、人間と同じだし、一年の日数も同じ……それだとすごく時間が余って退屈じゃないかな？　って以前は思っていたんですよ」

「時間が余って退屈？」

龍聖の言葉が、少し不思議だったので、フェイワンは首を傾げた。

「ですから六十年しか生きない人にとっての一日と、三百年生きる人の一日って、違うと思うんです。ほら結婚したばかりの頃、フェイワンが言っていたじゃないですか。子供が出来にくいけれど、我々にはたくさん時間があるから焦らなくていいって……この世界の寿命から考えると人間の女性が、子供を産める期間って十五年くらいだと思うんです。だけどシーフォンなら百年以上はあると思います。ね？　時間の価値が違うと思いませんか？」

フェイワンは話を聞きながら考え込んでいる。

「うん、まあ言われてみれば確かに……お前の言いたいことは分かる」

「何かを作ろうとか、何かを成し遂げようとか思った時に、人間が二十年もかけてやってしまったら、結構年を取っていて残りの人生は僅かということもあるけれど、シーフォンだったら二十年なんてたいした期間じゃないから、まだまだやれるってことになるでしょう？」

「そうだな……つまりお前は何も仕事がないまま、十年も百年も生きるのは退屈だと思ったんだな？」

「そうです！　その通りです」

龍聖は嬉しそうに何度も頷いた。

「それで？　お前が以前はと言うからには、今は違うと思っているんだろう？」

「さすがフェイワン……そうなんです。確かに何もすることがなければ退屈なのは変わりないと思うのですけど、少なくともオレの場合はすぐに妊娠したし、産んで育てて、また産んで……と子供を四人も産んだから、割とやることはあったんです」

「そうだな、お前はたくさん子供を産んでくれた。感謝している」

フェイワンはそう言って、愛しそうに龍聖の頬や額に口づけた。

「ふふ……それで……子育てなんて、オレはたいしたことはしていないんですけど……乳母もシュレイもいるから……だけど毎日忙しくて、あっという間に月日がたつんですよ」

「うん」

「あっという間です」

龍聖はフェイワンの腕の中から身を起こして、もう一度同じことを言った。フェイワンは少しばかり戸惑いつつも、また「うん」と頷く。

「シェンファなんてもうあんなに大きくなりましたけど……七十二歳……オレがこの世界に来てからの月日とほぼ同じです。それがあっという間なんですよ？　シェンファは人間で言うと、十四、五歳くらいですよね。十四年があっという間というなら分かりますが、七十年があっという間なんて、普通は思いませんよ。人間なら一生分です」

「そ、そうだな……うん、まあそうか」

龍聖が手振りを入れて熱弁するので、その勢いに押されるように、フェイワンは同意した。

「そうなんです。オレ、子供を育てたおかげで気づいたんです。さっき人間とシーフォンでは時間の価値が違うと言いましたけど、そもそも時間の感覚が違ったんです」

「時間の感覚？」

「人間にとっての一時間は、シーフォンにとっては十分くらいの肌感覚なんです」

「十分くらい？」

「この世界の一日って三十時間ありますけど、シーフォンにとってはほんの数時間くらいじゃないかな？　って思うんです」

フェイワンは首を傾げた。さっきまでは龍聖の言っていることもなんとなく理解出来ていたが、今はまったく分からなくなっていた。何を言っているのだろう？　と当惑してしまう。

「赤ちゃんを見ていると分かるんです」

「赤子が？」

「はい、私達は自然と人間達に合わせて生活をしています。この世界の時間に合わせて生きています。朝起きて働いて夜眠る……仕事もこの世界の……人間が作った時間を基に動いています。時計を見て、会議は一時間だとか、接見は午前中だとか……だけど赤ちゃんは違うのです。まだ人間の時間という概念を知らないので、たぶん純粋なシーフォンのまま……竜族のままなのです。眠い時は一日中寝ます。起きている時は一日中起きています。機嫌が悪いと一日中ぐずっています。生活の単位がとても長いんです。だからオレも最初のうちは、なんで寝てくれないんだろう？　なんで泣き止まないんだろう？　全然起きないけど大丈夫なの？　と赤ちゃんに振り回されていました。シュレイ達は、シーフォンの赤ちゃんを見慣れているのでそんなものですと、別に気にしていなかったけど……乳母のアルピンは、一人では面倒をみられないので、三人交代でみていました。あれはシーフォンの体内時計がそうだからなのかな？　って気づいたんです」

「ほお」

フェイワンはようやく龍聖の言いたいことを理解した。そしてそれはとても面白いと思った。

「シーフォンが竜だった頃は、日の出日の入りに関係なく、好きなように生活していたのではないでしょうか？」

「なるほど」

フェイワンはとても興味深いというように、背もたれに寄りかかって寛いでいた体を、少し起こして前のめりになった。

「オレも長命の体になって、自然にそういう体感になっていたんです。だけど頭の中は元の人間だった頃の思考が残っているから、一日がものすごく速く過ぎていくように感じるんです。勉強とか、仕事とか、育児とか、何かをしようと思っても、時間があっという間に過ぎるので、今日も思っていたほど出来なかった！　ってことがよくあって……自分では気づいていないけど、人間だった頃よりも動作とかいろいろなことがゆっくりになっていると思うんです。人間だった頃は一日あれば出来た仕事に、三日もかかっているとか……たぶんそんな感じに変わってしまっていると思います。だからオレがすごく仕事熱心に見えても、意外とそうでもなかったりするんですよ。今日だって半日かかって本を一冊読みきれなかったし」

フェイワンは楽しそうに笑った。

「だがそれと、リューセーが仕事をしたがるのはまた別の話だろう。勉強なのは性格の問題だ」

フェイワンの言葉に、龍聖も笑いだした。

「まあ、確かにそうなんですけどね……だから話を戻すと、時間が余って退屈でしょうがないことはなかったんです。オレにとっての一年は、ほんの二、三ヶ月のことだったんです」

「なるほど、その考えは面白い。言われてみれば説得力もある。しかしそれならば、我々の行動がゆっくりだと、アルピン達はやりにくいと思っているのだろうか？」

「そこなんですけど……アルピンって、とても真面目で勤勉ですが、他の人間に比べると能力が低いと言われているではないですか？　仕事がゆっくりだとか、覚えるのが遅いとか……でも何事も遅いだけで、時間をかければなんでも出来るようになるし、とても優秀なんです。つまりのんびりした気性のシーフォンと相性がいいんですよ。だから今まで何も問題にならなかったんじゃないでしょうか？」

「それは……すごいな」

フェイワンはとても驚いていた。

「リューセー、すごいよ……今まで誰も気づかなかった。お前は本当に頭が良いな！」

「そんなことはありませんよ」

フェイワンは楽し気に笑顔でそう言って、龍聖を抱きしめた。龍聖は照れ臭そうに笑って首を振る。

「しかし……そんなにゆっくり動いているなんて自覚はないんだが……アルピンは問題ないとしても、他の国の人間はどう思っているんだろうか？　ゆっくり動くなんて変だと思われていないだろうか？」

フェイワンが真剣に心配を始めたので、龍聖は大笑いをして首を振った。

「フェイワン！　ですから『ゆっくり』と言ったのは、あくまでもこの状態を表すために言った言葉で、本当に私達がこう……ゆっくり動いているというわけではないですよ。バタバタしている時は、速く動いているはずだし、まあ普通に歩いている時だって、ちゃんとした動きで歩いているはずです。目に見えて動きが遅いというものではなく、あくまでも体感的な感覚の問題です。地上には重力というものがありますから、そんなにゆっくり動こうと思っても出来るものではありませんし……ああ、重力というのはこの星……そのぅ……大地に引っ張られる力のことです。ほら、物は下に落ちるでしょう？　まあそれはともかくとして、周囲の人間が変に思うほど、ゆっくり動いているわけではないはずなので大丈夫です」

龍聖は身振り手振りを交えて説明をした。フェイワンはそれを面白そうに笑いながら聞いている。

「それじゃあ、ラウシャンがせっかちなのはなぜだ？　いつもイライラしているじゃないか」

「あれは……」

龍聖は少し考えた。

「たぶんですけど……ラウシャン様はずっと外交の仕事をされているから、オレ達よりも外の人間と長く付き合っていて、時間の感覚も人間のものに慣れているのだと思うのです。だけどご自身はシーフォンよりもさらに長寿ですから、体感的に時間がものすごく速く過ぎ去るように感じるのではないでしょうか？　とにかく何度も言いますが、私達シーフォンの感覚の問題なのです。実際の動作の速度とは関係なく、私達の時間の感覚がゆっくりなのです。子供の体と心の成長もそういうことだと思うんです。ヨウチェンは十六歳なのに、体も心も赤ちゃんでしょう？　でも人間で十六歳といえば大人に近いものです。十六年間も生きているのに、体はともかく心や頭の中が幼いままだというのが、何よりもその証ではありませんか？」

龍聖の説明にフェイワンは大きく頷いた。

「なるほど、なるほど！　それは面白い解釈だ。そう言われると合点がいくな……リューセー……実に面白い。お前がエルマーン王国の歴史をきちんと学べば、学者達も気づかなかったような何かを、新たに発見出来るかもしれないな。無理のない程度に頑張って学べばいい」

「ありがとうございます」

龍聖はクスクスと笑いながら、甘えるようにフェイワンの胸に体を預けた。フェイワンは抱きしめて、優しく髪を撫でる。

「ところで話はこれくらいにして、そろそろ寝室に行かないか？　夜はあっという間に明けてしまうからな」

「そうですね」

二人は口づけを交わすと立ち上がり、仲良く手を繋いで寝室に向かった。

「そういえば……お前は我々シーフォンがゆっくりではないかって言ったが……性交の時はそうでは

ないだろう？」

フェイワンがニヤリと笑って言うと、龍聖はニコニコと微笑みを浮かべるだけで、何も答えなかった。その態度にフェイワンは眉根を寄せて足を止めた。

「なんだ？　もしかしてゆっくりだとでも言うのか？」

「それなんですけど……フェイワンはすごく励んだ時で、大体二回するでしょう？　でもそういう時って……夜が明けかけるというか、もう外が白み始めていたりするじゃないですか？　……だけど実際はそんなに時間をかけた性交をしているつもりはないでしょう？　その……フェイワンはいつもすごく熱烈に……攻めるじゃないですか？　人間の性交なら……フェイワンの攻め方なら……一回に一時間もかからないですよ」

龍聖は少し恥ずかしそうに頬を染めて説明をした。それを聞いたフェイワンは、目を丸くしている。

「つまり……遅いということか？」

「遅いと言うと……語弊があります。別に遅漏ってわけではないし……実際の性交の動きがゆっくりというわけでもないと思うのです。体感の問題ですから」

龍聖が苦笑しながら宥めたが、フェイワンは複雑な表情をしている。

「遅いかどうか……きちんと検証する必要がありそうだな」

フェイワンがそう言ったので、龍聖は慌てて否定した。

「遅いってオレが思っているわけではないですよ!?　フェイワン！　あっ」

フェイワンは龍聖をひょいっと抱き上げると、大股で寝室へ向かった。

龍聖は真剣な表情で本を読んでいた。最後の頁をめくりパタンと本を閉じて、ほっと息を吐く。

「結局……一冊読み終わるのに三日もかけてしまった」

龍聖は独り言を呟いて苦笑する。本を表に返し、再びパラパラと頁をめくった。よくまとめられた本だと思う。エルマーンの建国から、ホンロンワンの死までのことが、つぶさに書かれている。

そこには何も持たないシーフォン達が、人間達の廃墟から文明の一端を借りて、『人間のような暮らし』をしようと苦心する様子が窺える。

そしてアルピンを受け入れ、共に生きようと模索していた。

今のシーフォン達の暮らしぶりからは、到底想像出来ない。

龍聖はメモ代わりに持ってきた手帳に、初代ホンロンワンから九代目フェイワンまで、名前を書き出した。

エルマーン王国は、建国から二千年近くたつ。その間に九代の竜王達……龍聖はそう思いながら、書き出した名前をみつめる。

「二千年っていうと、日本の建国と同じくらいだよね……天皇陛下って……今上天皇って何代目だっけ？　あれ？　でも確か西暦と皇紀って別だったよね。あ～、もっとちゃんと日本の歴史を勉強しておくんだったなぁ……えっと初代天皇って神武天皇だよね。それから現代までで何代？　覚えてないけど……でも確か百代は越えていた気がする」

龍聖はぶつぶつと呟きながら、『西暦』『皇紀』『百代』などとつらつらと書いて、じっと考え込んだ。

「江戸時代は三百年くらいの期間で、徳川家は……最後の将軍慶喜は十五代だったから……そうだよね……守屋家の本当の初代から数えて、オレで何代目だったかなんて知らないけど……オレが住んでいた家は明治時代の終わり頃に建てられたって聞いてて、あの家ではオレが確か五代目なんだよね」

龍聖はさらに『明治』『大正』『昭和』『平成』と元号を書き並べる。

「あれ？　明治の終わり頃って、確かオレの前のリューセーもそれくらいの人だよね？　ということはあの家に八代目龍聖もいたってことかぁ……龍聖は何代かごとに生まれるから、代々と言っても守屋家の代とは別次元だから置いておくとして……守屋家でオレより九代前の人って、まだ江戸時代の人だもんね。そう考えると、九代ってそれほどものすごく昔ってわけではないんだ」

明治の元号の上に、『江戸時代』と書いて円でぐるぐると囲った。

「なんか初代のホンロンワン様って、日本の天皇陛下の感覚だと、初代の神武天皇くらいに神話感があるけど、九代前って思っていたよりも昔の人ってわけではないんだ」

龍聖はそう呟いて頬杖をつくと、じっと走り書きをみつめた。

「そう考えたら……フェイワンって……オレの九代前のご先祖が竜だったんだぜって、リアルにすごくない？　オレの家系って江戸時代までは竜だったんだよね～とかと一緒って、なんかすごいよね」

龍聖は少し気持ちが高揚した。

「だけど実際は二千年も前……かぁ」

龍聖は『二千年』と書いてその下に『人間界』と書いた。さらにその横に『エルマーン』と書く。

「人間にとって二千年も前のことって、ほとんど神話だよね……聖徳太子でさえ本当にいたの？

って感じだし、初代の神武天皇に至っては……。ましてやこの世界の人間にはきちんと研究されて統一された歴史観がないし、正確な文献もない。二千年前のことが分かるものなんて何も残っていないと思う」

龍聖は学者長に見せてもらったお伽噺みたいな他国の歴史書を思い出した。この本を読みながら、途中で検証のために、同じ時代のことが書かれた他の国の本はないか探したが、二千年以上前の本など一冊もなかった。

「だけどエルマーンの歴史は、八冊の歴史書で辿れるんだ」

龍聖は自分が書いた『エルマーン』の文字の周りに、ぐるぐると丸を描いて囲んだ。そして『人間界』の文字との間を繋ぐように横線を引く。

「シーフォン達が竜だった頃のことなんて、人間達は誰も知らないのかぁ……あれ？」

龍聖は、はっとした顔で慌てて本を開いた。最初の頁を隅々まで見る。

「書いてない」

龍聖は愕然（がくぜん）として呟いた。

「竜だった頃のことが何も書かれてない」

本に記載されているのは、竜達が神からの天罰を受けて、人間にされたところからだ。竜が暴れて世界が滅亡しかけたというくだりはあるが、そこに至るまでの経緯や、竜だった頃どのように暮らしていたかは何も書かれていない。

「そうか……エルマーン王国の歴史だから、建国してからのことしか書かれてないんだ」

それはとても大きな発見だった。

龍聖は部屋の中を見回した。今は誰もいない。気を遣わないでと言ったが、皆、龍聖に気を遣って、龍聖の勉強中は部屋から出ていってしまっていた。

龍聖は立ち上がると部屋の外に出て、書庫の中を見回した。近くにいた学者をみつけて声をかけた。

「すみません、ちょっとお尋ねしますが……この本よりも前のシーフォンのことが書かれた本はありますか？」

尋ねられた学者は、驚いたように龍聖が差し出した本をみつめた。

「その本よりも……前の……ですか？」

「はい」

「ありません」

学者は少し考えてそう答えた。だがその言い方に、少しばかり違和感を覚えて、龍聖はじっと学者の表情を窺う。

「本当に？」

「え？　ええ、ありません。ここにはそれよりも古い歴史の書かれた本はありません」

学者は少し焦ったように答えた。

「そうですか……分かりました。ありがとうございます」

龍聖は礼を述べて、その場は引き下がった。

龍聖は私室に戻り、ソファに座ってお茶を飲みながらぼんやりと考えていた。走り書きした手帳をみつめる。

『まあそうだよね……竜だった頃は字も書けないわけだし……』

龍聖は溜息をついて手帳を閉じた。

「どうかなさいましたか？」

シュレイが焼き菓子をテーブルに置きながら、龍聖に声をかけた。

「あ、うん……とりあえずエルマーン王国の歴史書の一巻を読み終わったんだけど、ちょっと気になることがあってさ」

龍聖はそこまで話して、何か閃いたような表情をしてシュレイをみつめた。

「シュレイは知らない？　あの歴史書よりも前のことが書かれた本はないの？」

シュレイならばなんでも知っているような気がして、望みをかけるように尋ねた。

「エルマーン王国の歴史書よりも前の話……ですか？　それはどういう……」

「だからさ、シーフォンがまだ竜だった頃のことが書かれた本はないのかな？　って思って」

龍聖の問いかけに、シュレイは少しばかり困ったような顔をして考え込んだ。

「あるんだよね？　学者に尋ねたら、なんか様子が変だったからさ……ないって言われたけど、本当はあるんじゃないかと思ったんだけど」

龍聖がそう言い切ると、シュレイはさらに困ったような顔をして溜息をついた。

「リューセー様の洞察力には頭が下がります。確かにそのような本はあるはずです」

シュレイの答えに、龍聖は首を傾げた。

「あるはず？　どういうこと？」

「申し訳ありません。実は私も詳しいことは分からないのです。ただ……この国には、禁書が存在します」

「禁書!?」

龍聖は驚いて思わず大きな声を出していた。シュレイは、辺り（あた）を少し気にしたが、誰もいなかったので、龍聖のすぐ側に膝をついて話を続けた。

「その禁書とは、代々竜王だけが読むことを許されている本です。ホンロンワン様が残されたもので、エルマーン王国の本当の歴史書だと言われています」

シュレイは声を抑えてそう話した。

「本当の歴史書？」

龍聖も釣られたように小さな声で尋ねる。

「はい、現在書庫にあるエルマーン王国の歴史書は、その禁書を基に後の学者達が、他の資料とも合わせて編纂（へんさん）したものです。禁書には歴史書に書かれていない部分が多くあるはず……いえ、歴史書をまとめるにあたって、あえて省（はぶ）かれた部分があると聞いています」

「あえて省かれたって……意図的に竜だった頃のことを書かなかったっていうこと？」

「はい……ですがすみません。本当に内容については私も知らないのです」

「まあ……禁書っていうからにはそうだよね」

龍聖は腕組みをしながら呟いた。

「それはオレも読めないんだよね？」

「はい、竜王しか読むことは出来ません」

「理由は？　なんで禁書になったの？　最初からそうだったの？」

龍聖に次々と質問されて、シュレイはとても困っている。

「本当に申し訳ありません。知らないのです」

「ごめん、ごめん……そっかぁ……フェイワンに聞いてみるよ。フェイワンはきっと読んだことがあるよね？」

「そうですね……恐らく……」

「ありがとうシュレイ、やっぱりシュレイに聞くのが正解だったよ」

龍聖が嬉しそうに礼を言うので、シュレイは苦笑して頭を下げた。

「たいしてお役に立てず申し訳ありません」

「いや、すっごい情報だよ！」

龍聖はひとつ問題が解決したと、明るい気持ちになっていた。

「あとは……フェイワンからどうやって聞き出すかだな」

龍聖が、う～んと首をひねりながら小さく呟いたので、シュレイも不思議そうに首を傾げた。


フェイワンは、龍聖の胸の突起を口に含み、強く吸い上げた。

「ああっあっ……」

龍聖が甘い喘ぎを漏らす。

舌で、唇で、その小さな突起を愛撫するたびに、龍聖が息を乱し、声をあげる。

両手は腰を撫で、足を撫で、龍聖の昂りをやんわりと握り揉みしだく。龍聖の体がびくりびくりと震えている。

龍聖の体は甘い蜜のようだ。唇や手で触れるだけで、甘い魂精の味がする。それは普段抱きしめたり、口づけたりする時に感じる魂精とはまた違うもので、まるで媚薬のようにフェイワンを興奮させた。

性交による快楽に、さらなる快楽が合わさるのだから、性欲の薄いシーフォンだとしても、毎日欲情してしまうような甘い罠だ。

龍聖と出会ってから七十年余り……子宝にも恵まれ、お互いに変わらないと言いながらも、それなりの年齢になった。新婚の時のような、荒ぶる欲情はさすがに消え失せたが、それでもまだリューセーを抱きたいという欲求はなくなることはない。

腕の中で身悶えるリューセーは、少しも変わることなく艶やかで愛しい。

いい年をして子供も大きくなると、夫婦での性交はめっきり少なくなる、などという話をたまに聞くが、その意味がまったく分からない。

年を取った古女房よりも、若い愛妾の方が良いという話もたまに聞くが、それもまったく意味が分からない。

リューセーはこんなにかわいく、こんなに愛しく、今でもこんなに欲情をかき立てる存在だというのに、どうして性交をしたくなくなるなどということがあろうか……他に愛妾を作ろうなどと思えるのか……。

『オレはリューセーで手がいっぱいだ。今日みたいに、時々リューセーの方から誘いをかけてくる。

たぶん……何かオレに頼みたいことがあるのだろう。分かっていても、そんな手管を使おうとするなんて、かわいくてたまらないじゃないか……』

フェイワンは、龍聖の腰を掴むと、熱い昂りを龍聖の中へゆっくりと挿入した。

「ああぁぁっ……あっあっ……フェイワン……フェイワン……」

龍聖が顔を歪めて、切ない声をあげる。深く最奥まで挿入すると、龍聖の腰がびくびくと痙攣した。

温かい内部に包まれて、フェイワンは痺れるような快感に、思わず深い息を吐いた。

「んっ……リューセー……愛しているよ」

すぐにでも達してしまいそうな快楽に、正気を保とうとフェイワンが囁く。

腰をゆさゆさと揺さぶって、最奥に挿入したまま刺激を与えた。

「あっ……あああっああっ……んっんっ……あっあぁぁ……」

突き上げるたびに、龍聖は喘ぎを漏らす。恥ずかしそうに顔を歪めるのも愛しい。

しばらく腰を揺さぶり続けて、欲望が限界まで高まると、両手で龍聖の両足を抱え込み、腰を前後に動かし始めた。男根が半分ほど抜けるところまで腰を後ろに引き、また深く突き上げる。濡れた肉の交わる厭らしい音を立てながら、抽挿を激しく繰り返した。

交わり合う性器から、魂精が入ってくるのを感じる。激しい抽挿により、男根を擦られるような刺激に加えて、魂精が流れ込んでくる快楽に、フェイワンは恍惚とした表情で腰を動かし続けた。

「あぁぁっあぁぁっ……ぃやぁ……フェイ……ワン……いくっ……ああぁぁっあっあっ……」

龍聖が泣くような声をあげて背を反らせた。腰が跳ねてフェイワンの男根を締め上げる。

「うっううっ……リューセー……リューセー……」

フェイワンは何度も龍聖の名前を呼びながら、勢いよく精を吐き出した。

ガクガクと腰を震わせながら、激しく抽挿を続けて、残滓まで龍聖の中に注ぎ続けた。やがて嵐のような射精感が静まると、ゆっくり男根を引き抜く。すると龍聖の小さな孔から、白い精液がとろりと溢れ出た。

フェイワンは、龍聖を抱きしめて何度も口づけた。二人の乱れる息遣いが、次第に治まってくる。

龍聖が薄く目を開けて、潤んだ瞳でフェイワンをみつめた。フェイワンが微笑んだので、龍聖も微笑み返す。

「体は大丈夫か？」

龍聖の乱れた髪を、優しく撫でて整えながらフェイワンは囁いた。龍聖は上気した顔で頷く。

「一昨日、少し激しく抱いたから、お前が怒っただろう？　だからしばらくは性交をしないつもりでいたんだが……誘ったのはお前だぞ？」

「分かってますよ……別に怒っていません。フェイワンはこれで終わりで大丈夫ですか？」

「まだ煽るつもりか？」

フェイワンがニッと笑ったので、龍聖もクスリと笑った。

「別にそんなつもりではないですが……」

「あまり激しくやりすぎると、お前は疲れて眠ってしまうだろう？　オレに話が出来なくなるじゃないか」

「え？」

「オレに何か頼みがあるんじゃないのか？」

フェイワンが優しく言ったので、龍聖は照れ笑いをした。

「まあ、バレてるとは思っていましたが……頼みがあります」

「なんだ？　言ってみろ」

「代々竜王しか読むことを許されていない本があるのですよね？　その本について教えてほしいのです」

フェイワンは思っていたのとはまったく違う方向性の願いごとだったため、とても驚いた。

龍聖は真面目な顔で、フェイワンをみつめている。

「あ～……何を知りたい？」

フェイワンは困ったように、言葉を探して尋ねた。

「まずはその本が本当にあるのか……でもその様子だとあるのですね？　それはどういった本なのですか？　エルマーン王国の本当の歴史書だという話ですが、それは本当なのですか？」

『シュレイだな？』

フェイワンは心の中で舌打ちをした。

「お前はそれを知ってどうするつもりだ？　なぜそれを知りたがる？　あ～……そうだな、では先に教えよう。確かに禁書とされている本がある。二冊だ。一冊はホンロンワン様が書かれた『建国記』。もう一冊は、ルイワン様が書かれた『エルマーン史』だ。正確に言えば『建国記』の方は、ホンロンワン様が書かれたものではない。ホンロンワン様は文字を書くことが出来なかったので、ホンロンワン様が語られた話を、初代リューセー様が書き残されていたんだ。それは結構な量のもので……おそらく息子のルイワン様のために、リューセー様が書き残したのだと思うが……それを二代目リューセー様がまとめ上げて、一冊の本にしたんだ」

龍聖は目を丸くして聞いていた。本当にそんな本があったのだという事実に驚いたのだ。

「さあ、教えたぞ？　今度はお前の番だ」

フェイワンに促されて、龍聖はこくりと頷いた。

「オレが今、書庫で歴史の勉強をしているのはご存じですよね？　とりあえず一巻は読み終わりました。オレが最初に学んだ本よりも、ずっと詳しかったし、当時のエルマーンの様子が、明確に分かって新鮮に感じました。いろいろと気づいたことも多くあります。その中で……シーフォンが竜から人間にされてしまったことについては、大まかな概要の記載がありましたが、細かいことは載っていなかったのです。あんなに細かいデータ……その、資料や情報が載っているのにもかかわらず、その部分だけは、子供向けの本とあまり変わりがありませんでした。だから不思議に思ったのです。なぜ竜は天罰を受けたのだろう？　と」

龍聖が真剣な様子で話すのを、フェイワンは黙って聞いていた。

「もちろん天罰を受けるようなことを、竜族がしてしまったというのは分かります。世界が滅亡してしまいかねないほど、人間や他の生き物を殺戮したからだと……でもなぜ？　そこに至るまでの経緯が分かりません。確かに元々の竜族はとても獰猛で残忍な生き物だったのでしょう。でもこの世に生まれて、いきなりそうなったわけではないはずです。少なくとも平穏な時代があったはずです。人間も竜も他の生物も、この世界で棲み分けをしていた。竜が食料として他の生き物や人間を狩ることはあったのかもしれませんが、それは自然の摂理の中のことでしょう……神の怒りを買うほど暴れた竜族……一体何があったのだろう？　と不思議に思うのは無理はないでしょう？　実際のところ、シィンワンもユイリィにそう尋ねたそうです」

龍聖は一生懸命話をした。フェイワンは表情を変えず、静かに聞いている。

「なぜ……歴史書に書かれていないのですか？」

龍聖は一息ついて、改めて尋ねた。

フェイワンは、目を閉じて静かに考え始めた。龍聖は息を呑んで、フェイワンの答えを待った。フェイワンは、きっと隠すことなく話してくれるだろう。それが言えないことであったとしても、言えないとはっきり言い、なぜ言えないのかも話してくれるはずだと、龍聖は思いながらみつめていた。

「それは確かに『建国記』に書かれている」

フェイワンは目を閉じたままそう一言告げた。

「え……」

龍聖は驚いて言葉を失っていた。本当にあったのだと分かると、ひどく高揚してくる。

「確かに『建国記』には、皆が竜だった頃のことが書かれている。そしてなぜ竜が暴挙に出てしまったのか……そこに至るまでのことも克明に書かれている」

フェイワンはそこまで話して目を開けた。すると目の前に、頬を紅潮させて瞳をキラキラと輝かせながら、フェイワンをじっとみつめる龍聖の顔があった。思わず苦笑する。

『困ったな』とフェイワンは思った。そんな顔をされてしまったら、頼まれなくても読ませたくなってしまう。

「リューセー……この本が禁書になったのにはもちろんわけがある。四代目ロウワン様の時代に、禁書として封印された。その時に、学者達の手によって内容を精査して、皆が学ぶための現在の歴史書が作られたんだ。なぜそうしたのか？　それは、エルマーン王国が人間の国としてこれからも繁栄していくためには、そうすることが必要だと判断されたからなんだ」

　フェイワンはそう言って、ゆっくりと体を起こした。ベッドの上に胡坐をかいて座る。話が長くなると思ったからだ。

　龍聖も起き上がり、向かい合って座った。

「さっきも言ったように、『建国記』には竜だった頃のこと、竜族が世界を滅亡させかけたことなどが、克明に記されている。それは同時に、人間との熾烈な戦いの歴史でもあるんだ」

「人間との戦いの歴史……」

「ロウワン様は、それをシーフォン達に読ませることは良いことではないと判断された。四代目になると、ほとんどのシーフォンが、人間としての暮らしを当たり前のように受け入れていた。もう竜には戻れないのだ。自分達が犯した罪の償いをまっとうするためには、余計な情報を与えることは得策ではないと考えた。だが竜王は、真実を知らなければならない。『建国記』と『エルマーン史』は禁書として、竜王だけがその責任の下に引き継ぎ、シーフォン達には真実を伏せて伝えることにしたんだ」

「それは……それを知ってしまったらどうなるのですか？」

「シーフォン達は人間を憎むだろう」

　龍聖はとても驚いた。絶句していると、フェイワンは気遣うように微笑みを浮かべた。

「竜族には竜族なりに、暴走した理由があった。だがもちろん世界を滅ぼしても良いという理由にはならない。我々竜王は天罰を受けた理由を知る必要がある。なぜならホンロンワン様は、仲間を救うために天罰をその身に多く受けた。シーフォン達への天罰は人間として生きること。もちろん人間を傷つけてはならないとか、ジンシェがなければ体を維持出来ないとか、多少の足枷はあるが、そんなものは普通に生活をすれば、それほど苦ではないだろう。だが竜王は魂精がなければ死ぬし、自分が死ねば竜族も滅びる。世継ぎを作らねば、やはり血が途絶えて滅びる。シーフォン達を統率するためには、真実を知りそれを受け入れなければならない。そうでなければ神を恨んでしまうだろう」

フェイワンは穏やかな表情で語った。だがその内容の深刻さに、龍聖の顔が曇る。

「フェイワンはそれを読んで、人間を恨み、神を恨みませんでしたか？」

龍聖の問いに、フェイワンはしばらく考えた。

「オレは読む前に神を恨んでいたからなぁ」

フェイワンが溜息交じりにそう呟いたので、龍聖ははっと顔色を変えた。フェイワンには母である龍聖がいない。彼は父ランワンの魂精を分け与えられて育った。命を削って自分を育てた父の凄絶な最期を見て、フェイワンが神を恨むのは当然だと思った。

「逆に『建国記』を読んだ方が、自分を納得させることが出来たんだ。確かにかつて竜族はひどい過ちを犯した。人間のしたこともひどいが、今なら冷静に、自分達にひどいことをした人間達だけを殺せばよかったのにと思える。オレにはたくさんの人間の友人がいる。人間は悪い者ばかりではない。良心的で、真面目に働き、日々を家族と幸せに暮らしている人間達はたくさんいる。我ら竜族は、そんな関係のない人々まですべてを殺戮してしまったのだ。赤ん坊も、未来ある若者も、みんな殺戮してしまった。人間だけではない、他の生き物もすべて……神が鉄槌を下さねば、本当に世界は滅んでいただろう。殺されても仕方のないところを、ホンロンワン様が命乞いをして救ったのだ。竜王はその事実を胸に刻みつけて、シーフォン達を導かなければならない」

「フェイワン……それでは竜王の責務が重すぎませんか？　シーフォン達にもその重荷を一緒に背負わせることは出来ませんか？」

「言っただろう？　シーフォン達は人間を憎んでしまう。それでなくても、未だに一部ではあるが、人間を下等な生き物だと思っている連中がいる。アルピンを蔑み、他国の人間を馬鹿にする者がいる。彼らは親や祖父から代々そう言い聞かされてきた者達だ。ルイワン様の時代の悲劇の戦争で、先祖を失った者や、過去に人間に赤子を攫われそうになった者、そういう遺恨が代々受け継がれている。そういうものは、我らではどうすることも出来ない。昔のことだ忘れろ、人間と仲よくしろと言っても難しい。人の気持ちはそう簡単に変えることは出来ない。特に血の力が弱い下位の者達は、その分だけ竜の本来の凶暴性があらわになりがちだ。我ら竜王は、それを自分の力で抑え込んでやることしか出来ない。だから『建国記』を読ませるわけにはいかない」

龍聖はフェイワンの言うことに納得した。だが何があったのか真実を知りたいという欲求は、さらに強くなっていた。

「フェイワン、無理を承知で言います。オレにも『建国記』と『エルマーン史』を読ませてもらえませんか？」

龍聖は決意が固いという顔で言った。フェイワンは、ふうと息を吐く。

「まあ、そう言うだろうとは思っていた。お前がもっとこの国の歴史を勉強したいと言った時から、遅かれ早かれそのことに気づくだろうとも思っていた」

フェイワンはそう言って腕組みをした。しばらく首を傾げながら考えている。

「オレの独断で決めることは出来ない。会議で皆の意見を聞く必要がある。この前、お前がいろいろと面白い話をしただろう？　お前は今までのリューセー達とは少し違う。オレも良くは分からないのだが……お前がしきたりを知らなかったように、大和の国はずいぶん様変わりしてしまったのだろう。命を落としたオレの母もそうだ。たぶん……七代目と八代目の間に、大和の国が大きく変化してしまった。だがお前と母の違うところは、年齢だと思う。おまえがもしも、しきたりを知らないまま十八歳でこちらの世界に来ていたら、母と同じ運命を辿ったかもしれない。しかしお前は、大人になって世間を知って、成熟した精神と柔軟な頭を持ってこの世界に来た。お前が『建国記』を読めば、オレ達とはまた違う意見を持つかもしれないな。きっとそれがシィンワンの時代に役立つだろう」

「フェイワン……それじゃあ……」

「ああ、明日、皆に意見を求めてみよう。そしてお前が『建国記』を読むことが出来たら、オレに率直な意見を聞かせてほしい」

「分かりました」

龍聖が嬉しそうに頷いたので、フェイワンはやれやれというように肩を落として溜息をついた。

「言っておくが……お前の色仕掛けに騙されて承諾したわけではないぞ？」

フェイワンがニヤリと笑って言ったので、龍聖はキョトンとした顔をして、少し考えてから首を振った。

「オレも誤解がないように言っておきますが、フェイワンに頼みごとを聞いてほしいから、色仕掛けをしたわけではないですよ」

「どういうことだ？」

「オレはただ……フェイワンと体を合わせると、その時のフェイワンの状態が分かるんです。気持ちが穏やかかとか、仕事で疲れていないかとか……それで今ならきっとフェイワンは、落ち着いた気持ちでオレの話を最後まで聞いてくれるって分かったら、頼みごとをするつもりでした。いくらなんでも貴方が色仕掛けに引っかかって、オレに甘くなるなんて思っていませんよ」

フェイワンは目を丸くして聞いていたが、すぐに苦笑すると「まったく」と呟いた。

『実は十分お前の色香に翻弄されているんだけどな』と思ったが、もちろんそれは言わない。

「お前は最高の伴侶だよ」

フェイワンは優しく囁きながら、龍聖にそっと口づけた。


フェイワンは早速翌日の会議で、龍聖に禁書を読ませても良いか皆に意見を求めた。

皆の回答は一律に「良いでしょう」というもので、フェイワンの想像以上にあっさりしていた。あまりにもあっさりと承諾が取れたため、思わずなぜかと問うと、シーフォンにとって……いや、この国にとってリューセーは、竜王と同じく唯一無二の存在であり、国の根幹でもあるため、禁書を読む資格は十分にある。ということだった。

そしてそもそもシーフォンは誰も、禁書に何が書かれているのか知らないため、最終的な判断としては、唯一禁書を読む資格のある竜王が、良しと判断すればそれでいいのではないか？　という結論に達した。

龍聖はフェイワンに連れられて、城内にある神殿に来ていた。

事前に話を通してあったのか、神殿長のバイハンが出迎えてくれた。バイハンに伴われて、神殿の奥に向かう。

フェイワンから、会議にて全員一致で禁書を読む許しを貰った、と報告された後、早速行こうと言われ連れてこられたのだ。

まさか禁書が、神殿に置いてあるとは思わなかった。

奥の小部屋に案内された。そこは普段、神殿長が書き物などの事務仕事をする際に使用している部屋なのだろう。書き物机がひとつ置かれているだけの簡素な狭い部屋だ。大人が三人も入れば窮屈に感じる。もっとも机の前の椅子以外、他にソファも何もないので、定員は一人かもしれない。

「狭苦しい部屋で大変申し訳ありませんが、こちらでお読みください」

「禁書は持ち出し禁止なんだ。オレも読んだ時はこの部屋を使わせてもらった」

バイハンとフェイワンにそう説明されて、すでに机の上に置かれた二冊の本に視線が止まる。

「読み終わるまで……いえ、リューセー様が納得のいくまで、この部屋に通われてかまいません」

「ただしここでは飲食は禁止だぞ？　それと書き写しも禁止だから、ペンなどの持ち込みも禁止だ」

二人がかりでレクチャーされて、龍聖は苦笑した。

「とてもとても重要なものだということは分かっています。規則は守ります。何日か、かかるかもしれませんが、よろしくお願いします」

龍聖はバイハンに頭を下げた。

「じゃあ、オレは仕事に戻るよ」

「私は神殿内におりますので、何かありましたらお声をおかけください」

二人は龍聖を残して、小部屋を出ていった。

龍聖は改めて、机の上の二冊の本をみつめた。とても古い本だというのは、見た目からも窺える。

「手袋をして読まなくても良いのかな？」

龍聖は少し緊張した面持ちで、椅子に座った。

『建国記』と表紙に記された本を手に取り、そっと表紙を開いた。羊皮紙のような少し色の付いた古い紙に丁寧な筆跡で文字が綴られている。

「これは二代目龍聖が書いた文字なのかな？」

フェイワンの言葉を思い出して、書かれている文字をみつめた。とても不思議な気持ちがした。二代目龍聖……龍聖がこの世界に来るきっかけとなった……蔵の中から見つけた漆の箱に入っていた巻物。あの時はこんなことになると思っていなかったから、きちんと見なかったけれど、きっとあの家系図の最初の方に書かれた『龍聖』だった人。四百年前のご先祖様。

「こっちの世界では二千年近く前だけどね」

独り言を呟いて、ふうとひとつ溜め息をつくと、気を引き締めて読み始めた。

本の冒頭は、神に愛されたホンロンワンという、一頭の竜の存在から始まった。

全身が金色に輝き、他の竜の何倍もの大きな体を持ち、知性豊かなその特別に生まれた竜を、神はとても愛し『ホンロンワン』という名前を与え、魔力も与えた。

そして個としてしか存在出来ない、獰猛で残虐な竜を統べるように命じた。

生き物とは、番(つがい)を持ち、群れを成し、同じ種族同士で生きるものだが、竜は『竜』という個でしか存在せず、獰猛で残虐な性質のため自分以外の存在をすべて敵とみなしていた。世界中に散らばる竜は、縄張りを持ち、そこに入る他の竜があれば戦い殺し合った。

雌雄(しゆう)での繁殖をしない竜は、自ら種の絶滅を招きつつあった。それを見かねた神が、ホンロンワンに力を与え、竜を統率させたのだった。

ホンロンワンの魔力は、竜達を大人しくさせた。服従させ、竜同士の争いを止めるように命じた。ホンロンワンは、竜達に『考える』ことを教えた。知性を持たせようとした。本能だけで生きるから、同族を理解せず殺すことしか考えないと思ったのだ。

互いを仲間と認識し、意思の疎通をはからせ、同族同士の争いがいかに無意味なことかを諭(さと)した。竜達は次第に群れを作るようになり、同族間での殺し合いを止めていった。

ところがある時、傷を負った竜がホンロンワンの下に助けを求めてきた。その竜は、獲物を狩りに行ったところを、人間に攻撃されたのだという。竜はたびたび人間の国に近づき、牧場の牛を狩っていたのだ。そのため、人間達は武器を持って待ち構えていた。

それを知ったホンロンワンは、その竜に二度と人間の国に近づいてはならないと教えた。人間の国にいる動物は、人間が自分達の食糧として、繁殖させ育てているものなので、襲えば恨みを買うのだと教えた。野生の動物との違いを教えたのだ。

人間は他の動物と違い知恵がある。人間そのものは爪も牙もなく、とても弱い生き物だが、武器を使うことが出来る。そして数がとてつもなく多い。

この世界にはかつて竜以外にも、古(いにしえ)の生き物が多く存在した。妖精、魔獣、巨人、魔法使い……。

しかし人間の生命力と繁殖力は、他の生物を凌駕し、大陸のあらゆる場所に次々と国を作り、深い森も山も切り拓き人の手が入っていく。そのため古の生き物は次第にその姿を消していった。

ホンロンワンは人間を警戒し、あまり近づかないように竜達に命じた。

それからしばらくは平穏な日々が続いた。争いを止め統率された竜達は、数を減らす心配もなく、このまま永遠に繁栄を続けられるかと思われた。

しかし平和は崩された。

ある日一頭の竜が行方をくらませた。その知らせを聞いたホンロンワンが探していると、地に倒れ無残な姿で見つかった。ただ死んでいるのではない。鱗は剝がされ、爪を折られ、竜の最も大事な宝玉を腹からえぐり取られていた。人間によって殺され解体されていたのだ。

人間達はとうとう竜を殺す武器を作り上げていた。そして殺した竜から鱗や爪や宝玉を奪い、貴重な宝として高額で売買をしていた。

竜達は怒った。仲間の竜を殺した人間の住む国を襲った。

ホンロンワンはそれを必死で止めて、皆の怒りを静めようとした。

竜も人や獣を狩る。それと同じように、竜も狩られることはあるのだ。今まで竜よりも強い生物がいなかったため、狩られることがなかったが、本来、自然の摂理とはそういうものだ。殺されたくなければ、襲い来る相手と戦えばよいだけだ。襲った者とは関係のない人間までむやみに殺してはならない。そう説得した。

ホンロンワンは、竜達に一頭で行動せず群れでいることを推奨した。群れでいれば不意打ちを食らうこともないだろうと思った。

人間達はその後も竜を狩りに来た。その攻撃は次第に巧みなものになり、屠竜師（とりゅうし）と呼ばれる竜狩り専門の者まで現れた。

竜達は群れになって対抗し、襲い来る人間を返り討ちにして難を逃れた。だが戦えば戦うほど、人間達は武器を改良し、さらに強力なものを作り上げた。

やがて人間は空を飛ぶ道具までも生み出し、空は竜の逃げ場ではなくなっていった。

人間と竜の戦いは激化していく。はるか遠くから火炎を飛ばし、岩をも砕く破壊力のある武器を作り、竜を一撃で倒すことが出来るようになった人間は、竜を恐れなくなった。

竜達はホンロンワンの指示で、険しい岩山に逃れたが、人間達は竜狩りを止めなかった。

竜達の我慢は、限界まで達していた。

皆はホンロンワンに問うた。

これでも人間の国を襲ってはならないのか？　と。今や人間達は、遠く離れたところからでも竜に攻撃をしてくる。襲い来る相手と戦うだけでは、いつまでたってもこの争いは終わらない。問題の根本を絶たねば、いくらでも人間達は襲ってくる。それも奴らは生きるために竜を狩るわけではない。金になる部分だけを奪い私利私欲のために竜を狩る。血肉を食べることはなく、無残な亡骸を残して腐敗させるだけだ。これは生き物としての凌辱（りょうじょく）であり、竜の尊厳を汚す行為だ。それでも報復してはいけないのか？　……と。

ホンロンワンは苦悩した。竜達の思いは分かる。ホンロンワン自身も怒りに身を震わせていた。だがその一方で、無関係の人間まで殺してしまってはいけないという良心があり、神との間で『獰猛で残虐な獣には戻らない』と約束したことを思い出していた。

すでに三十頭もの竜が犠牲になっている。これも自然の摂理だというのだろうか？　二千頭にも満たない竜と、何千万人もいる人間では、失った数の重みが違うのではないだろうか？

思い悩み決断しかねていたホンロンワンをよそに、再び人間達の攻撃が始まった。また一頭、犠牲が出る。それが破滅への始まりだった。

我慢の限界を越えた一部の群れが、怒れる暴徒となって、近くにある人間の国を襲った。荒れ狂う竜に、人間の国はあっという間に壊滅してしまった。だが人間達も黙ってはいなかった。周囲の国々から軍隊が出て、竜を掃滅しようと、集団で攻撃を始めた。

その行動はさらに竜達の怒りを煽った。

ホンロンワンに制されていた他の竜達も、次々と援護するように暴れ始めた。そこからはもう地獄を見るようだった。

理性を失った竜達は、ただの獰猛で残虐な獣に戻っていた。動くものをすべて敵とみなし、地上にいるすべての生き物を殺戮しつくした。

ホンロンワンが必死で制しようとしたが、魔力を使ってももう止めることが出来なかった。

やがて空を暗雲が覆いつくし、世界は真っ暗な闇に包まれた。だが地上は、竜の吐く炎で赤く輝いていた。

そこに神の鉄槌が下った。


龍聖は息を呑んで本から目を逸らした。大きく息を吐く。

「これは……一体何が起きたんだろう……」

龍聖はそう呟いたが、緊張で声が掠れていた。滅びに至る過程の凄惨さが、龍聖の想像をはるかに越えている。

龍聖は本を閉じると立ち上がった。一度冷静になった方が良いと思ったからだ。天罰を受けるまでの話には、とても重大なことが書かれている。じっくり考える必要がある。

龍聖は小部屋を出て、神殿の中をゆっくりと歩いた。神殿の中は厳かな空気に包まれていて静かだ。いつも数人のシーフォンが、祈りを捧げに訪れている。祈る相手は、祭壇にある大きな竜の石像。ホンロンワンの姿を模したと言われている像だ。

龍聖は神殿の中央に立ち、石像を見上げた。

初めて見た時は、ジンヨンにそっくりだと思った。それはもちろん当然で、代々の竜王はホンロンワンの現身だと言われている。同じ竜族でありながら、シーフォンと違い竜王だけは雌雄で繁殖しない。竜王の子はリューセーしか産むことが出来ない。つまりそれは、他者の遺伝子が混ざらないということだ。

まだ『建国記』の冒頭を読んだだけだが、すでにこの石像がジンヨンとはまったく別物に見えていた。これは確かにホンロンワンの姿だ。

「リューセー様……いかがなさいましたか？」

バイハンがそっと近づいてきて声をかけた。

「少し根を詰めてしまったので、息抜きをしていたところです」

龍聖は微笑みを浮かべて返事をした。だが緊張の色を隠せていなかったのだろう。神殿長バイハンは、そういう心の機微を敏感に読み取ってくれる。

「お茶を一杯いかがですか？　今から私も一服しようと思っていたところです」

バイハンが穏やかにそう言ったので、龍聖は素直に頷いた。

礼拝者用の椅子の一番前列に座るように促され、座って待っているとバイハン自らがお茶を運んできた。

「このようなところで申し訳ありませんが」

バイハンがそう言って、トレイに載ったカップを差し出したので受け取った。爽やかなお茶の香りが、鼻をくすぐる。

バイハンは「失礼いたします」と言って、龍聖から一人分間をあけて椅子に腰かけた。

「ここでお茶を飲んでもいいんですか？」

龍聖が辺りをチラリと見回して、申し訳なさそうに小声で言った。するとバイハンが優しく微笑む。

「人間の世界の神殿がどういうしきたりかは存じ上げませんが、ここは皆が癒やしを求めてくる場所です。ホンロンワン様や歴代の竜王、リューセー様が眠る場所は、シーフォン達の心のよりどころなのです。神殿とは言っていますが、ここには神はいません。お茶を飲んでくつろいでも、ここで居眠りをしても、叱る者などおりませんよ」

龍聖はバイハンの言葉を聞き『面白い考え方だな』と思った。なんとなくだが日本の寺に近いような感じがする。もちろん仏様の前で飲食をしたら不敬な場合もあるが、日本人にとっての仏様との付き合い方と似ている気がした。

お茶を一口飲んだ。とても爽やかな味でペパーミントティに似ている。胸のモヤモヤがすっと洗い流されるようだ。

龍聖が穏やかな表情になり、ほうっと息を吐いたので、バイハンも少し安堵したように微笑んだ。

「私はあの本にどのようなことが書かれているのか存じ上げませんが、禁書になるくらいですから、とても厳しいことが書かれているのでしょう。フェイワン様もお読みになった後は、少しばかり強張った表情をしておいででした」

バイハンに言われて、龍聖は思わず自分の頬に手を当てた。

「まだ冒頭を読んだだけだというのに、そんな顔をしていましたか？　すみません」

「別にリューセー様が謝罪されるようなことは何もありませんよ」

バイハンが笑いながら言ったので、龍聖も照れ隠しに笑った。

「もしも伺って失礼でなければお聞かせ願えますか？　なぜリューセー様は禁書を読みたいと思われたのですか？」

「ああ……実は今改めてエルマーン王国の歴史について、勉強をし直そうとしているのです。それで書庫にある歴史書を読んで……一巻のホンロンワン様の本を読み終わって気づきました。竜だった頃のことが何も書かれていないと……それで不思議に思って聞いたら、禁書があるのだと知って……エルマーンの本当の歴史というものがあるのならば、オレは知りたいと思ったのです」

バイハンは深く頷いた。

「それは……本当に素晴らしいお考えですね。あの本が禁書になったのは四代目ロウワン様の時だと言われています。それから代々竜王しか読んでいません。あれを読みたいと言ったリューセー様は初めてですし、恐らくエルマーンの歴史を詳しく学びたいと思われたリューセー様も初めてだと思います。もちろん別に知らなくても構わないことではありますが、リューセー様のその前向きなお考えが、きっとエルマーン王国のためになるのだと、期待しています」

バイハンに褒められて、龍聖は気恥ずかしそうに頭をかいた。

「いや、それは褒めすぎですよ……だけど何か役に立てることが出来たらいいなと思っています」

龍聖はそう言ってお茶を飲み干した。

「もう少しだけ読んでから、今日は帰りますね。またお声をおかけします」

龍聖はカップをバイハンに渡して立ち上がった。再び小部屋に戻り、続きを読んだ。


龍聖は私室に戻り、ヨウチェンの相手をしていた。笑顔で遊んでやってはいても、どこか物憂(ものう)げな様子を、シュレイは心配そうにみつめていた。

禁書を読んできたのだから、平静ではいられないのは当然だろうと思った。だが龍聖の方から何も語らないのを、無理に聞き出すのもどうかと思って聞けずにいた。いつもならばそれも容易(たやす)く出来るのだが、禁書の内容にはシュレイも触れることが出来ない。

『きっと陛下に相談なされば悩みも解決なさるだろう』

シュレイはそう思って、今は見守ることにした。

「母上」

そこへシィンワンがやってきた。

「勉強は終わったの？」

「はい、終わりました。私も一緒に遊んでいいですか？」

「もちろんだよ。ほら、ヨウチェンは大喜びだ」

ヨウチェンが満面の笑顔で両手を広げ、シィンワンの下におぼつかない足取りで駆け寄ると、ひっしとシィンワンに抱きついた。

「じゃあ、せっかくだから中庭に散歩に行こうか？」

「はい！」

「リューセー様、私が同行いたします」

「え？　護衛は兵士を連れていくから大丈夫だよ」

シュレイに声をかけられて、龍聖がきょとんとした顔で答えると、シュレイは微笑みながら首を振った。

「私は今特に急ぎの仕事はありませんから、たまにはご一緒させてください」

「うん……ありがとう」

龍聖はシュレイを伴って、シィンワンとヨウチェンを連れて中庭に向かった。


布で作られた毬（まり）を使って子供達が遊んでいる。シュレイが二人の相手をしてくれているので、龍聖は少し離れた草の上に座り、ニコニコと笑いながら眺めていた。

きっとシュレイは、龍聖に一人で考える時間を作るために一緒に来てくれたのだろうと思った。神殿から戻ってきた時も、シュレイは少し休むように言ってくれていたのだが、気持ちを切り替えたくてヨウチェンの相手をしていたのだ。

だが頭の中は禁書に占められたままだ。それをシュレイは察してくれたのだろう。

結局あの後も続きを読んだが、ホンロンワンが神に竜族の命乞いをして、なんとか許しを貰って、代わりに重い天罰を背負わされたところまでしか読み進められなかった。

ホンロンワンの語りを初代リューセーが隈(くま)なく書き留め、それを二代目リューセーがまとめたというだけあって、他の歴史書とは違い、実情を客観的に書いたものというよりは、かなり主観的、心情的なものになっている。だからより深く重く、読む側の心に突き刺さる気がした。

あくまでもホンロンワン側から見た情勢でしかなく、人間側から見たものではないから、これを歴史の真実と言うのは間違いかもしれない。

だが一般的にこういう物語は、人間側から見たものばかりだ。悪い竜が人間達を襲いそれを退治するために勇者が現れる。

龍聖はそういう物語が一般的だという知識がある分、余計に竜側から見たこの物語がある意味真実でもあるように感じている。これこそが「なぜ？」と疑問に思っていたことだからだ。

なぜ突然竜が暴れたのか？　それがそもそもの疑問だった。

悪い竜が突然現れたわけではない。元々その世界に共存していたはずの竜が、なぜ突然悪い竜になったのか？　その理由が知りたかった。

竜が人や獣を襲うのは食料にするためだった。それは自然の摂理だから仕方がない。いくら獰猛で残虐な性質の竜であっても、食料にする以外の目的で、むやみに人や獣を狩ったりはしなかった。その性質から、自分に向かってくる相手にはいつでも容赦なく攻撃していたし、運悪く旅人が竜に出くわせば、有無を言わさず襲われていただろうが、そもそも人間だけでなく同族である竜さえも襲っていたのだから、故意に人間だけを……というわけではない。

それに比べて、人間は食料にする目的以外でも狩りをする。時に腕試しであったり、競技であったり、娯楽であったり、金銭目当てであったり……。善悪で判断するならば、どちらの方が悪だろうか？　人間を悪だと思ってしまうのは、自分が竜側だからだろうか？

最初は家畜や家を護るための攻防だっただろう。竜の存在は脅威でしかなかった。だが対等に戦える術を持ってしまった時から、均衡が崩れてしまった。

対等に戦う術を……。

龍聖はそこまで考えて、はっと顔色を変えた。

ずっと胸に引っかかっていたことに気づいたのだ。

あの本に書いてあった人間の武器……『はるか遠くから火炎を飛ばし岩をも破壊する武器』は、ミサイルのことではないだろうか？　『空を飛ぶ武器』は飛行機のことではないだろうか？

竜の鱗はとても硬い。死んだ竜の鱗を加工して、シーフォン達は鎧や盾を作っている。鋼も通さぬ頑丈なものだ。それを貫き、竜を殺す武器。剣も弓も大砲の玉でさえ敵わない竜を倒せる、それよりも強力な武器がミサイルというのならば納得出来る。

二千年前の……この世界にいた人間達は、ミサイルや飛行機を発明していたことになる。

龍聖のいた世界くらいの近代文明が、この世界にあったということか？　少なくとも十九世紀初頭くらいの文明は持っていたことになる。

それが、竜によって世界が滅亡の危機に陥り、文明が消滅したのだ。

当時数千万人いたと言われる人類はほとんどが死に絶え、中央大陸と西の大陸に存在した国々はすべて滅びたと書かれてあった。生き残ったのは本当に僅かだった。

唯一無事だった東の大陸は未開拓の地で、人間は存在したが、国を形成するほどの文明がなかったため、竜の攻撃を受けなかったと記されていた。この者達が後の、ルイワン王の時代に戦争を引き起こすことになるとは、誰も夢にも思わなかっただろう。

すべての文明を失った世界……それから二千年近くたっているが、今の世界は近代文明にはほど遠い。龍聖の世界で言うならば、まだ中世くらいだ。移動は馬や馬車だし、灯(あか)りは油を使ったランプや蠟燭(ろうそく)だ。なぜ文明の発展がこんなに遅れているのかは分からないが、でも逆に言えば、あと二、三百年で近代化するかもしれないということだ。

ちょっとしたきっかけで、いろいろなものが発明されてしまう。

ちょっとしたきっかけとはなんだろう？

文明の発展は、戦争の歴史に繋がると聞いたことがある。車も鉄道も船も飛行機も、戦争によって進化した。

エルマーンの人々は戦争なんかしないけれど……たとえばシーフォンに、飛行機の話をしても信じないだろう。夢物語だと笑うかもしれない。

でも龍聖のいた世界では、たくさんの人を乗せた乗り物が空を飛んでいたのだと言えば……龍聖が熱心に飛行機の話をしたら信じるだろうか？　そうしたら竜を持たない女性達は、空を飛びたいと言って真剣に話を聞くかもしれない。作ろうと言いだすかもしれない。たぶんきっかけなんて、そんな風に簡単に作れる。

『オレが言わなければいいだけ……かな？』

龍聖は悶々と考えていた。

そしておもむろに立ち上がった。顔色が変わっている。

「シュレイ、悪いけど急用を思い出したから、ちょっと先に部屋に戻るね。子供達をお願いしてもいい？」

「え？　それは別に構いませんが……リューセー様、大丈夫ですか？」

「うん、大丈夫……シィンワン、ヨウチェン、ごめんね。また後でご本を読んであげるからね」

龍聖はシィンワンとヨウチェンを、そっと抱きしめながら頬に口づけると、駆け足で城の中へ入っていった。

護衛の兵士を呼ぶのも忘れて、龍聖は廊下を走り王の私室に向かった。擦れ違う者達が皆驚いて見送る。

王の私室の入口前に立つ見張りの兵士が、一人で駆け戻ってきた龍聖にとても驚いていた。

「ごめんね、別になんでもないから気にしないで」

龍聖は扉の前で一度足を止めて、驚いている兵士達に笑顔で声をかけた。逸る気持ちを抑えてゆっくり扉を開けて中に入る。

手前にある貴賓室を抜け、続きの間を通り、奥にある王の私室に入った。

中で掃除をしていた侍女達が、一人で戻ってきた龍聖に驚く。頬を上気させ息を弾ませる龍聖が、明らかに走ってきたのだと分かるからだ。

「どうかなさいましたか？」

側にいた侍女が恐る恐る尋ねた。

「ううん、ごめん、なんでもないけど……ちょっとオレの部屋を使いたいから、鍵を開けてもらえるかな?」

「は、はい、かしこまりました」

侍女は慌てて鍵を用意し、王妃の私室へ向かった。龍聖はその後についていく。

防犯のために、普段使用していない部屋には鍵をかけていた。

王妃の部屋は、龍聖が自由に使っていい部屋で、昔は毎日のように使用していたが、子供が生まれてからは、あまり使わなくなっていた。本を読んだりくつろいだりするのにも、いつも王の私室の居間で過ごすことが多い。小さな子供達の目の届くところにいたいと思うからだ。

侍女が扉の鍵を開けたので「ありがとう」と礼を言い中に入る。

「しばらく誰も中に入れないでね」

侍女にそう告げて扉を閉めた。

恐らくすぐに、扉の前に警護の兵士が立つだろう。

龍聖は部屋の中に置かれた机の側まで行くと、引き出しを開けて、その中に入っている小さな鍵を取り出した。そのまま続きの寝室へ向かい、ベッドの横に置かれたチェストの一番上の引き出しの鍵を開ける。

引き出しの中には、小さな木箱が入っている。それを取り出してふたを開けた。

箱の中には、龍聖がこの世界に来た時に所持していた物が入っている。

家と車の鍵が付いたキーケースとスマートフォンだ。財布などは持っていなかった。突然来てしまったから、ジーンズのポケットに入っていた物だけだ。

ちゃんとしきたりを知っていて、儀式をして来たならば何を持ってきていただろう？　と考えたことはある。せめて家族の写真くらいは、持ってきたかった。

龍聖は、スマートフォンを手に持った。もうとっくに電池切れでご臨終になっている。写真も音楽も動画も、お気に入りの物はすべてこの中に入っているのだが、電気のない世界では見ることも聴くことも出来ない。結局はアナログが一番なのだなとしみじみ思う。

この世界の人達が、これを見たらなんだと思うだろう？

シュレイはこれを見たことがあるが、特に何かと聞かれたことはない。必要のないものだからと、今までずっとここにしまっていた。だけど……。

龍聖はそのままベッドに腰を下ろした。スマートフォンの黒い画面をじっとみつめる。

綺麗な石だと思うだろうか？　いや、さすがに金属製なのは分かるだろう。小さくて重くてツルツルで……。これが機械だとまでは分からないかもしれない。

壊して中を見たら？　たくさんの部品が詰まったこれを、もうただの石や鉄の塊だとは思わないだろう。人間が作ったものだと分かるはずだ。ただどうやったところで、この世界の人間には、スマートフォンだと分かることはないし、コンピューターや電子端末の類を理解するには、まだまだほど遠い文明レベルだ。

だけど……少なくとも、人が作った『何か』だということは分かってしまう。

外装が見たこともない金属で、これほど薄いのに頑丈だというのには、興味をそそられるだろう。

この世界での製鉄技術では、到底作れない。

画面のガラスも、これほど薄く平らで、透明感のあるものは、こちらの世界の技術では作れない。どのような方法でガラスを加工したのか、職人達は不思議に思うにちがいない。

そんな風に、これに対して『不思議だ』『どうやって作ったんだ』『何に使うものなのだ』という好奇心が、文明を飛躍的に発達させるきっかけになりかねない。

エルマーンの人々……シーフォンやアルピンが、そういうことを考えるかどうかは分からない。だけどリューセーの持ち物は、異世界の大和の国のものだと知っている。

龍聖が死んだ後、一緒に埋葬してくれればいいけれど、万が一形見として子供達の手元に残ったら？　それが万が一、国外に流出したら？

これを一緒に埋葬してほしいと遺言をすれば大丈夫だろうか？

いや、自分が死んだ後のことに、『絶対』の保証などないのだ。

一度は近代文明まで発展したこの世界の人間達……すべての技術も伝統も記憶も失って、リセットされた世界だけれど、二千年もたってまたいつ文明が急激に発展するか分からない。人間にとってそれは良いことなのかもしれないが、エルマーン王国にとっては……竜という生き物が暮らす世界には、不要なものだ。

これはどこかに葬る必要がある。壊して？　粉々にすればいい？　粉々にして鉄を溶かす溶鉱炉で溶かす？

専門的な知識がないから、スマートフォンを完全に消滅させる方法が分からない。

処分するならば、下手に欠片や燃え残りがないように、完璧にする必要があるけれど、その方法も道具も分からない。第一、この国には鉄を溶かす溶鉱炉はないし、そもそも処分は龍聖一人でやらなければ意味がない。

だったらこれをどこかに隠さなければ……誰の目にも触れないようなところへ……。

龍聖は苦悶の表情で、懸命に考えた。思い当たるいろいろな場所でシミュレーションを行ったが、湖の底に沈めても、土に埋めても、偶然見つからないか？　という不安は残ってしまう。

最も「ここならば絶対大丈夫なのでは？」と思った場所は、ホンロンワン様の棺の中なのだが、そんなところにどうやって入れるんだよ！　と自分に突っ込みを入れるしかない。

誰にも知られず、誰の手も借りず、龍聖一人で処分することが大前提だ。

うんうんと唸りながら考えていたが、辺りがいつの間にか暗くなっていることに気づいて、慌てて立ち上がった。さすがにこんな時間まで、一人で籠っていては皆に心配をかけてしまう。

龍聖は元の場所にスマートフォンをしまって、王妃の私室を出ることにした。

扉を開けて廊下へ出ると、見張りに立っていた兵士が、あからさまに安堵の表情を浮かべた。それを見て龍聖は苦笑する。

「もしかして、シュレイが心配して様子を見に来ました？」

兵士にそう尋ねると、二人の兵士は顔を見合わせて、恐る恐る「はい」と答えた。

「見張りご苦労様でした。王の私室に戻ります」

龍聖は兵士にそう告げて、王の私室に戻っていった。

中に入ると、シュレイが一番に駆け寄ってきた。

「リューセー様！」

「ごめん、ごめん、心配をかけたね。大丈夫、ちょっと考えごとをしていたんだ。でももう大丈夫だから」

龍聖は笑顔でシュレイに謝った。

「もうすぐ夕食だよね。フェイワンはまだ？」

「はい、まだお戻りではありません。特に遅くなるという知らせもありませんので、間もなくお戻りになるでしょう」

「そうか、フェイワンが帰る前で良かった」

龍聖は苦笑すると、子供達の下へ向かった。

居間の中央にあるソファに、四人の子供達が並んで座っていた。

シェンファがヨウチェンの相手をしている。インファとシィンワンは、仲良くカード遊びをしていた。

「みんな、何をしているんだい？」

「母上」

龍聖の登場に、子供達は嬉しそうに笑顔になった。

龍聖はシェンファの隣に座り、ヨウチェンを抱き上げる。

「シェンファ、ありがとう」

「リューセー、どうかしたのですか？」

シェンファが首を傾げて龍聖に尋ねた。

「どうもしないよ。ちょっと調べ物をしていたんだ。シェンファは、今日は勉強の後何をしていたんだい？」

「インファと一緒に、ルイラン様の所へ行って刺繍を教わっていたの」

「それはいいね、うまく出来た？」

「まだ全然……難しくて……でもインファは珍しく熱心にやっていたわ」

「へえ……インファが？」

龍聖は、向かいに座るインファをみつめた。視線を感じて、インファが龍聖を見た。

「なに？」

「シェンファと一緒に刺繍を習ったんだって？」

「はい、難しいけど楽しかったです」

インファがそう言って笑った。

「二人とも完成したら見せてね」

龍聖に言われて、二人は恥ずかしそうに笑った。

「刺繍かぁ……」

龍聖はふと、フェイワンが言っていた『他の国の王妃様が何をしているか』という話を思い出していた。

『やっぱり女性の趣味となると刺繍が一般的なのかな？』

龍聖はそう思ってぼんやりと考えていた。

「リューセー、何を考えているの？」

「え？　あ、いや、シェンファは刺繍をしてみて楽しかった？」

「……私はそれほどでも……ずっと細かい作業を集中してやるのは、疲れてしまうわ」

「シェンファには向いてないのか……他に何かやりたいことはないの？」

「やりたいこと？」

　龍聖に言われて、シェンファは不思議そうに首を傾げた。

「趣味だよ……刺繍以外には何もないの？　この世界の女性達の趣味って限られているのかな？」

「リューセーの世界の女性はどんな趣味を持っているの？」

「それはいろいろだよ」

　龍聖はそう言って考えた。

『この世界の人に言っても大丈夫な趣味ってなんだろう？』

「お茶とかお花とか？」

　龍聖は思わず日本の伝統的なものを口にしていた。

「お茶とお花が趣味ってなんですか？」

　シェンファが驚いたように尋ねた。

「あ〜……つまりね。君達が知っているようなお茶とは違って……大和の国には独特なお茶があって、それを飲むための作法と、お茶を淹れる作法があってね。それを習得して、いかに美しく優雅にお茶を嗜むか……という趣味があるんだよ」

「不思議！」

「お茶を飲むのが趣味なの？」

　シェンファが驚きの声をあげ、向かいにいたインファが笑いながら聞いてきた。

「そうだよ。それからお花は、いかに美しく活けるかを学ぶんだ。ほらあんな風に花瓶に活けてある花だって、侍女達が考えて綺麗に見えるように活けてくれているんだよ」

龍聖は部屋に飾られている、花瓶の花を指して言った。

「大和の国の華道は……あ、お花を活ける趣味だけど……決まったルールとかがあってね、そのルールに則っていかに美しく花を活けるか考え学ぶんだよ」

「リューセーは、そのお茶とかお花はやっていたの？」

「やらない、やらない、オレは男だし……まあ男でも茶道や華道をやる人もいるけど……オレはやってないよ」

龍聖が笑いながら手をひらひらと振った。

「え～！　じゃあ、リューセーがやっていた趣味を教えて！」

「オレの趣味？　まあいろいろあるけど……この世界にないものもあるし、説明が難しいよ」

「アイキドーは？」

シィンワンが話に入ってきた。

「あれは趣味じゃないよ。体を鍛えるために小さい頃から習わされていたんだ」

龍聖はシィンワンの問いに答えた。シィンワンは頷いて笑った。納得したようだ。

「あ、そうだ。何か好きな物を集めたり、作ったりするのはどうかな？」

「何か好きな物？」

「そう。それも趣味だよ」

言われてシェンファは首を傾げた。

「たとえば？」

「たとえば……なんでもいいんだけど……そうだな」

龍聖は辺りを見回した。

「インファはよくリボンで髪を結んでいるけど、それはいくつか種類があるのかい？」

「これ？　お気に入りが四つあるわ」

「それは侍女が持ってきてくれるの？」

「ええ、新しい服を作ってもらった時に、一緒にこれはどうかといくつか持ってきてくれて、その中から選ぶわ」

「そういうリボンをいろいろ集めるのもいいし、自分の好きな色とかで作るのもいい……そういうのも趣味だよ」

龍聖の言葉を聞いて、シェンファとインファが不思議そうに顔を見合わせた。

「インファは刺繍をすることが楽しくなったなら、自分で刺繍したリボンを髪飾りにするといいかもね」

「それ素敵！　やってみたいわ」

インファがきゃあと嬉しそうに笑った。それを見てシェンファが眉根を寄せた。

「リューセー！　私にも何か趣味を教えてください」

「趣味は自分で見つけるものだよ」

「でもインファには教えたじゃない。ずるいわ」

「教えたけど……でも刺繍もリボンも、元々インファが好きだったものだから……シェンファにそういうものがあれば、助言してあげるよ」

龍聖にあしらわれたので、シェンファはぷうと頬を膨らませた。

「楽しそうだな」

そこへフェイワンが戻ってきた。

「父上！」

「フェイワン、お疲れ様」

龍聖は子供達と一緒に立ち上がりフェイワンを出迎えた。

フェイワンは龍聖を軽く抱いて頬に口づける。続けてシェンファとインファの頬に口づけて、シィンワンとヨウチェンを抱き上げげた。

「今日も大歓迎だな。仕事の疲れも吹き飛ぶよ」

フェイワンが嬉しそうに笑い、着替えるために寝室へ向かった。

龍聖が一緒に寝室へ行き、子供達にはシュレイが夕食の用意をしているテーブルに、揃って座るよう言い置いた。


「禁書を読んでみてどうだ？」

寝室に入るなり、フェイワンがそう言って脱いだ上着を龍聖に渡した。

「気が早いですよ。まだ冒頭の部分を読んだくらいです。でも…」

龍聖は受け取った上着を、ゆっくりと手元で畳みながら、少し沈んだ表情で視線を落とした。

フェイワンは、ベッドの上に用意されている上着を羽織りながら、優しい眼差しを龍聖に向けた。

「辛いか？」

「え……」

フェイワンの言葉に、龍聖ははっとしたようにフェイワンを見た。優しい眼差しと視線が交わる。

「竜だった頃の話は、お前が思っていたよりもさらに厳しいものだったか？」

フェイワンは、龍聖を気遣うように優しく穏やかな口調で言った。

「そうですね……ええ、そうです。とても厳しいと思いました。ごめんなさい。でもまだうまく言えなくて……もう少し時間を貰えますか？」

「ああ、もちろんだ。別に感想を強制するつもりはないし、辛いならば最後まで読む必要もない。お前に任せるよ」

フェイワンはそう言って、龍聖の額に口づけた。


翌日も龍聖は神殿に行き、『建国記』の続きを読んだ。

魂精を持つ人間を探し続けるホンロンワンと、人間の体に戸惑い混乱するシーフォン達の姿が書かれている。

最初のうちはどうすることも出来ずに、全裸で野を彷徨う者や、半身の竜に乗り周囲を飛びまわる者など、混乱する様が克明に描かれていた。

やがて彼らは生きていくために、人間の文明に手を伸ばした。彼らが破壊し尽くした人間の国があった場所へ行き、廃墟の中から衣服を探し出し、身にまとった。

全裸のままでは暑さ寒さに適応出来ず、特に空高く飛ぶと風が肌を切るように冷たかった。毛皮を持たない人間の不便さを知ったのだ。

ホンロンワンは、魂精を持つ人間を探したが、そもそも生き残っている人間を探すことがとても難しかった。

竜に乗っていけば、竜の姿に恐れおののき、僅かに生き残った人間達は、森や洞穴に隠れてしまう。幾日かけても人間を探し出せず、ホンロンワンは途方にくれた。

やがてホンロンワンは、魔力を使い人間の気配を探し出した。人間の居場所を見つけると、遠くに竜を置いて歩いて近づいた。そして物陰から人間達の様子を観察した。

人間がどうやって生活をしているのかなど、今までまったく気にもとめていなかった。だが自身が人の体になって、この体でこれから生きていくためには、人間の生活を観察するのが、一番の近道だと気がついた。

まともに人として暮らせるようになるまでの、シーフォン達の長く辛い日々が、切々と綴られていた。それと同時に、ホンロンワンが魂精を持つ人間を探す様子も綴られている。

世界中を隈なく根気よく探し続け、時には試しに人間と交わってみたり、それは気の遠くなるような過酷な日々だっただろうと窺い知れる。

「神様は見つかるはずがないことを分かっていて、わざと魂精を持つ人間を探せと命じたんだろうか？　ほとんどの人間を、彼ら竜族が殺してしまっていることを、改めて知らしめるために？　数千万人いた頃ならば、強い魂精を持つ者がいたのかもしれないけれど、生き残った人々は運よく命が助かった者か、辺境の民くらいだったんだよね……竜に怯（おび）えて逃げ惑った人々……そんな人が魂精を持つはずがない」

龍聖は独り言を呟いた。

ホンロンワンやシーフォン達が哀れで、思わず神様に文句を言いたくなる。

「そもそも『魂精』って何だよ。未だになんでオレがそんなの持っているのか分からない。オレと兄弟達に何の違いがあるとも思えないけど……でもきっとそういうことじゃないんだろうな。『リューセー』は最初から姿かたちが決まっているように、この体は魂精を持って生まれるようになっているんだろうな……」

弟や妹とあまり似ていなかった自分を思ってそう呟いた。ラウシャンが、『代々のリューセー様は、皆、面差しが似ている』と言っていた。

龍聖である証の痣を付けて生まれてくるように、この体自体が魂精を持って生まれてくるのだろう。

「代々のリューセーは初代リューセーの生まれ変わりかもしれないな」

龍聖はじっと自分の手をみつめながら呟いた。

「だけどホンロンワン様は、何人かの人間と試しに交わってみたと書かれているけど、何がダメだったんだろう？　まあ魂精をあまり持っていないなら、それ自体ダメなんだろうけど……」

龍聖はそれにあたる記述を探した。

「あった……女も男も子を孕めず……子を宿しても産むに至らず。唯一生まれた子は竜を持たぬ人の子で、母の魂精が足らず育たぬまま死んだ。え……これは……辛いな」

龍聖は眉根を寄せた。

これ以降ホンロンワンは、人と交わることを諦めた。だがしかし魂精を持つ人間を探し続けた。

シーフォン達は、人間の国の廃墟から、あらゆるものを持ち出し、少しずつ人としての暮らしを覚えていった。

『建国記』には、シーフォンが人の体に慣れて、ようやくまともな人らしい暮らしになるまでのことも、細かく綴られていた。

そして世界中を探し尽くして、魂精を持つ人間を見つけることが出来なかったホンロンワンに、神は慈悲をかけられて、異世界へ行く力を与えられる。

ホンロンワンが幾度目かの異世界への旅で、ようやく守屋龍成(たつなり)に巡り合うまでに、百年の月日が流れたとあった。

「そんなに……」

龍聖は絶句した。

「こんな……こんなのもう十分なんじゃないの？　ホンロンワン様を許してあげてよ……それでも竜達が殺した命の数は、まだ償いきれていないってこと？」

龍聖は大きな溜息をついて、パタリと本を閉じた。表紙をみつめながら、ぼんやりとしていた。

ホンロンワン様達は、百年かかってようやく第一歩を踏み出した。だがたぶん世界は……百年あれば、人間達も少しずつ数を増やし、復興していく。

「どこの世界でも、人間が一番図太いなぁ」

龍聖はまた溜息をついて、再び本を開いた。

龍聖は毎日神殿に通い、『建国記』と『エルマーン史』の二冊を五日間かけて読破した。そこに書かれていた真実のエルマーン王国の歴史は、想像のはるか上をいくものだった。

『確かに……これをシーフォンが読んだら、神様や人間を恨むだろうな……』

龍聖は改めて考えさせられていた。もう少し、あの二冊の内容について、じっくり考える必要がありそうだと思った。

何よりもまだスマートフォンの処分について解決していない。これを解決して、もっとじっくりと頭の中を整理して、改めて歴史を学ぶ必要がありそうだ。

「それにしても本当にどうしよう」

龍聖は、王妃の私室の寝室で、スマートフォンをみつめながら溜息をつく。この五日間毎日考え続けたが、どうしても処分の仕方が分からない。

「本当はこういう時こそ、困った時のシュレイだけど、シュレイにも聞けないなぁ……シュレイは秘密を絶対に誰にも話さないって信じられるけど、そんな重い秘密をシュレイに背負わせたくないなぁ……あ〜あ、こういう時気軽になんでも話が出来る相手がいればなぁ……オレ以外とは絶対誰とも話さないような相手で、だけど信頼出来る相手……っているじゃん！」

龍聖は何かを閃いたように、明るい表情になって立ち上がった。


「ジンヨン！」

龍聖は中央塔の最上階に来ていた。

部屋の主である巨大な黄金の竜は、部屋の真ん中に行儀よく座り、長い尾を振って喜びを表していた。

「しばらく来れなくてごめんね！　元気だった？」

龍聖が声をかけると、ジンヨンはググッと喉を鳴らして、ゆっくりと頭を下におろした。龍聖の目の前の床に頭を付けたので、その鼻頭を龍聖は笑いながら何度も撫でた。

「ジンヨン、実は……話を聞いてほしくて来たんだけど……フェイワンには内緒にしてほしいんだ。いいかな？」

龍聖が両手を合わせて言うと、ジンヨンは少しばかり頭を持ち上げて、じっと龍聖をみつめながら、グルッと鳴いた。

ジンヨンはフェイワンの半身であるため、離れていても互いに意思の疎通が出来る。だが故意に気持ちを閉ざして相手に分からなくすることも出来た。『内緒』というのは、龍聖が話したことを、フェイワンに意思を通じて伝えないということだ。

「ごめんね、ありがとう」

ジンヨンは、グッグッと嬉しそうに喉を鳴らした。

「そうなんだよ、もうジンヨンしか頼れる相手がいなくてさ」

龍聖の言葉に、ジンヨンはもう一度尾を振った。

龍聖にはジンヨンの言葉は分からない。だが長い付き合いで、なんとなく言っていることが理解出来るような気がしていた。

今回だけでなく、今までもよく愚痴を聞いてもらったりしていた。

ジンヨンならば、誰にも話さないし……というか誰もおいそれと近づかないし、フェイワン以外ジンヨンの言葉は分からない。それにジンヨンは竜なので、スマートフォンの話をしたところで、きっとその物自体への興味はないだろう。だから秘密を共有させてしまうという罪悪感を持たずに話せる。

ジンヨンは、なぜかフェイワンとライバル関係にあるので（龍聖を巡ってだけのことだが）、フェイワンに秘密にして、と言えば絶対に伝える心配はない。もしもフェイワンに伝わったとしても……本当はフェイワンにも知られたくないが、その時はフェイワンならば仕方ないと思える。

フェイワンはきっと、龍聖の気持ちを察して必要以上に詮索しないだろう。それにとても頭が良いから、スマートフォンを見て大和の国のものだと知れば、決して触れない方が良いと判断するはずだ。

フェイワンに知られたくないというのは、単純に余計な心配をかけたくないからというだけのことだ。それはシュレイに知られたくないと思うのと同じだ。

龍聖は、絶対的な信頼を寄せることが出来る相手に恵まれている。フェイワンはもちろんだが、シュレイもユイリィもタンレンもラウシャンもメイファンも……みんなどんな秘密も、墓場まで持っていってくれると信じられる。

でもだからこそ、滅多なことは言えないという気持ちもある。巻き込みたくない。負担をかけたくないと思ってしまう。

「ジンヨン、あのね……絶対に誰にも分からない場所に、隠したいものがあるんだけど……そんな場所ってあるのかな？　オレの身内に知られたくないとかそういう次元じゃなくて……この世界の誰にも……アルピンにも誰にも、絶対見せたくないものなんだ。オレのいた大和の国から持ってきてしまった物で……この世界には関わらせたくない物なんだ」

龍聖は布に包んだスマートフォンを手に持ちながら、ジンヨンに打ち明けた。

「ずっと考えていたんだけど、全然思いつかなくてさ……。そもそもこの世界でオレの知っている範囲って、この城の中くらいで、他に知っている場所は、北の城の一部くらい……いや、あそこを知っているってうちに入れていいか分からないけど……城下町のことは詳しくないし、それ以外のこの国の中なんてほとんど知らない……。だからいくら考えても、たいした場所を思い浮かべられなくてさ……」

龍聖は苦笑しながらそう言って、手元をみつめた。

「別に危険な物じゃないんだ。オレが向こうの世界で愛用していたもので……まあオレにとっては数少ない思い出の品ではあるんだけど……でもね、こっちの世界では作れない物で……いや、今はって意味ね。今は作れないけど、もしかしたらいつの日にか作れるようになるかもしれないけど……オレはそうなることを望んでいないんだ。これが作れるくらいに、この世界の文明が発達してしまったら、その時はエルマーンの……竜達にとっての危機が訪れるような気がして……だからどこかに隠してしまいたいんだ。本当は完全に消滅させることが出来たらいいんだけど……誰にも気づかれずに、そんな作業をするのは無理だなって思うから……」

龍聖は切々と訴えて顔を上げた。

目の前にジンヨンの顔がある。金色の瞳が、真っ直ぐに龍聖をみつめていた。フェイワンと同じ金色の瞳は、とても優しい色を浮かべている。爬虫類みたいな冷たい目とは、明らかに違う優しい目だ。

ジンヨンも考えているようで、しばらく沈黙が流れた。

やがてジンヨンが、龍聖の体にそっと鼻先を当てて、ゆっくり頭を上げた。長い首を曲げて、自分の背中を指すように頭を動かしてから、グググッと鳴いてまたゆっくりと龍聖の目の前に頭を下ろした。

「え？　背中に乗れって言ってるの？」

龍聖が尋ねると、ジンヨンはゆっくり瞬きをして、小さくグッと鳴いた。そうだと言っているようだ。

「どこかに連れていってくれるの？　良い場所があるってこと？　だけど勝手にオレを連れていったら、フェイワンが怒るよ？」

龍聖が困ったように笑みを浮かべながら言うと、ジンヨンは目を細めてグググッと笑うように喉を鳴らした。

「フェイワンを怒らせて喜んじゃだめだよ？」

龍聖は呆れたように言ったが、本当にそんな場所があるならば、連れていってもらいたい。迷いながらも決心をして、龍聖はジンヨンの鼻の上によじ登り、しっかりとしがみついた。ジンヨンはそれを確認すると、慎重に頭を動かして、自分の背中の上まで龍聖を運んだ。

龍聖は背中の上に着地して、その場にしゃがみ込む。

「ジンヨン、大丈夫だよ」

大きな声で言った。ジンヨンは体を起こして高々と首を伸ばすと、天井から下がる鎖を咥（くわ）えて、ぐいっと引いた。

ガラガラと歯車の回る音がして、大きな塔の入口が開いていく。ぶわりと強い風が吹き込んできた。

龍聖はこの瞬間が好きだった。なんだか秘密基地から出発するみたいだからだ。

ジンヨンは翼を広げた。硬い鱗で覆われた背中がうねる。

龍聖は大きな鱗をしっかりと摑んで踏ん張った。

ドスドスドスッと足音を立てながら、ジンヨンが助走をつけて塔の上から飛び立った。ふわりと巨体が宙に舞う。大きな金色の翼が、風を受けて優雅に空を飛んでいた。

背中に乗っている龍聖に、強い風が吹きつけてくるので、飛ばされないように気をつけなければならない。

ジンヨンはゆっくりとエルマーンの上空を旋回した。次々とたくさんの竜達が、空に舞い上がってきて、ジンヨンの周囲を遠巻きに飛行する。

皆、龍聖に近づきたいのだが、ジンヨンが怖くて近寄れないのだ。まるで文句でも言っているかのように、ギャッギャッと竜達が騒がしく鳴いていた。

「みんな～！　こんにちは！」

龍聖が周囲の竜達に手を振って声をかけると、さらに竜達が色めき立って騒がしく声をあげる。

「あ、あんまり騒ぎにしちゃいけないいんだった」

龍聖は我に返り頭をかいた。

ジンヨンは、竜達の騒ぎなどまったく気にする様子もなく、悠然とエルマーン上空を二回ほど回って、何かを目指すようにゆっくり高度を下げ始めた。

その後を追うように竜達がギャアギャア鳴きながらついてきたので、ジンヨンは振り返りオオオォオォッと一声咆哮をあげた。大気が揺れるようなその声に、竜達は一瞬にして散り散りに離散していった。

「ふふ……ジンヨンは威厳があるね」

龍聖は楽しそうに呟いて、改めて鱗をしっかりと握った。

ジンヨンは北の城の近くに降り立った。


「あの野郎!!」

執務室で書簡を読んでいたフェイワンが、ふいにガタリと勢い良く立ち上がって一声叫んだ。ダッと大股で走りだして部屋の外に出ると、廊下にいた兵士に命じた。

「すぐにタンレンを連れてこい」

兵士は何事かと驚いたが、フェイワンに一礼すると廊下を駆けだした。


龍聖はジンヨンの鼻にしがみついて、下におろしてもらった。

「ここは……?」

龍聖は辺りを見回した。もちろん初めて来る場所だ。見上げると目の前の岩山には北の城が建っている。岩山の中をくりぬいた城なので、『建っている』という表現が正しいかどうかは分からないが、上空からしか見たことがないので、こうして下から見上げるのは初めてだ。

ここは北の城の麓(ふもと)……というのが、現在いる場所の認識だ。

そして龍聖の立つ場所の側には、いくつもの石碑が整然と並んでいる。

ずらりと横一列に並んだ石碑は、どれも見事な彫刻で飾られた立派なもので、その数の多さもあって、威圧感を覚えるような荘厳な雰囲気だった。

「何だろうこれ……すごいな……エルマーンにこんなのがあったなんて知らなかった。えぇ……一体いくつあるんだ？」

龍聖は石碑の数を数えた。

「二十六、二十七……わあ、二十七もある……中央の石碑は一際大きくて立派だよね。それにずいぶん古い……文字が書いてあるけど、少し薄れてる……だけどまだ十分読めるな……えっと……偉大なる竜王ホンロンワン……この地にていつの日か皆が救われることを悠遠の彼方より祈るなり」

龍聖は文字を読み上げて、しばらく立ち尽くしていた。

「え？　これ、ホンロンワン様のお墓？　いや、だけどホンロンワン様のご遺体は神殿の中にあるって……え？」

龍聖は戸惑いながら他の石碑をひとつずつ確認した。それぞれにも文字が刻まれている。

「勇将ガンシャン……勇将ウーダン……勇将ハイソン……え？　これってもしかして……二十六……二十六人の勇将……」

龍聖はエルマーンの歴史で学んだことを思い出した。ルイワン王の時代に起きた大きな戦争。東の大陸より進軍してきたベラグレナ国と、命を賭して戦った二十六人の勇将達の話は、とても強烈だった。

エルマーン王国が、人間と戦ったのは後にも先にもこれ一度きりだ。その時の彼らの墓が、こんなところにあるなんて知らなかった。

「ジンヨン、ここって……」

龍聖が振り返り、ジンヨンに尋ねようとしたが、ジンヨンが空を見上げていたので、釣られるように龍聖も同じ方向の空を仰ぎ見た。

一頭の竜が、こちらに向かって近づいてきていた。みるみる高度を下げると、ジンヨンの側に着地した。

「リューセー！」

竜の背からフェイワンが飛び降りて、龍聖の下へ駆けてくる。

『うん、まあバレるよね』

龍聖は狼狽えることなく、ニッコリと笑顔を浮かべてフェイワンを迎えた。

「一体どうしたというんだ？　オレに黙って城を出るなんて……ジンヨンがまた勝手に連れ出したのか？」

フェイワンは怒った様子で、ジロリとジンヨンを見た。ジンヨンは空を見上げて、そ知らぬふりをしている。

「違うよ、違いますよ……オレが連れていってと頼んだんです」

「リューセー……もう今さら言わなくても分かっているはずだよな？」

「国内と言えども、一人で城外に出るのは大変危険だ……ですよね。はい、本当に申し訳ありません」

龍聖は早口で答えると、深く頭を下げた。

「全然悪いと思っていないだろう……？」

フェイワンが呆れたような顔で、溜息と共に呟いた。

「そんな……本当に悪いと思っています。もう二度としませんとは約束出来ないけど……ああ、ごめんなさい。だってフェイワンも分かっているでしょう？　何度も注意されたし、何度も謝ったんだから……絶対もうしないはずはないって」

「リューセー、開き直るな。万が一また約束を破ることがあったとしても、今はもう二度としないと心に誓うのが、反省というものだ。破るかもしれないからと、誓いを立てないのはいかんぞ？」

フェイワンは、腕組みをして説教を始めた。

龍聖は眉根を寄せて苦笑する。

「フ、フェイワン……誰の竜に乗ってきたんです？」

「タンレンの竜だ。借りてきた」

「ああ、スジュン君か！　ごめんね」

龍聖は、フェイワンが乗ってきた竜に手を振った。スジュンはグッグルッと鳴いて頭を下げて、ふわりと飛び去っていった。

「リューセー、話を逸らすな。一体なぜここへ来たんだ」

「フェイワン、それはオレが聞きたいことです。ここは一体何なのですか？」

「ん？」

「これ、まさかホンロンワン様のお墓ではないですよね？」

「あ、ああ……」

龍聖に尋ねられて、フェイワンは石碑群に目を向ける。

「これはホンロンワン様の墓だ。もちろん石の下にホンロンワン様はいない。当初はここに埋葬されていたが、神殿が完成してあちらに移された。だが石碑はこのまま残したんだ」

「なぜですか？　それに他の石碑も……二十六将の墓ですよね？　シーフォンの墓は、北の城の地下にあるって聞いたのですけど……」

「二十六将はエルマーン王国を護った英雄だ。あの悲劇を忘れないためという意味と、英雄にここで見守っていてもらおうという意味を込めて、ホンロンワン様の墓に並べて埋葬されたんだ。二十六将は今もここに眠っている」

龍聖は説明を聞いて改めて石碑をみつめた。これは墓なのだから、石碑という言い方は違うかもしれないが、見た目には墓に見えない。見慣れた日本の墓石とは違うからかもしれない。

「リューセーは、知らずにここに来たのか？」

「はい、ジンヨンに連れてきてもらったんですけど、ここが何かは知りませんでした」

フェイワンは、龍聖の言葉を聞いて怪訝そうに眉根を寄せた。

「リューセー……何をしに来たのか教えてはもらえないのか？　もちろんお前がどうしても言いたくないというのならば、無理には聞かないが……ただの散歩というわけではないのだろう？」

フェイワンに問いつめられて、龍聖は俯いて考え込んだ。

両手の中にある布に包んだスマートフォンをみつめた。

フェイワンの言う通り、きっと『言いたくない』と言えば、それ以上詮索されることはないだろう。だがここまで来て何も言わなかったら、フェイワン公認で秘密を持つことになってしまう。フェイワンに対して秘密を抱えるのは嫌だと思った。隠し通している秘密ならともかく、秘密を持っていることがバレたまま、何もなかったように過ごすなんて絶対嫌だ。

龍聖はぎゅっとスマートフォンを握り締めた。

「実は……これをどこかに隠したくて……誰にも見つからない隠し場所を教えてほしいとジンヨンに頼んだんです。中身はフェイワンにも見せることは出来ませんが……オレが向こうの世界から持ってきたもので……向こうの世界で愛用していた物なんです。だから思い出の品として、今まで大事に持っていたんですけど……禁書を読んで……これはこの世界にあってはならないものだと気づいてしまって……だからこの世界の人には誰にも見せたくなくて……本当は燃やすとか壊すとかすればいいんだけど、簡単には消滅させることが出来ないもので……だから隠すしかないと思ったんです」

フェイワンは話を聞き終わり、しばらく黙って龍聖をみつめていた。

龍聖が顔を上げてフェイワンをみつめると、フェイワンは表情を和らげる。

「リューセー、なんて顔をしているんだ？　オレは別に怒っていないよ。話してくれてありがとう」

龍聖はその言葉に、ほっとした。

「そうだな、そういうことならばここは最適な場所だろう。ジンヨンの判断は正しい」

「え？」

「お前も知っていると思うが、我々には墓参りという習慣がない。亡くなった者の遺体を埋葬するというのも、初代リューセー様に言われてするようになったのだ。我らが竜だった頃は、『死』とは『再生』のことだった。竜は生殖によって子を残すのではなく、自分の体が老いたら、新しく生まれ変わっていた。自身の体の中に卵を宿し、生まれ変わるのだ。だから前の老いた体は死体ではなく抜け殻なんだ。そういう考え方だったから、なかなか『死』という意味が分からずにいた。禁書にもそのような記述があっただろう？」

「はい……」

「今はもちろん『死』をちゃんと理解している。愛する者の死は辛く悲しい。遺体を埋葬すれば、皆エルマーンの大地になると思っている。かつて竜だった頃、生まれ変わった抜け殻は、竜の巣と呼ばれたこの山の洞窟に置き捨てられていた。竜の死骸は長い年月をかけて石化する。見たことがあるだろう？　白い半透明の宝石のような石だ。暗闇で淡い光を放つ。石になって山とひとつになる。エルマーンを築くこの岩山になる。そう考えられていた。だからシーフォン達の遺体は北の城の地下に埋葬されるんだ。竜の体の方も別の岩山の中に埋葬している。まあ人間の体の方は石化するかどうか分からないが……そういうわけで、未だに我らシーフォンには、墓参りという習慣はない」

龍聖は改めて、シーフォン達の死生観を知り、驚きと感動が相まって、胸がきゅっと苦しくなった。

「そうだな」

フェイワンは腕組みをして、考える素振りをしながら呟いた。

「確かに……ここに埋めるのが良いだろう。ここならば、さっきも言ったように墓参りの習慣はないから、滅多に近づく者はいない。アルピン達は恐れ多くて誰も近寄ったことがないくらいだ。北の城自体が許された者しか入れないし……だからこの辺りをうろつく人影があれば、怪しいよそ者だとすぐ分かるし、あっちの北の関とあそこの黄昏（たそがれ）の塔にいる兵士が、すぐに気づいて追い払うから、ここならば絶対に誰にも見つかることはないと思うよ」

フェイワンが、北の関と黄昏の塔を指さしながら、そう教えたので、龍聖は明るい表情になった。

「ここに……埋めても良いですか？」

「ああ、オレが許す。ここに埋めたことは誰にも言わないよ。なあジンヨン」

フェイワンがそうジンヨンに声をかけると、ジンヨンは頭をくいっと引くように動かして、グググルルルッと鳴いた。

「あ？　うるさいな！　お前はいちいち一言多いんだよ」

フェイワンがカッとなって、ジンヨン相手に怒鳴った。龍聖は目を丸くして、二人の様子を見ている。

「ジンヨンは何て言ったんですか？」

「元々はオレが埋めさせようと思って連れてきたのに、なんで自分の手柄みたいに言うんだ……と言われた」

憮然とした顔でそう言ったフェイワンに、龍聖は思わず吹き出して大声で笑いだした。

「あはは……ごめん……ジンヨンもフェイワンもありがとう。ここに埋めます。ホンロンワン様のお墓の後ろ側でもいいかな？　下に何も埋まってないから、掘っても罰は当たらないと思うし」

「ああ、良いと思うよ。これを使って掘るといい」

フェイワンは腰につけていた短剣を抜いて、龍聖に手渡した。

「ありがとう」

龍聖は短剣を受け取り、ホンロンワンの石碑の裏側に回った。

赤い地面に短剣を突き刺し、穴を掘っていく。地面は少し固かったが、乾いた土は意外と脆く、何度も剣を突き刺していると、難なく深くまで掘り進むことが出来た。

しばらく掘り続けて、肘まで埋まるくらいの深さに達すると、掘るのを止めて短剣を横に置いた。

これくらいの深さならば、雨などで地上にうっかり出てしまうこともないだろう。そう考えて、穴の中に布で包んだままのスマートフォンを入れた。上から土をかけて穴を埋めていく。

穴が完全に塞がったところで、上を何度も強く踏み固めた。

一連の作業を、無言で行っている間、フェイワンはじっと腕組みをして見守っていた。

「よし」と龍聖は小さく呟き、地面に置いていた剣を拾うと、袖で丁寧に汚れを拭き取った。

「ありがとう、フェイワン」

短剣を返して礼を言った。

「もういいのか？」

「はい……たぶん……大丈夫。フェイワンとジンヨンのお墨付きだからね」

龍聖は二人を交互に見て、笑ってそう言った。

フェイワンは龍聖の笑顔を見て、少しだけ安堵した。しかし無理しているのではないか？　という懸念は残る。

「さあ、戻ろうか」

フェイワンは龍聖を抱き上げて、ジンヨンの頭の上にひょいと飛び乗り、首を伝って一気に背中まで駆け上がった。

「いつもながらフェイワンはすごいね。オレはジンヨンに乗る時は、いつもジンヨンの頭に掴まって運んでもらわないと背中まで行けないんだ」

背中の上に降ろしてもらいながら、感心したように龍聖が言った。

「まあ……慣れだな。お前だって運動神経は良いのだから、出来ないことはないだろう……けど危ないからやっぱりやるな。というかジンヨンに一人で乗るな」

するとジンヨンが、グググッと喉を鳴らした。

「今のは分かるよ、文句を言っているんでしょう?」

龍聖が笑いながら言うと、フェイワンは首を竦めた。

「その通り……ほら、ジンヨン、行くぞ」

フェイワンが大きな声で呼びかけたので、ジンヨンは翼を広げて、大きく何度か羽ばたいた。周囲に風が巻き起こり、土煙が上がる。

ドスドスッと助走して、勢いよくジャンプするように地面を蹴って、空にはばたいた。宙に舞えば、重そうな巨体が嘘のように、優雅に上昇していく。みるみる高度を上げたかと思うと、風に乗ってエルマーン王国の外に出ていた。

「あれ? 城に戻らないのですか?」

「せっかくだから、少し散歩して帰ろう。二人で出かけるのは久しぶりだろう」

フェイワンがニッと笑って言った。だがその言葉にかぶせるように、ジンヨンがグルルルッと鳴いたので、フェイワンは眉間にしわを寄せて正面を睨みつけた。

「分かったよ! 三人だな!」

そのやりとりに、龍聖が楽しそうに声を出して笑う。

「本当は……本当の本当に二人きりで出かけたいんだけどな。ジンヨンに乗らないと出かけられないのだから仕方ない」

フェイワンが、龍聖の耳元に口を寄せて、そっと囁いた。龍聖がクスクスと笑う。

フェイワンとジンヨンが二人がかりで、龍聖を気遣っているのが分かる。スマートフォンのことで、気持ちがかなり落ちていたのには、二人とも気づいていて、埋めたから解決というわけではないことも分かっているのだろう。

でも何も言わずに、こうして少しでも龍聖の気持ちが晴れるようにと、散歩に連れ出してくれたのだ。二人は龍聖に気づかれないように、心の中で話し合っていたのだろう。

仲が悪いように振る舞っているが、半身同士なのだからこういうところは息がぴったりだ。

『二人とも優しいな』

龍聖はしみじみとそう思って微笑んだ。

龍聖は再び書庫に通って歴史の勉強を続けた。二巻、三巻と時間をかけて少しずつ読み進めていった。

途中、他の国の歴史書なども読んでみた。確かに真面目な歴史書は少ない。お伽噺のような伝記や軍記が圧倒的に多かった。

「だけど……考えてみたら、このお伽噺みたいなものの中には、本当の話もあるんじゃないかな？」

いくつかの本を並べて、龍聖は独り言を呟いた。そして我に返り辺りを恥ずかしそうに見回した。

毎日のように書庫に通うので、さすがに学者達の仕事を止めるのは申し訳ないからと、学者長にしつこく頼んで、一緒の部屋で皆に仕事をしてもらうようにした。

だから今は龍聖一人ではない。ついつい独り言を呟いてしまって、はっと周りにいる存在を思い出したのだ。

学者達は仕事に集中しているように見える。誰もこちらを見ていなかった。たぶん気を遣って、龍聖を見ないように頑張ってくれているのだろう。

本当に申し訳ないと思うが、これればかりはなんとか慣れてくださいとしか言いようがない。龍聖としては、部屋の外で勉強しても構わないのだが、子供達が勉強に集中出来なくなるのは、もっと困る。だからここはひとつ、大人である学者達に慣れてもらうしかない。

『で、さっきの話に戻ると……王様の先祖は精霊だったとか、魔法使いだったとか……こういうのは一見お伽噺みたいだけど、マジ話かもしれないんだよね。禁書によると、大昔はいろんな種族がいたみたいだから……そりゃあそうだよね。そもそも竜なんて大物キャラがいて、他のエルフとかユニコーンとかがいないっていうのも変だよね。いや、ゲームのやりすぎかな？　まあ向こうの世界のファンタジーに出てくるような、幻獣や妖精と同じものではないにしても、何かいて当然なんだ。だから人間達は、お伽噺として片づけているかもしれないけれど、シーフォンの学者達は本当の歴史かもしれないってことで、歴史書として蔵書にしているんじゃないのかな？』

龍聖は声に出さないように、心の中でそんな風に呟いた。頬杖をついてじっと本をみつめる。

学者長やシュレイが、歴代の龍聖で歴史を深く学んだ者はいなかったって言ったけれど、それはこの世界の他の国も同じなのではないかと思った。

自分は特に歴史に詳しいわけではない。だが時代劇は好きだし、古くから続く家に生まれたということもあって、平均よりは少しばかり知っている方っていうくらいだ。歴史を専門に勉強していなくても、小学校の頃から授業で歴史を習う。

だから現代人であれば、どんなに歴史に興味がない人だって、聖徳太子や織田信長（おだのぶなが）みたいな有名な歴史上の人物の名前くらいは知っているし、平安時代とか江戸時代とか、何百年も前はこんな時代だったってことくらいは知っている。

でも義務教育施行前は状況は違っただろう。江戸時代の庶民が、江戸時代より前の日本がどんなだったかなんて知らないだろうし、田舎に住んでいた農民なんかは、自分の国……たとえば加賀の国の殿様以外、他の国の殿様が誰かとか、将軍は誰かなんて知らなかっただろう。

守屋家の先祖なんて、確か田舎の山里の出身だったはずだ。加賀（かが）の殿様が前田（まえだ）様だということは知っていても、当時の将軍様が徳川何代目の誰かなんて、果たして知っていただろうか？

『歴史』とは教育されない限り、興味を持つことはないし、知ることもないものだ。

だから過去の龍聖達が、エルマーンの歴史に興味を持たなくても無理はない。

この世界の他の国々が、自国の歴史を探求していなかったとしても、それは無理もないことだ。

『知らない方が幸せなこともあるのかな？』

頬杖をついたまま、ぼんやりとそう思った。

この世界の人間達はもう誰も、二千年前の絶滅の危機を知らない。でももしもどこかの国の歴史研究家が調べて、その事実にまで辿り着いてしまったらどうなるのだろうか？

『辿り着けるのかな？　どこかに何か資料は残っているのかな？』

学者長はそこまで古い歴史書は、未だに見たことがないと言っていた。

ルイワン王の時の、悲劇の戦争についてさえ書物は何も残っていない。あの時ルイワン王が、復興に手を尽くした盟友であるダーロン王国は、ずいぶん昔に滅びている。あの当時に存在していた国は、ひとつも残っていないのだ。

国が滅びれば、歴史も消滅してしまう。

『それはエルマーン王国にとっては、都合の良いことじゃないのかな？』

知らない方が幸せ……その言葉が何度も頭に浮かぶ。シーフォン達も歴史の真実を知らないから幸せだ。禁書にしたのは正しい判断だ。

そう思った時、胸になんだか得体の知れないもやもやとしたものが生まれた。


龍聖はダイニングテーブルで、書簡を書いていた。

友好国の王妃から届いた贈り物へのお礼の書簡を書いていたのだ。龍聖にとって、王妃の仕事らしいものと言ったらこれくらいだ。

そこへシェンファがやってきて、黙って隣の椅子に座った。

龍聖が書簡を書くのをじっと見ている。

「どうしたの？」

龍聖は書きながら、シェンファに声をかけた。

「それが終わったら、話を聞いてください」

「うん、分かった。ちょっと待ってね」

龍聖はにこやかに頷いて、書簡を書き続けた。

シュレイがお茶とお菓子を、シェンファの前に置いた。

しばらくして、龍聖が書簡を書き終わった。封をしてシュレイに渡すと、シュレイはそれを持ってどこかに去っていった。

「さて、お待たせしてごめんね。話を聞くよ」

龍聖はテーブルの上を片づけながら、シェンファの方を向いた。

シェンファは、少し恥ずかしそうに頬を染めて苦笑する。

「ごめんなさい、別にたいした話ではないのだけど……」

「いいよ、言ってごらん」

「この前、リューセーが言っていた趣味の話……私、あれからずっと考えていたんだけど、何も浮かばなくて……やっぱりリューセーに助言を貰いたいの」

シェンファの話に、龍聖は少しオーバーなくらいに驚いてみせた。その反応に、シェンファはむっと唇を尖らせる。

「ふざけないで、リューセー」

「ははは……ごめん。いや、たかが趣味のことぐらいで、そんなにシェンファが悩むとは思わなかったからさ」

「たかがって……そのたかがな趣味なのに、何も思い浮かばなかったのよ？　大問題ではない？」

シェンファがむきになって言うと、龍聖は肩を竦めてみせた。

「全然大問題なんかじゃないよ。だって『趣味』だよ、シェンファ。意味は理解してる？　自分の自由な時間……私的な時間に好きなことを習慣として継続することだよ？　悩んで決めることなんかじゃない」

「でも私、インファみたいにリボンを集めたりしていないし……何も集めたいと思う物がないわ」

「シェンファ、誤解だよ。コレクションだけが趣味じゃない。ああ、コレクションというのは物を集めることを言うのだけど……趣味っていうのは言っただろう？　好きなことを習慣的に継続することだよ。物を集める以外にだっていろいろあるよ……たとえば……えっと……そうだな……好きな音楽を聴いたり、絵を描いたりするのも趣味だ。ね？　いろいろあるんだよ。ようするに自分がその趣味によって、楽しい時間を過ごせることが大事なんだ」

龍聖の説明を聞いても、シェンファは眉根を寄せている。

「分からない」

シェンファは小さく呟いた。その様子に、龍聖は「参ったなぁ」と苦笑しながら頭をかいた。

別に無理に趣味を持てというつもりはなかった。趣味がないならないでも、良いのではないかとさえ思った。だけどシェンファは、それをとても重要に受け止めてしまっている。

「それじゃあ……いろいろ試してみたら？」

「え？」

「とりあえず自分に合う趣味が見つかるまで、いろいろなことをやってみたらどう？」

「いろいろって……何からしたらいいの？」

「じゃあさ、消去法だね」

「消去法？」

「すでにやってみたもので、自分の趣味ではなかったものをあげてみて、それは趣味から削除する。それでそれ以外のことをやってみるんだ。まず刺繡は違ったね。それからリボンも集めていない。読書は？　本を読むのは趣味じゃない？　それじゃあ読書もバツだ。料理は？　料理をしてみたことはある？」

シェンファは首を振った。龍聖はちらりとシュレイに視線を送る。シュレイは黙って頷いた。

「じゃあ料理をしてみよう。今すぐは無理だけど……料理をする準備を近々シュレイがしてくれるから、その時にね」

龍聖はシュレイの表情を見ながら、言葉を選んでシェンファにそう伝えた。シェンファはとても驚いた顔をしている。

「料理なんて出来るものなの？」

「え？　それはどういう意味？　いつも食べている料理は、アルピン達が作ってくれているんだ。人が作るものだよ？　シェンファだって、オレだってやろうと思えば出来る。オレも大和の国にいた頃は、よく料理をしていたよ。母親が働いていたからね。弟や妹のためにおやつを作ってあげたり、夕食作りの手伝いをしたりしていたよ」

「すごい」

シェンファは目を丸くしていた。料理をするのがすごいって、こんなに驚けるのはさすがお姫様だなと、龍聖は心の中で感心していた。

「じゃあ、リューセーの趣味は料理なの？」

「料理は趣味じゃないよ。嫌いではなかったけど、趣味じゃない。生活のためにやっていただけだ」

シェンファは溜息をついた。

「難しいのね」

「ははっ……シェンファ、難しく考えすぎだってば」

龍聖はシェンファの頭を撫でた。

「音楽は？　音楽嫌い？」

「好きよ。宴の時に、楽師を呼んでくれたことがあったでしょう？　みんなで踊って楽しかったわ」

「それは踊りが好きなの？」

龍聖に問われて、シェンファは首を傾げて考えた。

「踊りも……楽しくて好きだけど……音楽が好きだわ。ほら、あのこういう楽器？　あの音が好きだわ」

シェンファが手振りで、弦を弾く真似をしてみせた。

「リュート？　興味があるなら弾いてみる？」

「え？　弾けるの？」

「弾けるか弾けないかで言えば、もちろん弾けるよ。楽師を呼んで習ってみるのもいい」

シェンファはまた目を丸くして驚いている。

「たとえば楽器にしても、演奏するだけではなく、作ってみるという選択肢もある。物を作るのだって趣味になる」

「楽器を作るですって？」

シェンファは驚きの声をあげた。

「そうだよ。楽器だって人の手で作ったものだ。だからシェンファにだって作ろうと思えば作れる。物を作ることを仕事にしている人が多いけれど、趣味にすることだって出来るんだ。言っただろう？　趣味というのは自由な時間に、好きなことを習慣としてやることだ。楽器を作って生計を立てなければいい。つまり売るために作るのではなく、作ること自体を楽しみにするんだ。物作りが好きならば、もちろんそれを仕事にすることが出来るけど、同時に趣味にすることだって出来る。ほら、それこそ刺繍がそうだよ。刺繍を仕事でしている人達だっているだろう？　君が着ている服に施された刺繍は、その服を飾るためにアルピンがしてくれたものだ。それはアルピンの仕事だよ。だけどルイラン様やインファは趣味で刺繍をしている。誰かに売るためにしているんじゃない」

シェンファはずっと目を丸くしたままだ。

「趣味は無限だよ。自分がやって楽しいことを探すのは面白いかもしれない。いろんなことを試してみるのは、良いことだと思うよ」

「じゃあ……じゃあ機織り(はたお)も趣味になるの？」

「もちろんさ」

「私、一度機織りをしてみたいわ！」

シェンファが頬を上気させながらそう言ったので、龍聖はニッと笑った。

「いいね、そういうのがいいよ。やってみたいと興味があるのならば、趣味になる可能性も大きいよね。やってみたら難しくて私には向いてない！　って思うか、難しいけど楽しい！　って思うか……後者は趣味になるよ」

シェンファが瞳を輝かせているのを見て、龍聖は大きく頷いた。

「機織りならば工房に行けば試せるから、すぐにでもやってみたらいいんじゃない？　シュレイ、頼めるかどうか聞いてくれる？」

「かしこまりました。すぐに確認してまいります」

シュレイがそう言って、その場を去ってから一刻後、シェンファは工房で機織り体験に臨んでいた。

龍聖も一緒に付いていった。

アルピンから機織り機の使い方を教えてもらい、ぎこちない手つきで機織りをした。シェンファは集中して話を聞き、とても熱心に機を動かしていた。

一刻ほどやったところで、龍聖が終了の声をかける。

「シェンファ、どうだい？」

「とても難しいわ……これで本当に布が織れるようになるなんて信じられないけど……でもすごく楽しいわ」

頬を上気させ、瞳を輝かせながら語るシェンファの様子に、龍聖はニコニコと笑って頷いた。

「じゃあ、教えてくれた彼女にお礼を言ってね。このために仕事を中断して、付き合ってくれたのだから」

「ありがとうございました。貴女の教え方はとても分かりやすかったわ」

シェンファが礼を述べると、アルピンの女性は顔を真っ赤にして、両目を潤ませて、何度も頭を下げている。誉に思っているのだろう。

「じゃあ戻ろう。皆さんお邪魔しました。どうもありがとう」

龍聖は工房の人々に声をかけて、シェンファを連れて工房を後にした。

「シェンファ、やってみてどうだった？　これからも続けてみたいと思った？」

龍聖の問いに、シェンファは何度も頷いた。

「やってみたいわ。出来たものはまだ布にはほど遠かったし……あれから続けて本当に布が出来るのかやってみたいわ」

「それじゃあ、フェイワンに頼んで、シェンファの部屋に機織り機を用意してもらおう。それから先生も探さなくちゃね」

「え？　そんな……いいのですか？」

「もちろんだよ。習い事も立派な趣味だ。シェンファ用の機織り機は、贈り物としてはかなり大がかりだけど、娘の頼みごとを聞くっていうのは、オレにもフェイワンにも嬉しいことだよ」

龍聖は廊下を歩きながら、そう言ってシェンファの肩を抱き寄せた。

「やっぱりリューセーはすごいわ！」

シェンファが嬉しそうに言った。

「リューセーに相談すれば、なんでも解決出来るもの！　すごいわ」

「そんなことはないよ。だけどそうやって頼ってもらえるのは、親として誇らしいよ」

龍聖は笑いながら、シェンファの額に口づけた。


「シュレイ、ありがとうね。機織りの体験がすぐ出来るようにしてくれて」

王の私室に戻り、龍聖はひと仕事終わったというように、ソファで大きく伸びをしながら、お茶の用意をするシュレイに礼を述べた。

「いえ、あれくらいのことでしたら、たいしたことではありません。料理をしてみるというよりも簡単ですよ」

「あ、そうだった。料理体験はしなくて済みそうだね。だけどそんなものなの？　料理もそんなに難しくない気がしたけど」

「刃物や火を使われるのは気を遣います。万が一怪我などされては大変ですから……それに厨房へシエンファ様をお連れするのは、あまり気が進みません」

「それは厨房には竈（かまど）の火や刃物がたくさんあるからってこと？」

「それもそうですし、人の出入りも多いところですから、警備にかなり気を遣わなければなりません。その点工房の方は、危険なものはありませんし、職人以外に外の者が入ることもありませんから、今日のように簡単に準備が出来たのです」

「そっかぁ……やっぱりいろいろと大変なんだね。ごめんね、いつも無理なお願いばかりしちゃって……まあ、そう言いながらこれからシェンファ用の機織り機を用意してもらったり、先生を手配してもらったり、シュレイにお願いすることは多いんだけど……」

龍聖は苦笑しながら、出されたお茶を飲んで、はあっと息を吐いた。

「それも別に難しいことではありません。機織り機はいつも予備を新しく作って、倉庫に置いてありますから、それをひとつ手配すればいいだけですし、先生の方も引退した者に来てもらえば良いと思いますから、それほど探す手間はかかりません」

シュレイはそう言って微笑んだ。

「あとはフェイワンにお願いして許可を貰うだけだけど、まあそっちもまったく問題なさそうだから、明日には準備に取りかかれるんじゃない？　シェンファの悩みが早く解決出来て良かったよ……一時はどうなることかと思ったけど……まさか趣味のことで悩んでいるなんて思わなかったからさ」

龍聖が笑いながら言うと、シュレイは黙ってじっと龍聖をみつめた。龍聖は視線に気づき、首を傾げた。

「何？　どうかした？」

「いえ……しみじみと感心していたのです。いつもながら、本当にリューセー様は博識でいらっしゃって、お子様方の悩みを次々に解決なさるのは素晴らしいと思ったのです」

「別にそんなにたいしたことはしていないよ。シュレイだって、さっきみたいに相談されたら、同じように解決出来るでしょう？」

龍聖に言われて、シュレイは苦笑しながら首を振った。

「私は頭の固いところがありますから、勉強など形の決まった物事ならば、すぐに分かることも多いですが……先ほどのように、趣味についていろいろな方向からの提案は出来ません。あのように相談された場合、刺繍をするとか読書をするとか、そういうシーフォンの方々がよくやられているような趣味の提案は出来ますが、料理をするだとか、楽器を弾くだとか、まったく違う側面からの提案などは、とても考えつきません。本当に感心いたしました」

シュレイに褒められて、龍聖は照れ笑いをして首を振った。

「別にそんなこと……オレは逆にこっちの世界の人達の一般的な趣味が分からないだけだからさ……大和の国で考えられる趣味で、この世界でも出来るものを片っ端から言ってみただけだよ」

「そういうことも含めて、リューセー様は素晴らしいのだと思います。あちらの世界でいろいろな経験を積まれて、柔軟なお考えをお持ちだからこそ、いつも私達が想像出来ないようなことを、言うことが出来るのですよね」

「そうかな……」

龍聖は笑いながら聞いていたが、ふと何か胸がざわざわとするような感じを覚えた。急に龍聖の表情が曇ったので、シュレイは眉根を寄せた。

「どうかなさいましたか？」

シュレイが心配そうに声をかけたので、龍聖はハッと我に返った。

「あ、ううん、なんでもないよ……わあ、もうこんな時間だ。夕食の時間までそんなにないね。ヨウチェンはシィンワンと遊んでいるのかな？」

龍聖が誤魔化すように明るく言ったが、シュレイは心配そうにみつめていた。


その夜、フェイワンにシェンファのお願いを伝えると、もちろん即答で承諾された。それどころか、機織り機は特注で作ろうと言いだしたので、それでは何ヶ月もかかってしまうからと、丁重に却下した。

翌日、龍聖は朝から書庫に来ていた。

いつもはもう少し遅い時間に来るのだが、その日は朝食の後すぐに来ていた。

今日読む予定の本を用意して席に着いたが、読み始めることはなく、じっと机の上の本をみつめたまま考え込んでいる。

昨日、胸がざわざわしてなんだか変な気持ちになった。それがなんなのか考えたかったが、ばたばたしていて一人で考える時間を持てなかった。

ずっと気になって仕方がなかったから、早く一人になりたかった。

だからこうして朝から書庫に来たのだが、まだ胸のざわつきの正体は摑めていない。

あの変な感覚を覚えたのは初めてのことではない。

最初はいつだったか……それをずっと考えていた。

やがてはっと表情を変えた。思い出したのだ。最初は『建国記』と『エルマーン史』の二冊が、禁書となったことについて、自身の中でその理由を精査した時だ。

『知らない方が幸せ』という理論に辿り着いた時、なんだか奇妙なもやもやとしたものが、胸をよぎったのだ。

あの時は『知らない方が幸せ』という考え方を、微妙だなって思ったからなのかと思って、それほど気にはしなかった。

だけど昨日の感覚は、その時よりももっとはっきりしたものだった。もやもやなんてものではない。

ざわざわとひどく胸が騒いだ感じだ。

昨日のざわざわは、シュレイに褒められた時だ。褒められたのになぜ胸がざわついたのだろう？

照れ臭かったけれど、決して嫌な思いをしたわけではない。

ただ褒め言葉の中に、胸に刺さるものがあったのだ。それは何かと考えた。シュレイの言葉を思い出す。

『そういうことも含めて、リューセー様は素晴らしいのだと思います。あちらの世界でいろいろな経験を積まれて、柔軟なお考えをお持ちだからこそ、いつも私達が想像出来ないようなことを、言うことが出来るのですよね』

思い出してもシュレイの言葉の中に、特別おかしなものなど一つもない。シュレイに悪気があるはずもないし、普通に聞いても誰かが皮肉に感じるような言葉はまったくない。もちろん龍聖自身が、嫌だと感じるような言葉もない。

『オレは何に引っかかっているんだろう……』

龍聖はそんなことを考えながら、今まで勉強の際につらつらとメモ代わりに書き込みをしていた手帳を開いて、パラパラとめくりながらそこに書かれている言葉などを見た。

禁書を読んだ時は、何も持ち込むことが出来なかったので、その場で書き記したことはないが、後で思ったことや、印象に残った言葉などを書き留めていた。

やはり一番印象的だったのは、近代文明が存在していたという事実だ。それに気づいたからスマートフォンを埋めたのだ。

だけどそれは、龍聖だから気づけたことだ。飛行機やミサイルを知らないシーフォン達が禁書を読んだとしても、それと分かるはずもない。

彼らからすれば、竜を倒せる武器など想像も出来ないはずだ。

竜王ロウワンが考えた『知らない方が幸せ』というのは、むしろ竜と人間の間にあった因縁ともいうべき関係についてだ。そのことを知ったら、確かにシーフォン達は人間嫌いになってしまうだろう。

本当の歴史が持つ大きな意味に気づけたのは自分だけだ。

過去の龍聖達は、読んでも気づけなかっただろう。近代文明を知らない人々だし、年齢的にも若く世間を知らず人生経験も浅い。近代的な武器や兵器のこと以外でも、人間が浅ましく竜を欲する感情なども理解出来ないかもしれない。

「人生経験……」

龍聖は何かに気づいたように、小さな声で呟いた。表情が変わる。

『あちらの世界でいろいろな経験を積まれて、柔軟なお考えをお持ちだからこそ……』

シュレイの言葉を反芻した。

「そうだ……」

龍聖は思わず息を呑んだ。

本来ならば十八歳でこの世界に来なければならない。代々の龍聖は、そういうしきたりを守って儀式を行ってきた。だがしきたりを知らない龍聖は儀式を行わず、この世界に来るのが十年も遅れて二十八歳で来たのだ。

十八歳といえば、現代社会でもまだ何も知らない子供だ。高校を卒業するかどうかぐらいのものだ。大学に行き、社会人となって、様々な人と出会い、困難な物事にも直面してきた二十八歳の龍聖とは、蓄積した経験値が比べ物にならない。

もしも先代龍聖の影響がなく、守屋家が安泰なままで、裕福な社長の息子として龍聖が育っていたら……バイトもせず私立の中高に通い、なんの苦労もなく育っていれば、きっとかなり世間知らずな十八歳の青年だっただろう。そんな状態でこの世界に来ていたら……エルマーン王国でもまったく違う人生を送ったはずだ。

禁書を読むこともなかったかもしれない。

すべては今の自分自身が特殊だということだ。

龍聖はようやく胸のざわつきの原因に辿り着いた。

龍聖は胸を押さえて、冷静になろうとした。用意してもらったお茶を一口飲む。少し冷めてしまっていたが、口の中が乾いていたので癒やされた。

自分はたまたま銀行員で、二十八歳の大人になってもそれほどエルマーン王国に影響を与える存在ではなかったからよかったが、もしも他の職業についていたならばどうなっていただろう？

もしも医者だったら？　そういえば医者が江戸時代にタイムスリップして、その医療技術から神のように思われて歴史が変わりそうになるっていう漫画があったなと思い出す。

もしも車や機械を作る技術者だったら？　いや、医者や技術者など直接的な技能を持っていなかったとしても、教師や研究者のように専門の知識を持つ者だったら？　それでも歴史を変えるに十分な影響をもたらしてしまっただろう。

つくづく自分が普通の銀行員で良かったと思うし、社会で揉まれたおかげで、こんな風に気づくくらいには良識を身につけていられて良かった。

近代文明を知る世間知らずな十八歳の子供だったら、もしくは専門知識を持つ浅はかな大人だったら、大変なことになっていたかもしれない。

「リューセー様」

ふいに声をかけられ、龍聖はびくりとして顔を上げた。学者の一人がいつの間にか側に立っていた。

「驚かせてしまってすみません。お茶のお代わりをお淹れしようと思ったのですが、私が来たことに気づいていらっしゃらないようでしたので、お声をかけさせていただきました」

「ああ、うん、ごめん、考えごとをしていたんだ。ありがとう」

湯気の立つ温かそうなカップを手に取り、龍聖は笑みを浮かべてその場を取り繕った。

「お顔の色が悪いようですが大丈夫ですか？」

「そうかな？　あれ？　今何時だろう？　もしかしてお昼かな？　お腹空いちゃったのかも」

龍聖は辺りを見回して時計を見た。

「ちょっと食事してきます。あー……戻るかどうかわからないから、ここは片づけます」

龍聖は飲みかけのカップを置いて、慌てて本を片づけようとした。

「結構ですよ。私が片づけておきますから」

「そうですか？　ではお言葉に甘えます、ごめんなさい」

龍聖は謝罪の言葉を述べながら立ち上がった。手帳を持って周囲に頭を下げる。

「今日もお邪魔しました。また明日もよろしくお願いします。あ、お茶、ごちそうさまでした」

龍聖はペコリと頭を下げて部屋を出た。

書庫の中では、たくさんの人々が勉強をしていた。大人の姿も多い。用意されている六つのテーブルがほぼ埋まっていた。

以前は子供が数人勉強していたくらいだったが、ここ数日大人の利用者が増えた。

龍聖が姿を現すと、皆が顔を上げて注目し、深々と頭を下げる。龍聖も応(こた)えるように笑顔で頷き、書庫を後にした。


王の私室に龍聖が戻ってくると、シュレイがにこやかに出迎える。

「お帰りなさいませ。今日はいつもより早くお出かけになったので、そろそろ休憩も兼ねて早めに昼食に戻られるように、お呼びしに行こうと思っていたのですよ」

「ああ、うん、オレもお腹空いたなって思って戻ってきちゃった」

龍聖が明るく笑って言ったので、シュレイは頷いて侍女に昼食の用意を命じた。

「母上」

シィンワンが、ユイリィやシェンファ、インファ達と共に、居間に入ってきた。午前の勉強が終わったようだ。

シィンワンが真っ直ぐ龍聖の下に駆けてきたので、龍聖は屈んでシィンワンを抱きとめた。

「よいしょっ……シィンワンはどんどん重くなるね」

龍聖は笑いながらシィンワンを抱っこして、ソファまで歩くと、抱いたまま腰を下ろした。シィンワンを膝の上に載せて、両手でシィンワンの小さな両手を握る。

竜王の世継ぎであるシィンワンは、食事をとらない。命の糧(かて)は龍聖の魂精だ。皆の食事の前にこうして魂精を与えるのが、いつもの風景になっている。

頭を優しく撫でて、時々前髪をかき上げて額に口づける。シィンワンがそのたびに、嬉しそうにはにかんだ。

「今日は何を習ったんだい？」

「ホンロンワン様が大和の国からリューセー様を連れてきて、一緒にエルマーン王国を作っていったということを習いました。リューセー様はアルピン達に道具を与えて、家や畑を作ることを教えたそうです」

一生懸命に話すシィンワンを、龍聖は微笑ましくみつめた。

「ホンロンワン様が、大和の国の守屋家と約束を交わしたので、代々の竜王の下にリューセーが来るようになったのですよね？」

「そうだよ。オレもこうして来たし……シィンワンのリューセーも、大人になったら来るよ」

龍聖が優しく言うと、シィンワンは頬を上気させて頷いた。

「私のリューセーはどんな子かなぁ？」

「そうだね……きっとシィンワンのことが大好きっていつも言ってくれる子だと思うよ」

「母上みたいに？」

「そう」

シィンワンはそれを聞いて、両手で口を押さえて笑った。そのかわいい様子に、龍聖は目を細める。

「さあ、そろそろ昼食にしよう。オレもお腹ペコペコだ」

龍聖は握っていたシィンワンの両手に、ちゅっと口づけて、シィンワンを膝から降ろした。手を繋いでダイニングテーブルに向かう。

先にシェンファとインファが座って待っていた。

「お待たせ、食べようか」

龍聖はシィンワンを席に着かせて、自分も席に着くとそう言った。

皆で食事を始める。シィンワンは食事をせずにお茶を飲みながら、ニコニコと皆が食べるのを眺めていた。

竜王にとって、食べ物の摂取は必要のないことだ。糧になることはないから、ただ咀嚼して飲み込むだけの行為になる。味は楽しめるが、空腹は満たされない。

外遊に赴くようになれば、他国で食事に招かれる。そのため、普段から嗜みとしてものを食べることを練習としてすることはあるのだが、子供のうちは必要のないものをお腹に入れることが、慣れない体では気持ちが悪くなるようなので、ある程度成長するまでは食べさせないようにしていた。

シィンワンは以前、甘いお菓子の味を好んで口に入れて、飲み込まずに出してしまっていた。それは外では絶対にしてはいけないことだよと注意したら、食べないようになってしまった。

なんだかかわいそうで、家族との食事の時は良いのだよと言おうと思ったが、幼いうちは余計に混乱しそうなので、そのまま放っておいている。

シュレイが、お茶に蜂蜜を入れて、甘い飲み物にしてくれたので、今はとりあえずそれを好んでいるようだ。

「リューセー、午後から私の部屋に機織り機が運ばれてくるそうだから、一緒に立ち会ってほしいの」

「そうなんだ。いいよ、楽しみだね」

シェンファがとても嬉しそうなので、龍聖は安堵した。

「お姉様いいなぁ」

インファが羨ましそうに言った。

「インファも機織り機が欲しいの？」

龍聖が驚いて尋ねると、インファは少し赤くなって首を振った。

「別にそうじゃないけど……趣味のためのお姉様だけのお道具があるのっていいなって思っただけよ」

インファが少し恥ずかしそうに、本音を打ち明けたので、龍聖はクスクスと笑った。

「そうか……そうだよね、なんか分かる」

自分だけの何か……が欲しい年頃なのだろうなと思った。それでなくても、シェンファだけ一人部屋を与えられた時、インファが一番拗ねていた。

それまでシェンファとシィンワンと三人で、一緒の子供部屋で過ごしていたから寂しいのかと思っていたが、インファもそろそろそういうものが欲しくなる年頃なのだ。

「それじゃあ、インファにお裁縫箱を贈るよ。インファ用に特注で作ってもらうから、大事に使うんだよ？」

「お母様！　本当に？　嬉しい！　ありがとう！」

インファが満面の笑顔で礼を言ったので、龍聖は笑いながらちらりとシュレイを見た。シュレイは微笑んで頷く。

インファに礼を言われたが、結局はすべてシュレイが手配してくれるのだ。礼はシュレイに言うべきなのだが、そういうのはやんわりとかわされてしまう。何かちょっと考えなくてはなぁと龍聖も思った。

食事の後、龍聖はシェンファと一緒に彼女の部屋に向かった。

部屋に入るとすでに機織り機が鎮座していた。

「わあ！　大きいと思っていたけど、部屋に入れるとやっぱり大きいって思うね。三分の一を占めちゃっているけど大丈夫？」

龍聖が驚きの声をあげたが、シェンファはご機嫌な様子で、機織り機の側まで駆け寄った。

「平気よ。勉強机の場所も、ソファの場所も十分に空いているし、寝室は別だから関係ないし……まあ、リューセー、見て！　私の名前が彫ってあるわ」

シェンファが、機織り機の側面に飾り彫刻と共に、シェンファと名前が彫られていることに気がついた。

「本当だ……見事な彫刻だね。工房の機織り機にはこんな装飾はなかったと思うけど……」

「シェンファが使うと言ったら、木工職人達が急遽彫ってくれたんだ。別にオレはそんなことを頼んではいないんだぞ？　アルピン達の好意だ。ありがたく受け取りなさい」

いつの間にかフェイワンが部屋に入ってきていて、そう説明をしてくれた。

「お父様！　嬉しいわ！　ありがとう」

「良かったね、シェンファ。機織りの先生は、シュレイが探してくれているはずだから、ちょっと待っててね」

「はい」

龍聖はフェイワンと顔を見合わせて微笑み合った。

「失礼いたします」

そこへシュレイがやってきた。後ろに初老の女性を伴っている。

「シェンファ様、こちらの者が機織りを教える者です。以前工房に二十五年勤めておりましたが、昨年引退しまして自宅で隠居していました。今は娘が工房で働いております」

シュレイがシェンファに、アルピンの女性を紹介した。

「ヘディと申します。このたびは大変なお役目を賜り光栄に存じます。精いっぱい務めさせていただきますので、よろしくお願いいたします」

ヘディは緊張した様子で、深々と頭を下げた。

「毎日午後から一刻ほど教わることになります。補助として侍女がお手伝いいたしますので、シェンファ様、よろしいですね？」

「もちろんよ。ヘディ、せっかく引退したのに申し訳ありませんが、どうかよろしくお願いしますね」

シェンファがにこやかにそう挨拶をすると、ヘディはさらに恐縮したように頭を下げた。

「じゃあ、頑張ってね」

龍聖はシェンファに声をかけると、フェイワンと共に部屋を出た。

「フェイワンありがとう」

「シェンファのあの顔を見たか？　あんなに喜ぶなら、もっといろいろやってやりたくなるよ」

「親ばかですね」

二人は笑い合った。

「じゃあ、仕事に戻るよ」

「はい、いってらっしゃい」

フェイワンは、龍聖に軽く口づけをして去っていった。

龍聖がそれを見送っていると、シュレイも部屋を出てきた。

「あ、シュレイ、ありがとう」

「いいえ、シェンファ様がお喜びになっているので、私も嬉しく思います」

シュレイが笑ったので、龍聖も釣られるように笑った。シュレイもすっかり丸くなったなと、龍聖は思った。こんなに明るい笑顔をするようになったのは、タンレンとうまくいっているからではないかと思っている。

昔は笑うと言っても、そっと慎ましやかに微笑む程度だった。明るくなったのは、タンレンの影響だろうと思うと微笑ましい。

「これから書庫に行かれますか？」

「あ、ううん、今日は勉強したことの復習をしたいから、自分の部屋に籠るよ」

「では鍵をお開けしますね」

「ありがとう」

龍聖はシュレイを伴って、王妃の私室に向かった。

鍵を開けてもらい中に入る。

「お茶をお持ちいたしますね」

「うん、ありがとう」

龍聖は入口でシュレイと別れて、部屋の中へ進んだ。奥の窓際に置かれた机に着いて、頬杖をつき、はあっと息を吐いた。

「なんだっけ」

思わず呟く。

子供達といると嫌なことも忘れてしまう。だけど考えなければならないことを、そのまま後回しにしてはいけない。

龍聖は上着のポケットに入れていた手帳を取り出した。

書庫でこれを見ながら考えていたのだ。そして自分という存在が特殊であることを、改めて気づかされたのだ。

「でもオレが特別なだけで、本来は十八歳で来るものだから、次に来るリューセーは、ぴちぴちの男子高校生なんだよな」

手帳の頁をめくりながらそう呟いた。

その時扉がノックされて、シュレイが入ってきた。お茶を持ってきてくれたのだ。

「失礼いたします」

シュレイは机の上に、カップを置きお茶を注いだ。ふわりと甘い香りが漂う。

「ありがとう」

「ポットを置いておきますね」

シュレイはそう言って、ポットを脇に置き上から保温用の布をかけた。

「リューセー様」

「何？」

「勉強熱心なのはいいことですが、あまりご無理をなさらないでくださいね」

「……大丈夫だよ。全然無理していないよ。ありがとう」

龍聖はニッコリと笑って答えた。シュレイはまだ少し心配そうにしているが、一礼をしてそのまま部屋を去っていった。

龍聖はシュレイを見送り、ほっと息を吐く。

「さすがシュレイ、オレがちょっとでも様子がおかしいと、レーダーが反応するんだろうなぁ」

龍聖は苦笑しながら肩を竦めた。

書庫に行かずに部屋に籠ったのは、独り言が言えることと、不安を態度に出しても周りを気にしなくていいこと……心の中で悶々とするよりは、口に出した方がすっきりもする。顔をしかめても、どんな表情をしたって、誰にも心配をかけない。

「だけどオレが一人になりたくなる時は、何かある時ってシュレイにはすぐばれてしまうんだよね」

龍聖はそう呟いて頬杖をついた。

「だけど別に今日は、そこまで落ち込んでいるわけじゃなくて、本当に頭の中を整理したいだけなんだけど……」

書庫にいた時は、ちょっと思いつめすぎたけれど、よく考えたら自分が特殊なだけで、次のリューセーが十八歳で来るなら、別に何も問題はないはずだ。

「え……いや、待てよ……やっぱり問題あるんじゃないかな？　だって次に来るリューセーは、もっと未来から来るんだよね……未来から来る高校生男子って、かなり不安なんだけど……オレが二十八歳の時だって、当時の高校生のこと『今どきの子は〜』なんて思っていたくらいだよね……物心ついた頃からスマホが当たり前にあった子達って、ネットが怖くないのかな？　とかいろいろ思っていたくらいだから……科学技術のもっと進んだ時代の子が来るんだ……」

龍聖は青い顔で首を振った。

「世間知らずで、ものの分別もつかないような子が……もしも何か……文明の利器を持ち込んだらどうしよう……」

龍聖は動揺してしまった。冷や汗が出そうだ。

「そんなの絶対ダメだと知らせたいけど……知らせる術はないし……どうしたらいいんだろう……」

龍聖は右手の握り拳を口元に当てて、きゅっと指を噛んだ。動揺が収まらない。頭が混乱していて、思考がストップしてしまった。

まるで世界の終わりが来たような気持ちになっていた。

「次のリューセーってどれくらい後の子なんだろう……稔の子じゃないよね。孫かひ孫……ひ孫くらいかな……そしたら何年後なんだろう？　七、八十年後の子かな？　西暦二千何年？」

龍聖はぶつぶつと呟きながら、必死に考えようとしていた。だがさらに、もっと厳しい事実を思い出して、思わず立ち上がっていた。

「違う……」

龍聖は呆然として呟いた。虚空をみつめて、ただ立ち尽くす。

「違う……違う……違う……」

何度も同じ言葉を呟いていた。

「どうしよう……」

突然、体がガクガクと震え始めた。両手で胸を押さえる。ぎゅっと締めつけられるようで、胸が痛かった。

「どうしよう……ああ、どうしよう……」

龍聖はじっとしていられなくなり、胸を押さえたまま部屋の中をうろうろと歩きまわる。

「どうしよう……次のリューセーは……来ないかもしれない……」

思わず口に出した自分の言葉に、ぞっと背筋が凍りついた。

思い出したのだ。

自分がこの世界に遅れて来た理由。それは父を早く亡くし、祖父母も他界して、儀式のことを聞いていたにもかかわらず、道具を隠して、なかったことにしようとした母……彼女のその行為のために、龍聖はこの世界に来るのが遅れたのだ。むしろ来られたのは偶然のことで、奇跡に近い。

龍聖がいなくなった後の守屋家は、どうなってしまっただろう？　母は真実を知っているので、龍聖が龍神様の生贄（いけにえ）になってしまったと思っただろう。

母がこの儀式のことを、どういう風に聞き、どういう風に認識していたのかは分からない。だが『息子を失いたくない』という一心で隠していたのだ。消えたという現実を、いい方向に解釈するとは思えない。

龍聖の部屋には、あの漆の箱と道具一式がそのまま残されていたはずだ。母がそれを見つけて、何が起きたのかを悟って、その後は？　再びあの箱を蔵に隠してしまわないだろうか？

「そうしたら完全に途切れてしまう……もう誰一人儀式を受け継ぐ者がいなくなってしまう。シィンワンのリューセーは来ない」

そう言葉にした瞬間、頬を染めてはにかむシィンワンの顔が脳裏に浮かんだ。

「うっ……」

思わず涙が溢れ出る。

そうだった。すっかり忘れていた。この世界に来て、すべての事情を知った時、もう次のリューセーは来ないだろうと、自分でそう思っていたのだった。とっくにそれに気づいていたはずなのに、今まですっかり忘れていた。

あの頃はそれが他人事のように思えていた。だから忘れることが出来たのだ。自分には関係ないと思っていた。

子供を産んで親になった。竜王の世継ぎも産んだ。シィンワンは、フェイワンによく似たとても優しくて、かわいい息子だ。あの子が将来、自分の伴侶が来ないことに絶望しながら、魂精が枯渇した体で、苦しみながら死んでいくのかと思うと、身を引き裂かれるように辛かった。

「どうしよう……ああ、どうしよう……」

龍聖は慟哭した。


「母上」

膝に抱いていたシィンワンが、じっと心配そうに龍聖をみつめていた。

「なんだい？」

「お腹痛いの？」

「え？」

「お腹痛いの？」

シィンワンがそう言って、龍聖のお腹を優しく撫でた。龍聖は何のことだか分からずに、思わず首を傾げる。

「どうしてだい？　別にお腹は痛くないよ」

「本当？」

「本当だよ」

龍聖はにっこりと笑ってみせた。だがシィンワンはまだ心配そうな顔をしている。

「私はもう魂精はいいから……母上、少しお休みして」

シィンワンはそう言って、握っていた手を離した。

「シィンワン……」

龍聖は思わず涙が溢れそうになって、ぐっと固く目を閉じた。

「母上？　大丈夫？」

「ごめん、大丈夫……ごめんね」

「シィンワン様、こちらへ」

シュレイが側に来て、シィンワンに手を差し伸べた。シィンワンは龍聖を気にしながら、膝の上から降りて、シュレイに連れられて子供部屋に向かった。

シェンファとインファも、昼食のテーブルから、遠巻きに龍聖の様子を窺っているだろう。すっかり情緒不安定になってしまっていると、龍聖は目頭を押さえながら思った。

もう二日も眠れていない。眠くはない。眠れない。だが何もないふりを続けるのが難しくなってきていた。

今だってもう完全に泣いているのがバレているし、今に始まったことではなく、フェイワンもシュレイも子供達も、異変に気づいている。

だがフェイワンもシュレイも、龍聖に何も尋ねない。きっと自分から言うのを待ってくれているのだろう。今までの龍聖ならば、悩みを抱えていてもきちんと自分で整理して、自分で解決出来なければシュレイやフェイワンに相談してきた。

二人ともそれを分かっているから、何も聞かないでいてくれるのだ。

だけどこんなこと……言えるはずもない。不安だけが重くのしかかる。気を抜けば自然と涙が出てしまう。辛くて辛くて仕方ない。

龍聖は、ぐっと奥歯を噛みしめた。袖でゴシゴシと涙を拭う。大きく深呼吸をして、なんとか気持ちを静めた。

立ち上がり、シェンファ達の方を見た。二人ともとても心配そうな顔でこちらを見ている。娘達にそんな顔をさせるなんて、親として失格だ。

「シェンファ、インファ、ごめんね。二人で先に食べてて、オレ、ちょっと疲れたから休むね……でも心配しないで、本当に大丈夫だから」

龍聖は精いっぱい笑顔を作って言うと、寝室へ姿を消した。

シェンファとインファは、それを黙って見送った。扉が閉まると同時に二人で顔を見合わせる。

「姉様どうしよう。お母様、やっぱり変だわ。具合が悪いのよ。シュレイを呼びましょう」

「……体の調子ではないと思うけど……心配だわ。シュレイを呼びに行くのはだめよ。今はシィンワンを宥めていると思うわ。そこに呼びに行ったら、シィンワンがもっと不安になってしまう」

シェンファは首を振って、インファの提案を却下した。

「じゃあどうするの？　お父様を呼びに行く？」

「私達はこの階から出てはいけないのよ？　そうだ。今日の午後はマナーの授業よね？　ユイリィに相談しましょう」

二人は大きく頷き合って、食事もそこそこに立ち上がった。

まだ授業まで時間はあるが、じっと待ってはいられない。二人は廊下に出て、ユイリィを待ち伏せすることにした。

居間を飛び出し、続きの間と貴賓室を抜けて廊下に出た。飛び出したところに、フェイワンがいたのでぶつかりそうになり、二人は思わず悲鳴をあげた。

「きゃあ！　お父様！」

「二人とも……そんなに慌ててどうしたんだい？」

「お父様こそ、こんな時間にどうなさったの？」

三人は同時にそう言い合っていた。

「あ〜……その……リューセーはいるか？　……少し様子が気になってね」

フェイワンが言葉を選びながら、作り笑顔でそう言ったので、シェンファとインファは顔を見合わせた。

「お父様！　実は……」

　ゆっくりと静かに寝室の扉が開かれた。寝室の中は、カーテンが開いていたので暗くはなかった。ベッドに座ってぼんやりと一点をみつめている龍聖の姿があった。フェイワンが入ってきたことに気づいていないようだ。

　フェイワンは扉をそっと閉めてから、しばらく龍聖をみつめていたが、意を決したように深呼吸をして、コンコンッと今入ってきた扉を叩いた。

　龍聖がはっとしたように顔を上げる。フェイワンを見て、目を丸くした。

「フェイワン」

「側に行ってもいいかい？」

「あ、うん……」

　龍聖は笑顔を作ろうとしたが、顔が強張ってしまった。フェイワンは気にする様子もなく側まで来ると、隣に腰を下ろして龍聖の肩を抱いた。

「どうしたの？　仕事は？」

「お前に会いたくなったから抜け出してきた」

　フェイワンが少しふざけたように言ったので、龍聖は微かに笑みを浮かべた。

「シェンファ達が……呼んだんだね」

「いや、オレが勝手に来たんだ。あの子達も誰かを呼ぼうとしていたみたいだが、先にオレが来てしまったんだ」

フェイワンがニッと笑って言った。

「本当はお前が自分で解決するか、オレに相談してくるまで放っておきたかったんだけど……ちょっと今回は苦戦しているみたいだな」

「……ごめんなさい」

「もう二晩も眠れていないだろう?」

「気づいていたんだ」

「一緒に寝ているのは誰だ?」

フェイワンがそう言って、龍聖の頭に口づけたので、龍聖はクスリと笑う。

「話してくれ、お前が何に悩んでいるのか。お前をそんなに苦しめて辛い顔をさせているのは何なのか。オレには解決してやれないのかもしれないが、苦しみがあるなら二人で分け合おう。半分はオレが引き受けるから」

フェイワンが、龍聖の肩を撫でながら優しく宥めるように話した。龍聖は俯いて聞いている。

「頼む……話してくれ」

もう一度フェイワンが言った。

龍聖は俯いたまましばらく考えていた。だがどう誤魔化(ごまか)しても無理そうだなと諦めて、ひとつ深い溜息をついた。

「オレ……歴史の勉強をしていて……禁書も読んで、エルマーンのことがとても深く分かったんだ。

今まで気づかなかったことにも気づけて……勉強して、真実を知ることはとても大事だと思った。それ自体は別にいいんだ。だけど……オレ……今まで忘れていたことがあって……思い出したんだ。とても大事なことなのに、なんで忘れていたのか……。でも思い出しても苦しいだけで、何も良いことなんかなかった。こんなことなら忘れたままが良かったって思いたいのに、そんなこと思えるはずがなくて……忘れたらいけないことだけど、思い出したからってオレにはどうすることも出来ないこと……」

「なんだ？　言ってみろ」

フェイワンはもう一度促すように言った。

「オレの……次のリューセーは……シィンワンのリューセーは……来ないんだ」

「え？」

振り絞るように言うと、フェイワンが息を呑むのが分かった。思わず顔を上げてフェイワンを見ると、フェイワンは少し眉根を寄せていた。

「どういうことだ？」

「……前にも話したと思うけど……オレが遅れて来たのは、しきたりのことを知らなかったからなんだ。父も祖父母も早くに亡くなっていて……唯一儀式の話を聞いていた母は、自分一人では儀式は出来ない、息子を送れないと言い訳して、儀式に使う道具を隠していたんだ。でも偶然オレがそれを見つけて、奇跡的に来ることが出来たんだけど……考えてみたら、そんな感じだから、残された母はオレがいなくなった事実を知って、またあの道具を隠してしまったんじゃないかと思ったんだ。そしてそのままでいたら……もう儀式のことを伝える者はいなくなって、道具も分からなくなって……次のリューセーが生まれても、こちらに来ることを知らずにそのまま一生を終えるんじゃないかって……たとえ守屋家に災厄が降りかかり、潰れるようなことになったとしても、みんな何が原因か知らないわけだし……もうどうにもならない。シィンワンは……シィンワンは一人で……リューセーを待ち続けて……一人で……」

龍聖はそこまで言って、わっと泣きだした。

フェイワンは龍聖を強く抱きしめる。

背中を何度も優しく摩って、泣きじゃくる龍聖を宥めた。

どれくらいの間そうしていたのか分からないが、龍聖は初めて思いっきり泣いていた。泣いて、泣いて、泣き続けたらやがて気持ちが治まって涙も止まっていた。

ぐすぐすと鼻をすすりながら顔を上げると、フェイワンが優しく微笑んで、服の袖で龍聖の涙を拭った。

「気が済んだか？」

フェイワンにそう言われて、龍聖は一瞬考えたが、すぐに首を振った。

「気が済まないか？」

「済む……わけないよ……だって……オレが泣いたところで……何も変わらないんだ」

「大丈夫だ、リューセー」

フェイワンが微笑みながら、宥めるように龍聖の頭を撫でた。

龍聖はふと『なんでフェイワンは動揺していないのだろう？』と思った。龍聖はこんなに悲しくて泣いているのに、フェイワンは最初に少し驚いていただけで、あとは別に何も変わらない。落ち着いた様子で微笑みまで浮かべている。

「フェ……フェイワンは……どうなの？　今の話を聞いて……」

「オレか？」

フェイワンが聞き返したので、龍聖は頷いた。

「……なんだ！　そんなことを悩んでいたのか？　って思った」

フェイワンはそう言ってニッと笑った。その反応に、龍聖はとても驚いて目を丸くした。

「そんなことって……」

「リューセー、よく聞いてくれ……禁書も読んで、この国の歴史を勉強しているお前なら分かるはずだ。はるか昔、オレより九代も前の竜王は、異世界にある大和の国で、最愛の伴侶を見つけ出した。そして後世に続く自分の世継ぎのため、竜族のために、この貴重な『強い魂精を持つ者』を娶り続けたいと願った。だから魔力を使って、守屋家に呪いをかけた。竜王の命が尽きて代替わりをする頃に、必ずリューセーが生まれ変わる呪いだ。リューセーの魂を竜王の魂と結び付けた。もしもリューセーがエルマーンに来なければ災厄が起こり、リューセーがエルマーンに来れば繁栄が続く、そういう呪いだ。その代償が指輪と鏡。あれはホンロンワン様の血肉……目と指だが……で作られたもの。つまり依り代だ。守屋家はホンロンワン様の肉体の一部を受け取り、契約が結ばれたのだ」

フェイワンの言葉を聞きながら、龍聖は不安そうな顔でフェイワンをみつめていた。『呪い』だなんて……と思った。

その龍聖の気持ちを察したのか、フェイワンはニッと笑った。

「呪いだなんて言い方が悪いか？　だがホンロンワン様はそれほどに、強い思いでリューセーを欲したんだ。でもよく考えてごらん。約束を違えぬようにと呪いをかけたのは、ホンロンワン様の一方的なものだ。守屋家の人々は呪いをかけられたとは思っていない。龍神様と交わした口約束なのだ。契約書を書いたわけでもない。年月がたてば、忘れられても仕方がない。だが守屋家は約束を守って儀式を行い続けた。何百年も……それは『呪い』のせいなんかではないんだ。ひとえに守屋家の人々の龍神様への信仰心からなんだよ」

「信仰心」

龍聖はその言葉を反芻した。

フェイワンは力強く頷いた。

「ホンロンワン様を龍神様……神様だと信じたから、約束を守り続けたんだ。約束を守るか破るかは、彼ら次第なんだよ。いつだって……もう我が子を差し出すのは嫌だと思われたら、そこで終わりなんだ。お前の母親が悪いんじゃない。そうなることは、いつだってあり得たんだよ。『呪い』なんて関係ない。災厄なんて関係ない。長い歴史の中で不運なことなんていくらでもあるだろう。災害で家を亡くし、家族を亡くすことなんて、『呪い』を受けなくても普通にあり得る話だ。富を失いたくないと思った者も確かにいたかもしれない。だけど……親にとって我が子を失うことほどの災厄が、他にあるだろうか?」

フェイワンの言葉は胸に深く響いた。シィンワンを死なせたくないと絶望した思いが蘇る。

『ああ、そうか……』と龍聖は心の底で呟いた。

『母さんは、こんな気持ちだったんだ。だから道具を蔵に隠したんだ』

今初めて母の気持ちが分かった。龍聖の両目から、ポロリと涙が零れ落ちる。それは先ほどまでの慟哭とは違う涙だった。

　フェイワンがその涙を拭って、頬を撫でた。

「だがお前は来てくれた。そうだろう？」

「フェイワン」

　フェイワンは龍聖の両の瞼に口づけた。

「オレの母は、儀式を行いたくなかった。龍神様の生贄になるのは嫌だったはずだ。だがそれでも来てくれた。正常な心を失いながらも、オレを産んでくれた。お前も儀式を知らなかったのに、オレの下に来てくれた。なあ、リューセー……はるか昔のご先祖が交わしたという口約束の契約だけで、九代もの竜王とリューセーが、結ばれ合うものだろうか？　時代が変わって、世界も変わって、それでもリューセーは龍神様の下に来てくれるものなのだろうか？　オレは儀式なんかは関係ないと思うんだ。竜王とリューセーの絆は……この強い絆は簡単に断たれるものではないよ。誰にも……断つことは出来ない。だから心配するな。シィンワンのリューセーは必ず来る。どんな障害があったとしても、必ず来る……もしもお前の時のように、来るのが遅れたとしても、シィンワンなら大丈夫だ。オレ達の息子だ。信じよう」

　フェイワンは笑顔で力強くそう言った。

　龍聖は放心状態にあった。心の中を占めていた真っ暗な闇が、さーっと光に溢れて消え去っていくようだ。フェイワンの言葉は、とても強い力で龍聖の不安を消し去っていく。フェイワンの愛に包まれるのが分かる。

「はい」

龍聖は頷いて、フェイワンに抱きついていた。フェイワンもしっかりと抱きしめる。

二人は強く抱きしめ合った。

「もう大丈夫だな？」

フェイワンが耳元で囁いた。龍聖はフェイワンの肩に顔を埋めたまま何度も頷いた。

「怖かった……怖かったんです……未来が見えなくて……」

「大丈夫だよ……お前がこの世界に来たのはただの偶然と思っていたのか？　お前は惹かれるように、道具をみつけたのではないのか？」

フェイワンにそう言われて思い出していた。蔵で見つけたあの漆の箱のことを……。一度は手放したはずなのに、どうしても気になって、母の目を盗んで部屋に持ち込んでしまった。そしてフェイワンの声を聴いたのだ。自分の名前を呼ぶその声に惹かれてしまった。確かにそうだ。蔵で見つけたのは偶然だったかもしれない。だが一度蔵に仕舞うように言われたのに、その後持ち出したのは自分の意思だ。あの箱に惹かれたのだ。

「そうだよ……オレはあの箱に惹かれたんだ。箱に入っているものに惹かれた。自分で指輪を嵌めたんだ。指輪なんてそれまで興味もなかったのに……」

「お前自身が、竜王とリューセーの運命の結びつきを証明する者なんだ。だから自信を持て、次のリューセーを信じろ」

「うん、うん」

龍聖は何度も頷いた。涙が止まらない。だがこれはもう悲しみの涙ではない。安堵したせいで、涙が溢れ出るのだ。

フェイワンと何度も口づけを交わした。その優しさに包まれて、心から幸せを噛みしめた。するとそのまま意識が飛んでしまって、何も考えられなくなっていた。

フェイワンは、眠っている龍聖に上掛けをかけて、髪をそっと撫でた。安心したような顔で眠っているのを見て、フェイワンも安堵する。

そっと立ち上がり、寝室を出た。

子供部屋の扉を叩くと、シュレイが出てきた。

「陛下」

「子供達は？」

「大丈夫です。陛下がリューセー様の下に行かれたので、もう大丈夫だと思われたようです」

「そうか……リューセーの悩みは解決した。もう大丈夫だ。今は安心したせいで眠っている。二日も寝ていなかったんだ。このまま朝まで眠らせてやろうと思う。きっと明日の朝にはいつものリューセーだよ」

フェイワンの話を聞いて、シュレイが心からほっとしたように大きく息を吐いた。その様子に、フェイワンが笑みを零す。

「よろしければ陛下からお子様方にお話しください。きっともっと安心なさいます」

「ああ、そうだな」

シュレイが扉の前から身を引いて、フェイワンを中へ招き入れた。フェイワンが姿を現すと、子供達が一斉に立ち上がった。

シィンワンとインファが、駆け寄ってきて抱きついた。

「お父様」

「父上」

シェンファはヨウチェンを抱いていたので出遅れたが、シュレイがすぐに駆け寄って、ヨウチェンを代わりに抱き上げた。

「お父様、リューセーは大丈夫ですか？」

シェンファがフェイワンの側に来て、心配そうに尋ねた。

「ああ、大丈夫だ。リューセーは最近勉強に根を詰めすぎて、疲れてしまっていたようだ。今眠っているから明日の朝には元気なリューセーに戻るよ」

「本当に？」

「ああ、本当だ」

シェンファとインファは、とても安心したように笑顔に変わった。

「父上、私は……私は……」

足元で懸命に何かを話そうとしているシィンワンの様子を見て、フェイワンは笑いながら抱き上げた。

「なんだシィンワン、そんな泣きそうな顔をして……もう母上は大丈夫なんだよ？」

「私は……母上が疲れているのに……いっぱい魂精を貰ってしまって……だから私のせいで具合が悪くなっちゃったのかと思って……」

「ははは……そんなことはないぞ。母上はとても強い人なんだ。この父がたくさん魂精を貰っても全然平気と笑っているような人なんだぞ。お前が魂精を貰うことをとても喜んでくれている。それはお前がすくすくと成長しているからだ。最近お前が重くなったと言って、笑っていたぞ？」

「本当？」

「ああ、本当だ。だからそんな心配は無用だ。明日の朝はちゃんと母からたくさん魂精を貰うんだぞ？　母の魂精はとても甘くて美味しいだろう？」

「はい、体がポカポカしてふわふわして、とても幸せな気持ちになります」

ようやくシィンワンが笑顔になってそう言ったので、フェイワンは優しく頭を撫でてやった。

「さあ、みんないい子だ。オレは仕事に戻るが、夕食前には仕事を終わらせるから、それまで良い子にしているのだぞ」

フェイワンはシィンワンを降ろして、娘達の頭を撫でた。

部屋で控えていたユイリィとシュレイに目配せすると、そのまま子供部屋を後にした。


その夜、フェイワンは灯りもつけずに静かに寝室に入り、眠っている龍聖を起こさないように、そっとベッドに入った。

差し込む月明かりで、ほのかに見える龍聖の寝顔を覗き込む。体を横たえながら、龍聖の体を包み込むように抱きしめた。

「ん……んっ……フェイワン？」

「ああ、すまない、起こしてしまったか……まだ夜だから安心しておやすみ」

フェイワンが耳元でそっと囁いた。低い声が耳に心地いい。

「フェイワン」

「なんだい？」

「キスして」

「……喜んで」

フェイワンはクスリと笑って龍聖に口づけた。優しくやんわりと唇を食むように口づけられて、唇が離れると思わず後を追いかけそうになる。

「もっと」

龍聖が甘えるように囁いた。フェイワンは黙って再び唇を重ねた。深く浅く唇を吸って、くちゅりと音を立てて、唇が離れてまた重なる。

長い口づけの後、フェイワンの顔が離れて、龍聖はほうっと甘い息を吐いた。

「もっとキスして」

また龍聖が囁いた。

「リューセー……今夜は性交はしないぞ？」

「ふふ……うん、いいよ。オレも別に今夜は、そんな気分じゃないんだけど……ただ……なんだか無性にフェイワンとキスがしたいんだ。ただただ、フェイワンに抱きしめられて、たくさん口づけをしたいんだ」

「それは素敵なお誘いだ」

フェイワンは龍聖を、自分の上に抱えるように抱きしめて唇を重ねた。お互いに唇を求め合い、舌を絡め、時に激しく、時に啄むように、口づけを楽しんだ。

「気持ちいい」

龍聖が吐息と共に呟いた。

「オレも気持ちいいよ。お前の唇から甘い魂精も味わえる」

龍聖はふふっと笑った。

「以前、インファとシィンワンが喧嘩をして、その後おやつを食べていたんですけど、インファがちょっと意地悪をして、シィンワンに『こんなに甘くて美味しいお菓子を食べられないなんてかわいそう』って言ったんですよ。そうしたらシィンワンがニコニコと笑って『母上の魂精はもっと甘くてふわふわなのに、姉上は知らないなんてかわいそう』って言い返したんです。それがおかしくて……。オレはいつもちょっと心配していたんです。食事の時間、食べられなくて寂しくないのかなって……でもシィンワンはいつもニコニコと笑いながら、みんなの食事を見ているから……。シィンワンは平気だったんですね。オレの魂精がそんなに甘くてふわふわで幸せな気持ちになれるのなら良かったって思いました」

「ああ、そうだぞ……これは竜王だけの特権だ。他の子達も赤子の頃はリューセーの魂精で育つが、乳離れしたら普通の食事になるだろう。赤子の時のことなど覚えていないから、魂精の美味しさは竜王にしか分からないんだ」

二人は微笑み合って口づけを交わした。

「フェイワン……さっきはありがとうございました。あんなに絶望していたのに……今は嘘みたいに心が晴れ晴れとしています」

龍聖が笑顔でそう言ったので、フェイワンは安堵したように頬に口づけた。

「お前は禁書を読んで、いろいろなことを深く考えすぎたのだろう。あのお前が埋めたものもそうだが……オレではまだ計り知れないほどの、お前にしか分からない真実があったんだと思う。でもお前ならきっと、それらもすべて乗り越えて、エルマーンを良き方向に導いてくれると信じている。お前が深く学んだ歴史によって知り得たことを、シィンワンに引き継いでほしい」

「はい、もっと冷静に考えるようにします」

龍聖は微笑んで、フェイワンの胸に頬を摺り寄せた。フェイワンはその体をさらに強く抱きしめる。

「オレも初めて禁書を読んだ時に、いろいろなことを思った。お前が感じたように、オレも今まで思っていたこの国の姿とは違うものが見えた。さっきも言ったが……竜王とリューセーの繋がりがそうだ。だからオレはお前を待つことが出来たんだ。信じていたから」

「はい」

「それと同時にこうも思った。オレ達竜王は神を恨んで、神を信じていない。だがリューセーには神を信じて、その身を捧げるほどの信仰心がある。竜王はリューセーに神の代わりに信じられる救いを求め、リューセーは竜王を神と崇めている。不思議だと思わないか？　互いに求め合うことは必然でしかなかったんだ。オレはお前なしでは生きていけない……魂精がなくとも……お前が必要だ」

「オレもフェイワンなしでは生きていけません。もしも今向こうの世界に帰れるとしても、きっと帰らないでしょう。貴方のいない世界なんて意味がない」

二人は再び長い口づけを交わし合った。

「さあ、もう寝ろ。明日は元気に起きるんだぞ」

「はい、子供達にも、シュレイにも、心配をかけてしまいました。本当に申し訳ありません」

「お前が明日、笑顔でおはようと言えば、それだけでみんな救われるよ」

「はい」

龍聖はフェイワンの胸に顔を埋めて目を閉じた。

本当にフェイワンの愛なしでは、生きていけないと心から思った。


龍聖は王妃の私室で、机に向かい書き物をしていた。

思い悩んでいた一連の心配事を、箇条書きに書き出していたのだ。何がダメで、何が問題ないのかを冷静に判断するためだった。

そこへ扉がノックされたので「どうぞ」と返事をした。

扉が開きシュレイが一礼をして入ってきた。

「シュレイ、来てくれてありがとう」

「そんな、改まって変ですよ？　私はリューセー様の側近です。リューセー様のお側にいるのが当たり前ですし、お話を聞くのも私の本来の仕事ですから……」

「だけど今はお願いしている仕事が多すぎるからさ……いろいろと頼んでおいて、話を聞いてもらうためだけに呼び出して悪いなって」

龍聖は頭をかきながら笑った。

「まあ座ってよ」

龍聖は立ち上がり、シュレイにソファに座るように勧めて、自分も向かいに座った。

「まずは改めて、いろいろと心配をかけてごめんなさい。相談もしなくてごめんなさい」

龍聖はペコリと頭を下げた。シュレイは困ったように首を振る。

「もうリューセー様のことは、よく分かっているつもりでいたので……まずはご自分で解決しようと頑張るだろうし、それでだめだと思ったら相談してくださると……長くお仕えしてそんな風に、リューセー様にすべての判断を任せてしまっていたことは認めます。側近としてあるまじきことです。私こそ本当に申し訳ありませんでした。あそこまでお悩みを抱えていらっしゃるとは察することが出来ず……もしも気づいていたならば、無理にお諫(いさ)めしてでも打ち明けていただくべきでした」

シュレイは心から申し訳ないというように、深々と頭を下げた。

「うん、シュレイに悩みを相談できないと言えば叱られることも分かってた。だけどオレ、今のシュレイの言葉とは逆で、長く一緒にいて、シュレイのことが本当の肉親みたいに大切な存在になっていて、だからこそ話せなくなってた。巻き込みたくないって思ってた。だけど違うんだよね。肉親みたいに思うからこそ、打ち明けるべきだったんだ。オレの方こそ本当にごめんなさい」

龍聖も深々と頭を下げた。

お互いに謝って、顔を上げたら笑い合った。

「それでね、シュレイ……改めて悩みを相談したいんだけどいいかな？」

「はい、もちろんです」

龍聖は一度深呼吸をした。

「オレが一番苦しんでいた悩みについては、フェイワンが解決してくれたんだ。だからそっちはもういいんだけど、もうひとつすごく重要な悩みがあって……オレが禁書を読んで、真実の歴史を学んで、いろいろなことを知ることが出来て……それによって気づいたことがたくさんあったんだ。オレで解決出来ることも多いんだけど……どうしても……どうすればいいか分からないことがあるんだ。でもこれを相談するのはシュレイしかいないんだ。フェイワンではなくて」

「はい、とても光栄に思います」

「オレが住んでいた大和の国は、今までのリューセー達が暮らしていた大和の国ではないんだ。もう全然別の国と思ってもいいくらいに、変わってしまったんだ。それはほんの百年ぐらいの間のことで……オレの前のリューセー、フェイワンのお母さんね、彼がいた頃が、ちょうど急激に変わり始めた頃だったんだ。七代目と八代目の間で、とても大きく変わってしまって、八代目とオレの間でもものすごく変わってしまった。このエルマーンのある世界の文化は、七代目までが暮らしていた大和の国と似たような感じだから、リューセーにとってはそれほど住みにくくなかったはずなんだ。だけどオレにとっては、この世界の暮らしは大昔の暮らしみたいなものなんだ」

丁寧に言葉を選びながらの龍聖の話に、シュレイは真剣に聞き入っていた。シュレイの脳裏には、初めて降臨した頃の混乱していた龍聖の姿が浮かんでいた。

シュレイが側近教育の中で学んでいた代々のリューセー達とは、まったく違うリューセーの姿や話し方や様子に、これは大和の国で何かが変わったのだと思った。だから今、リューセーが話していることは、よく理解出来た。

「シュレイは、シーフォン達が竜だった頃に、人間と争っていたという話は知っているよね」

「はい、それがきっかけで竜が暴れたのだと習いました」

「うん、その辺りのことが、禁書にはとても詳しく書かれていたんだ。どんな風に人間と争っていたのかということ……詳しくは話せないけど……そこでは竜が人間に殺されたっていう話もあって……だけどそれって信じられない話だよね？　剣も槍も大砲さえも利かないほど強い竜を殺せるなんてって」

「はい」

「だけどオレには分かるんだよ。はるか昔の人間達がどうやって竜を倒すことが出来たのか……オレが暮らしていた時代の大和の国には、竜を殺せる武器があるんだ」

その言葉に、さすがのシュレイも顔色を変えた。龍聖も神妙な顔で話を続ける。

「もちろん……オレはその武器の作り方を知らない、そういう武器があるっていうのを知っているだけで、どうやって作るのかは知らないんだ。でもそういう進歩した文明社会に生きていた人間なんだ。オレはたとえ冗談でも、そういうオレの世界の文明について、この世界の人間に話したらいけないと思っている。武器の話だけではなく……他のものについてもすべて……生活用品であっても、この世界にはない、とても進歩したものだから、そういう知識を持ち込んだら、この世界の均衡が崩れると思っている。それはエルマーン王国にとって、とても危険なことなんだ」

龍聖が強い口調で言ったので、シュレイは顔を強張らせながら頷いた。

「オレは大人だから、そういう分別がある。だから一人で悩んでしまった。でももっと若かったらどうか分からない。オレが十八歳の若者だったら、うっかり話してしまっていたかもしれない。オレの世界ではこんなに便利なものがあるんだよって……。もうシュレイは気づいたかもしれないけど……オレの悩みはそれなんだ」

龍聖の言葉に、シュレイは頷いた。

「次のリューセー様が、十八歳でこの世界に来たら心配だと思われているのですね」

「そう、その通り」

龍聖はシュレイの勘の鋭さに、少し嬉しくなって微笑んだ。

「どうすればいいと思う？」

問われてシュレイは目を閉じて考え込んだ。龍聖も一緒になって考える。

「リューセー様」

しばらくしてシュレイが口を開いた。その表情を見て、龍聖は何か閃いたのだと分かって、期待に目を輝かせた。

「なに？」

「最初に考えたのは、その旨の注意書きを書き留めて後世に伝えることです。ですが今の内容が内容なだけに、私の次の側近に引き継ぐわけにもまいりません。誰にも言わないようにと、側近自体には口止め出来ますが、私が直接その者を教えられるわけではありませんから……シィンワン様の御世になるまではまだ少なくとも二百年以上かかります。側近教育は、私の次のまたその次と、三、四人に引き継がれますし、その教育の間に、何人もの人の目に留まってしまうかもしれません。ですがこのお話は、絶対にリューセー様以外には漏らしてはならない話だと思います。ですから……」

シュレイは一度言葉を飲み込んだ。

「なに？」

龍聖は続きを催促した。

シュレイはとても真剣な表情で、真っ直ぐに龍聖をみつめる。

「リューセー様が禁書をお書きになればよろしいかと思います」

「え？　オレが？　禁書を？」

「はい、代々のリューセー様しか読むことが出来ない禁書をお書きになるのです。そうすれば誰にも知られずに、次のリューセー様に引き継ぐことが出来ます」

「禁書……」

龍聖はとても驚いていた。

「リューセー様が、これは絶対にこの世界の者に漏らしてはならないと思うようなことや、注意すべきことをすべて書き留めるのです。それを陛下に頼んで、禁書として封印し、次のリューセー様だけに読ませるようにするのです。そうすれば側近の教育でも、リューセー様が降臨したら、一番にその禁書を読ませること、と引き継げば済みます」

龍聖は言われたことを頭の中で整理した。それはどう考えても、とても素晴らしいアイデアだと思って、龍聖の表情がみるみる明るくなっていった。

「シュレイ！　すごいよ！　それはとてもいい案だよ!!　最高だよ。もう他にはこれ以上の名案がないってくらい完璧だよ。それにしよう」

「ありがとうございます」

シュレイは頭を下げた。

「今のお話を陛下にお伝えいただいて、禁書にするための手続きはすべて陛下にお任せになってください。リューセー様は、執筆をしていただき書き上がりましたら、製本は私一人でいたします。他の者には一切触れさせません。本が完成したらそのまま禁書として神殿に封印いたしましょう」

「分かった。そうする！　ああ！　シュレイ、ありがとう。やっぱりシュレイしかいないよ」

龍聖は立ち上がり、シュレイの隣に移動すると、ぎゅっと抱きついた。

「リュ……リューセー様！」

シュレイが驚いて赤くなって慌てたが、龍聖は笑いながら離れなかった。

◆

龍聖はフェイワンの承諾を貰い、後(のち)のリューセーに残すための本を執筆した。その内容は、とても細かいところまで禁止事項を網羅(もうら)したものとなった。

龍聖のいた頃の時代で考えられる近代文明のあらゆる製品を、事細かく上げていき、それらの話を一切してはならないこととした。

その他にも、バレンタインデーやハロウィン、クリスマス、ひな祭りや端午(たんご)の節句など、宗教に関連したものや、この世界には関係のない記念日などを持ち込むことも一切禁止とした。

もちろん禁止するだけではなく、龍聖の考えるこの世界の竜と人間の関係や、はるか昔の人間の文

明の話、そして自分達が科学技術等を持ち込むことによって起こり得るこの世界の『文明発達の危険性』など、なぜ禁止にしたのかを、詳しく説明する文章も書き綴った。

そして自分が理想とするエルマーン王国の姿と、この世界に来てどれほどの愛と幸せに包まれた人生を過ごしてきたのかということを、切々と書いた。

その最後に、次のような一文を記した。

――願わくは貴方が誰よりも竜王を愛し、竜王に愛され、エルマーンの平和が次の世にも引き継がれますように。

その本は『龍聖誓紙（りゅうせいせいし）』と表紙に書かれ、禁書として城内の神殿に封印された。

最初の読者になるであろうシィンワンのリューセーのことを思いながら、龍聖は封印の場に立ち会った。

龍聖はシェンファ、インファ、シィンワンを連れて書庫に来ていた。ユイリィとシュレイも同行している。

シェンファ達は初めて来る書庫に、とても興味を持って辺りを見回していた。

「ここが書庫だよ。世界中から集めたいろいろな本が置かれているんだ。三人が勉強のために使っている本も、ユイリィがここから持ってきているんだよ」

龍聖が子供達に説明をした。

「リューセーもいつもここで勉強をしているの？」

「そうだよ。ほら見てごらん。シーフォンの子供達はここで勉強をするんだ」

書庫で勉強をしていたシーフォンの子供達は、龍聖と御子達の登場にとても驚いていた。勉強どころではなくなっている。

シェンファ達も初めて会うシーフォンの子供達を、興味津々という様子でみつめていた。


書庫に子供達を連れていきたいと言いだしたのは、もちろん龍聖だ。シュレイとユイリィを呼んで、二人に相談をした。

「お子様達を書庫へお連れするのですか？」

ユイリィもシュレイもとても驚いた。

竜王の御子達は、成人するまで住まいとしている城の最上階以外へ、自由に行き来することを禁じられていた。それは安全を配慮してのことではあるが、もう一つの理由は、強い魔力を生まれながらに持つ竜王の御子達は、子供のうちはまだその力を制御出来ないため、シーフォンの子供達に接触させない方がいいと考えられたからだった。無垢な力は、無垢な相手に強く影響を与える。

「いろいろとダメな理由は十分分かっているよ。ただ変えられることは変えたいなって思っていて……まずは社会科見学を試みたいんだ」

龍聖がニッコリ笑って言うと、シュレイとユイリィが不思議そうに顔を見合わせた。

「シャカイカケンガク……ですか？」

「社会はこの世の中という意味の社会ね。……子供達が自由に行動出来るのは、城の最上階だけ……会える人は限られた大人のシーフォン達と兵士や侍女などの一部のアルピンだけ……唯一出かけられるのは中庭だけ……というのはあまりにもかわいそうだよ。もうちょっといろいろな場所を見せたいなって思ったんだ。この前シェンファを工房に連れていったら、とても喜んでいたし、いい経験が出来たと思うんだよね。城内の見学」

「見学……ですか」

「そう、それにシェンファはそろそろ、自分で力を制御出来る年だから、兵士を連れてならば城の中を自由に行き来して良いと思うんだ。もちろんここまでしかダメって決まりは守らせるけど……他の子達もね、七十歳くらいになったら、自由にさせてやってもいいと思うんだ」

シュレイとユイリィは、まだ少し戸惑っているようだ。

「ユイリィも子供の頃は、書庫で勉強していたんでしょう？　何歳から？」

「わ、私は六十歳から書庫に行っていました」

急に話を振られて、ユイリィは戸惑いながらも答えた。

「シーフォンの子達はそうやって城の中を歩けるのに、王子や姫達だけ出来ないのはかわいそうだよ……危険なのはシーフォンの子達だって同じだろう？　子供達が自由に行動出来るのは限られた場所だけだけど、そこには親も安心して行かせているんだよね？　えっと……三階層下までだっけ？　書庫とか神殿とかがある階までは、一応外界と遮断されているから安全なんでしょう？」

シュレイが頷いた。

「はい、そうです。この城は五階層あり、また正面から見て左・中央・右の三区画に分かれています。シーフォンの住居及び竜王の住まいがあるのは左の上部三階層、二階に書庫や神殿、小広間があり、一階に王やシーフォン達専用の厨房や、兵士の詰め所があります。そして一階からしか、中央区画や右区画に移動することは出来ません。中央区画には大広間や大会議室、王や大臣達の執務室、工房など我が国の政務に関する部屋が集まっています。右区画には謁見の間や貴賓室、来客用の大広間などで、外部の者は右区画にしか入ることは出来ません」

シュレイが改めて城内の説明をしたので、龍聖は思い出すような顔をしながら何度か頷いた。

「オレも右区画には何度かしか行ったことないけど……行くまでに何ヶ所か、すごく頑丈な扉で通路が閉ざされていて、厳重な警備になっていたよね」

「はい、三区画それぞれを行き来出来る通路は一ヶ所のみです。そしてその通路には、各区画との間に検問がありますので二ヶ所……以前はその二ヶ所だけでしたが、兵士に紛れた賊が侵入して、リューセー様を襲うという事件が起きてからは、左区画一階の兵士詰め所に、出入りする兵士を確認する見張り所も作られました」

シュレイの説明を聞いて、龍聖は大きな溜息をついた。

「そこまで徹底しているなら大丈夫でしょう？　こんなに厳重になったのはいつからか知らないけど、オレが襲われる前までは、何百年も賊の侵入なんてなかったんでしょう？」

龍聖の言葉に、シュレイとユイリィは一瞬渋い顔をして、二人とも何か考えているように視線を落とした。

「確かにそうですが……」

シュレイが何か言いかけたが、複雑な表情で言葉を飲み込んだ。

「なに？　何かあるなら言ってよ」

龍聖が気になって問いつめるように聞くと、シュレイは一度ユイリィと視線を合わせた。

「リューセー様には逐一お伝えはしておりませんが、今でも城への侵入を狙う賊は後を絶たないのです。厳重な警備があるので今のところ、こちらの区画まで賊が入ることはありませんでしたが、それ以外の区画にはたびたび賊の侵入があるのです……ユイリィは以前北の関所の任務に就いていたので、私よりも知っていますけど……」

「そうですね、シュレイの言う通りです。関所では毎日のように怪しい者を追い返していますし、関所を潜り抜けてしまった賊を、城下町で月に何人も捕らえています。城内まで……もちろん右区画で捕らえていますが、城内まで侵入する者も年に二、三人はいます。実はつい先日も、ある国の従者に紛れて賊が城内に侵入しました。詮議の結果、その従者は操られていただけで大事には至らず、国交に支障は出ませんでしたが……」

「そんなに!?　え？　そんなに今でも賊が侵入しているの？　目的は何？　やっぱり竜？」

龍聖はとても驚いた。ユイリィが真剣な表情で頷く。

「竜の卵、もしくはシーフォンの子供です」

「シーフォンの子供!?　どうして」

「珍しいからでしょう。髪の色や外見など、普通の人間達と違いますからね」

ユイリィが自嘲気味に笑って言ったが、龍聖はもちろん笑えずしばらく考え込んだ。右手を口元に添えて、俯いて考え込む龍聖を、二人はじっと見守った。

やがて龍聖は顔を上げて二人をみつめた。

「分かったよ。なぜこんなに厳重な警備がされているのか、オレ達が城内を移動するだけでも、なぜ警護を必要とするのか……いつもシュレイから口酸っぱく『危険ですから』って言われている理由が、とても明確に分かったよ。だけど……だけどね、それでもシーフォンの子供達は自由に書庫に来たりしているだろう？　確かに危険はあるかもしれないけれど、城内の警備を信じてのことだろう？　だったらシェンファ達だって……」

龍聖は言いかけて、二人の渋い顔を交互に見た。そして一度大きく溜息をつく。

「あのね、オレは親として単純に、子供達のためになることをしたいだけなんだ。シェンファ達にはいとこがいないから、姉弟以外に遊び相手がいないんだよ。オレは彼女達の将来を考えて、やはり子供のうちから友達を作ってやりたいんだ。だから知り合える場所を与えてやりたいし、子供だけではなくもっといろいろな人と知り合わせたい。ただそれだけなんだ。オレはそんなに難しいお願いをしているつもりはないよ。もちろん安全のための条件も考えている」

龍聖は二人を説得するように、冷静な口調で説明を始めた。

「まず自由に動けるのは七十歳を過ぎてからと考えている。七十歳を過ぎた子は、書庫のある階までは自由に行き来出来るようにしたい。もちろん警護の兵士を連れていくことは絶対条件だよ。一人での行動は禁止だ。それ以下の子供達については、オレやシュレイやユイリィが付き添って、月に一回書庫や神殿に見学に行く。この条件ではダメかな？」

龍聖は二人の顔をみつめて、まだ渋っている様子なので肩を竦めた。

「オレがたまに子供達を連れて、中庭に散歩に行くのは良いことになっているんだから良いだろう？　それとどう違いがあるんだよ！　それに王子達は六十歳になったら、剣技を習うために中庭に行くようになるんだろう？　だったら姫達だって中庭とか自由に行かせてやってよ！　不公平だよ！　男女差別だ！」

龍聖が抗議を始めたので、シュレイとユイリィは困ったように顔を見合わせて頷いた。

「分かりました。リューセー様のお考えは分かりました。では陛下が許可を出されるならば良いということにいたしましょう」

「フェイワンは、シュレイとユイリィが良いって言えば、良いんじゃないかって言ってた」

それを聞いてシュレイとユイリィは、一瞬驚いた後大きく溜息をついた。

「陛下の許可が下りているのでしたら、先にそうおっしゃってください。それならば私達は別に文句はありません。リューセー様と陛下が話し合って決められたことでしたら、私達はそれに従います」

「オレは二人にきちんと納得してもらいたかったんだ。フェイワンが許可したからとかではなくて……もちろんフェイワンの許可は重要なのだと思うけど……二人の心配する気持ちは分かったよ。だけど逆に心配していることがそういうことだけなら、別に問題ないって分かったし……じゃあ、そういうことで、まずは試しに皆と一緒に見学に行こうよ」

龍聖がニッコリと笑って言ったので、シュレイとユイリィは苦笑しながら頷いた。

龍聖は子供達を連れて、書庫の中を見てまわった。たくさんの本が詰まった書棚が並ぶ様子を、子供達はとても驚いたようにきょろきょろと見回している。

「父上の書斎よりもたくさん本がありますね」

龍聖と手を繋いで歩くシィンワンが、少し興奮気味に頬を上気させて言った。

「ああ、何倍もあるよ」

龍聖はクスクスと笑いながら答えた。

「お母様はここにある本を全部読んだの？」

「まさか!?　こんなにたくさん読めるわけがないだろう」

「ユイリィは？」

「私もそんなにたくさん読めませんよ」

インファも楽しそうだ。

龍聖は子供達に学者長を紹介した。

「分からないことがあったらこの方にお尋ねするといいよ。読んでみたい本も、この方に尋ねればすぐに探してくださるからね」

「シェンファ様、インファ様、シィンワン様、何かお探しの本がございましたら、いつでもお尋ねください」

学者長が子供達に挨拶をすると、子供達は笑顔で頷いた。

「せっかくだから少し本を探して読んでみよう。勉強に関係なくいろんな本を読むのは良いことだよ」

龍聖は子供達に本を選ばせて、しばらく読書の時間を設けた。

その後、子供達を連れて神殿に向かった。

神殿の厳かな雰囲気に、子供達は圧倒されて口をぽかんと開けたまま、上を見上げたり神殿の中を見回したりしている。

「正面の祭壇にある像は、ホンロンワン様のお姿を彫った像だよ」

正面に向かって歩きながら、龍聖がそう説明をすると、子供達はさらに驚いた様子でホンロンワン像を見上げた。雄々しい竜の大きな石像が、皆を見下ろすかのように鎮座している。

神殿長のバイハンが皆を出迎えて、丁重に礼をした。

「シェンファ様、インファ様、シィンワン様、ようこそお越しくださいました。神殿長のバイハンです。こちらの神殿の奥には、歴代の竜王様とリューセー様が眠られており、こちらのホンロンワン様の像と共に、エルマーン王国を見守ってくださっています。こちらでは我が国の重要な儀式などが執(と)り行われます」

「竜王の戴冠(たいかん)の儀とか、婚礼の儀とかがここで行われるんだ。将来、シィンワンが竜王に即位する時は、ここで儀式が行われるんだよ」

龍聖がシィンワンにそう説明すると、シィンワンは瞳を輝かせて、神殿の中を見回した。

「ここは特別な時しか入れないのですか？」

シェンファがバイハンに尋ねると、バイハンは優しく微笑みながら首を振った。

「いいえ、ここはシーフォンならば誰でもいつでも入ることが出来ます。ここには歴代の竜王様がいらっしゃるということで、皆は心の平穏を求めに来ることが多いのです。特に何があるわけではありませんが、皆ここに来てホンロンワン様の像をじっと眺めていたり、私とお話をしたりいたします」

シェンファは話を聞いて頷きながら、ふと祭壇の上にあるものに目を留めた。

「バイハン様、あれはなんですか？　あの祭壇の真ん中に飾られているものです」

「ああ、あれは竜神鏡です」

「竜神鏡？」

「どうぞお近くでご覧ください」

バイハンはシェンファ達を、祭壇の前まで案内した。

大人の胸の高さほどの台座の上に、三段の階段状の壇が設けられ、その中央に美しい細工の施された金色の箱が置かれ、観音開きに開けられた扉越しに、箱の中に鎮座する銀の鏡が見える。周囲には花と燭台が並んで祭壇を飾り立てていた。その祭壇の上にホンロンワン像がある。

子供達が背伸びをして祭壇を見ていると、バイハンが鏡を手に取りシェンファ達の前に掲げてみせた。

「この鏡は大和の国と繋がっている鏡です。同じものが大和の国の守屋家にあると言われています。新しく即位した竜王は、即位の儀式の後この鏡に向かって祈り、大和の国のリューセー様を呼ぶのです」

「母上のお家にもこの鏡があるの？」

シィンワンが少し興奮したように、龍聖を見上げて尋ねた。

「うん、あるよ」

龍聖はニッコリと笑って答えた。どこにどのように置いてあるかなどは言えない。きっと子供達は、守屋家にもこんな祭壇があると思っているだろう。

シィンワンは「すごーい」と興奮気味に鏡をみつめた。

「お母様はお父様に呼ばれたの？　声が聞こえた？」

インファも興味津々という様子で、龍聖に質問した。

「うん、聞こえたよ……まあ……オレがそれに気づいたのは大分後なんだけどね。だから来るのが遅れちゃったんだ」

龍聖は苦笑しながら頭をかいた。

「呼んだらすぐにリューセー様に声が届くというわけではありません。ホンロンワン様はご自身で異世界の扉を開く魔力をお持ちでしたが、それは神に許された時だけ使えた力です。今の竜王様は、この鏡を通して念を送ることしか出来ません。リューセー様に声が届くまで、竜王様は毎日祈り続けるのです」

バイハンが説明をしている間、シェンファが不思議そうな顔で鏡をじっとみつめていた。鏡に不思議な光景が映って見えたのだ。

「それは何かしら……」

シェンファが思わず呟いた。

「どうかなさいましたか？」

「いえ、鏡に何か映って見えたの……」

「鏡に……ですか？　どうぞご覧ください」

バイハンはシェンファに鏡を渡した。シェンファが鏡を覗き込むと、そこには自分の顔が映っているだけだった。

「いかがですか？」

「……おかしいわ……さっき何かが映って見えたのに……」

シェンファは眉根を寄せて、鏡の中の自分の顔をみつめる。

「バイハン様、そんな大事な鏡を子供に触らせても良いんですか？」

龍聖はシェンファが落としてしまわないか、はらはらしながらバイハンに言った。バイハンは笑顔で首を振る。

「そんなにご心配にならずとも大丈夫ですよ。シェンファ様は大切に扱っていらっしゃいますし……リューセー様もご覧になりますか？」

「いえ、なんか怖いから良いです。シェンファ、もういいよね？　鏡をお返ししなさい」

「はい……」

シェンファはまだ何か気になるという顔で、鏡をバイハンに返した。

「神殿長のお仕事はどんなことをなさるのですか？」

バイハンはそんなシェンファの様子に、何か声をかけようとしたが、空気を読まずにインファが尋ねたので、微笑んでインファをみつめた。

「そうですね、まず朝一番にすることは祭壇の掃除です。祭壇を綺麗にして、花を活け直して、燭台に新しい蠟燭を立てて火をつけます。それから竜神鏡を奥から出して、こちらにお祀(まつ)りして祈りを捧げます」

「祭壇の掃除をお一人でなさるのですか？」

インファが驚いたので、バイハンは頷いた。

「はい、これは神殿長の私の仕事ですから……祭壇やホンロンワン様の像に、何も変わりはないかを確認する目的もあります。神殿内の掃除はアルピン達に手伝ってもらいますから、大丈夫なのですよ」

「竜神鏡はいつも奥にあるのですか？」

シィンワンも続けて質問をした。

「はい、夜の間は私も家に戻りますから、竜神鏡は奥の保管室にこちらの箱ごと仕舞い、厳重に鍵をかけて安置しています。保管室には祭事に使う道具などもあるのです。それらの手入れをするのも私の仕事です。その他に神殿に来る者達の話を聞き、相談に乗るのも仕事です。他にもいろいろありますが、ほとんど雑用のようなことばかりで、それほどたいしたことはしていないのですよ」

「でも全部お一人でなさるのは大変ですね。部下はいないのですか？」

シェンファが辺りを見回しながらそう言ったので、バイハンは笑いながら首を振った。

「部下が必要なほどの仕事はございません。見張りの兵士がいつも入口に二人立っていてくれますし、手伝いのアルピンも二人おりますから」

「バイハン様はメイファンのお父様なんだよ」

龍聖が付け加えるように言うと、子供達は驚きの声をあげた。

「じゃあ、メイファンは将来、神殿長になるの？」

「そうですね……もしも彼が跡を継ぎたいと言えば……ですが」

子供達はそれを聞いて、顔を見合わせて笑い合った。

「さあ、質問はもういいかな？　そうしたらみんなもホンロンワン様にお祈りをしよう」

龍聖に促されて、子供達はホンロンワンの像の前で手を合わせた。皆、神妙な面持ちで一心にお祈りをするので、龍聖も微笑みながら手を合わせる。

「それじゃあもう帰ろう。あまりお邪魔をしては申し訳ないからね」

龍聖はそう言って、子供達に挨拶をさせて神殿を後にした。


「どうだった？」

部屋に戻りながら龍聖は子供達に尋ねた。

「とても楽しかった！」

シィンワンがぴょんぴょん跳ねながら、満面の笑顔で答えた。

「私、書庫が気に入ったわ！　あんなにたくさんの本があるのは面白いし、読みたい本を自分で選べるのも楽しいわ。それにシーフォンの子供達がいたでしょう？　私、仲良しになりたい」

インファも弾むような足取りで、嬉しそうに語った。

「私は……書庫も面白そうだと思ったけど、神殿にまた行きたいわ」

シェンファも明るい笑顔でそう言った。

子供達の楽しそうな様子に、龍聖はシュレイとユイリィと顔を見合わせて微笑み合った。

龍聖はテラスの手すりを摑んで、少し体を前のめりにしながら下を覗き込んだ。だが真っ暗で何も見えない。

「お、おい！　危ないだろう！」

後から現れたフェイワンは、とても驚いて思わず大きな声を上げた。

「あははは……ごめん、驚かせてしまいました？　ちゃんとここを摑んでいるから大丈夫ですよ」

龍聖が顔を上げて振り返ると、フェイワンが両手に酒の入ったグラスを持って、目を見開いている。

「零れませんでした？　大丈夫？」

「零れるというか、思わずグラスを落としそうになったぞ」

フェイワンは眉根を寄せてそう言いながら、龍聖の隣に並んだ。グラスをひとつ龍聖に渡して、ちらりと下を覗き見る。

「何を見ていたんだ？」

「ああ、いや、ここからは城の出入口は見えないんだなって思っただけ……そもそも真っ暗だもんね」

「そうだな……一応夜の間は、出入口に大きな松明を掲げているが、ここからは見えないな」

フェイワンが答えて、龍聖を見た。龍聖はニッコリと笑ってグラスを掲げている。そのグラスにコツンと軽く、フェイワンの持っていたグラスを当てた。

「たまには夜景でも眺めながらくつろごうと言ったのはお前だが……今ので肝が冷えて、くつろぐどころじゃなくなった」

「ごめん、ごめん、もうしないよ……ほら、城下町の灯りが綺麗でしょう？」

龍聖が眼下を指して言ったので、フェイワンは龍聖の肩を抱きながら、城下町の灯りをみつめた。

「そうだな」

「最初はきっと真っ暗だったんでしょうね……アルピン達は藁の家で暮らしていたから、食事のための焚き火も一家族に一つというわけではなく、たぶん何家族かごとにまとめて食事して、火を消してすぐ寝るみたいな感じで……シーフォン達もみんな原始的な暮らしで……今のこの国をホンロンワン様が見たら、どう思うでしょうね？」

「見てるさ」

フェイワンが酒を飲みながら、さらりと言ったので、龍聖は「え？」というようにフェイワンを見た。視線が合うとフェイワンの言わんとするところを察して、笑いながら、龍聖も酒を一口飲んだ。

「ところで子供達はずいぶん楽しかったようだな。シィンワンが大興奮で話をするのが面白かったよ」

それを聞いた龍聖は、夕食の間ずっと興奮気味に頬を上気させて、書庫や神殿の話をフェイワンに聞かせていたシィンワンの様子を思い出して、何度も頷いた。

「はい、三人ともとても楽しかったみたいで良かったです。おかげでシュレイとユイリィが、次回の約束もしてくれましたし、シェンファは護衛付きなら一人で行っても良いとお許しが出ました」

「二人は親よりうるさいからな」

「本当に」

フェイワンと龍聖は、クスクスと笑いながら酒を飲んだ。夜風が心地いい。荒野にあるエルマーン王国は、常夏に近い気候だが、朝夕は気温が低く高い城の上はいつも風が吹くので、とても過ごしやすかった。

「シェンファは早速明日、一人で書庫に行くと言っていました。今日、書庫で他国の衣装に関する本を少し読んで興味を持ったようです。それとシーフォンの子供達と、話がしてみたいと言っていました」

「そうか……それは良かった」

フェイワンは龍聖の額に口づけた。

「インファが羨ましがって、自分も早く六十歳になりたいなんて言っています」

「インファはすぐに友達が出来そうだな」

「はい」

二人は微笑み合って口づけを交わした。

「子供の成長は早いですね……シェンファがもうそんな年頃になっているのも驚きますが、シィンワンなんてまだまだ甘えん坊の幼子だと思っていたのに、とても大人びたことを言ったり、周りに気遣いを見せたり……ヨウチェンはまだまだ赤ちゃんだけど、最近はよくしゃべるようになったし、シィンワンの時より手がかからないんですよ。なんだかもう一人産みたいなって、最近思い始めたんです」

龍聖はそう言って、チラリとフェイワンを見てから、ふふふと笑って残りの酒を飲み干した。

「なんだ？　またオレを誘うのか？　今度は何のお願いだ？」

「違います……違いますよ！　あ、でもある意味お願いかなぁ？　もう一人子供が出来るように頑張ってくださいって」

「オレはいつも子供を作る気で頑張っているぞ？」

「そうですか？」

「なんだ？　疑うのか？」

フェイワンが龍聖を強く抱きしめて、耳元で囁いた。

「疑ってはいませんよ……ただ早速やる気を見せてもらってもいいかな？　と思って」

「よし、良いだろう」

フェイワンは龍聖を抱き上げると、部屋の中に入っていった。


ベッドに龍聖をそっと降ろして、もう一度口づけを交わした。

フェイワンがベッドの側に立ち、服を脱ぎ始めたので、ベッドの上に座っている龍聖も、自分で服を脱ぎ始めた。

「オレが脱がそうと思ったのに」

フェイワンがニッと笑って言ったので、龍聖は脱ぎかけの手を止めて、眉をひそめた。

「オレが脱いだらやる気をなくしますか？」

「いや、積極的なのも好きだよ」

フェイワンは脱ぎ続けながら、そう言ってウィンクをしたので、龍聖は少し赤くなって「もう」と呟き、残りの服を脱いだ。

ギシリと軋む音を立てて、フェイワンがベッドに乗ってきた。龍聖は片手を伸ばして、フェイワンを誘うように首に手をかけると、その手をフェイワンが掴み手首の内側に口づけた。

「愛しているよ」

フェイワンが囁く。

龍聖はうっとりとした表情で微笑み、フェイワンの唇に唇を重ねた。

フェイワンはそのまま龍聖をベッドに押し倒し、覆いかぶさりながら貪るように唇を強く吸った。

龍聖の手が背中に回り縋りつく。

「んっ……」

激しい口づけに、龍聖は眉根を寄せて喉を鳴らした。しかし逃れようとはしない。むしろもっととねだるように舌を絡みつかせる。

息をするのも忘れるほど、激しい口づけを交わして、ようやく唇が離れると、二人とも肩で息をした。視線が合わさり、二人は微笑み合う。

「愛しています」

龍聖が乱れる息の合間に囁いた。

「愛しているよ」

フェイワンも答えて、そのまま龍聖の首の付け根に噛みつくように、軽く歯を立てて舌で肌を撫でるように舐め上げた。

「あっあぁぁっ」

龍聖はぞくりと体が痺れて声をあげた。

フェイワンの両手は、胸を撫で小さな突起を摘むように愛撫する。

「あっ……あぁあっあぁぁっ……」

龍聖の体は敏感に反応していた。フェイワンは龍聖の感じる部分を知り尽くしている。すぐにでも龍聖の体を最高の状態まで上りつめさせることが出来た。

さっき飲んだお酒のせいもあって、いつもよりも体が火照っている。淡い朱色に染まっていく体を、フェイワンは丁寧に両手で撫で上げた。胸から脇にかけて、柔らかな肌を大きな手で撫でると、龍聖の体がびくりびくりと震える。

舌は首の付け根から鎖骨を通り、ぷくりと少し立っている乳頭に辿り着いた。舌先で乳頭の先を愛撫し、唇に含んで強く吸い上げる。

「あっあああっ……フェイワン……ああっあっ」

龍聖の甘い声を聞きながら、フェイワンは甘露のような魂精を、指で舌で味わっている。それは快楽をさらに高める媚薬でもある。

脇から腰、内股に降りてきたフェイワンの手が、龍聖の昂りを握ってやんわりと揉みしだいた。そのたびに龍聖の腰が痙攣するように震える。

「あっあっ……フェイワン……そんなっ……触ったら……いっちゃうっ……ああっ」

龍聖が泣くような嬌声をあげて、腰をびくびくと震わせた。フェイワンの手の中の昂りが弾けて、透明な蜜を勢いよく吐き出した。

フェイワンは蜜に濡れた右手を、そのまま双丘の狭間に割り込ませ、後孔を指先で弄った。

「んんっ……ああっあっ」

「気持ちいいか？」

後孔に指を入れて、中を愛撫しながらフェイワンが囁く。

龍聖は耳まで赤くした顔で、声もなく頷いた。

「フェイワン……入れて……」

「まだ解さないと」

「いいから……お願い……フェイワンが欲しい」

「まったく……お前はオレを煽るのが本当にうまい」

フェイワンは苦笑して、ギンギンにいきり立つ昂りを左手で摑みながら、龍聖の股の間に腰を入れた。

「リューセー……オレはお前とこうして交わる時……いつも初めての時のように、ひどく高揚して気持ちを抑えられなくなる……爆発しそうなのを、いつも堪えているんだぞ」

フェイワンは龍聖の後孔から指を抜いて、亀頭を宛がいながら息を乱してそう言った。龍聖は薄く目を開けて、フェイワンをみつめると笑みを浮かべた。

「オレは……フェイワンとひとつになるのが、いつも一番嬉しいんです」

龍聖がうわ言のようにそう囁いたので、フェイワンは我慢出来ずに、龍聖の中に男根を挿入する。

「あああっあっ……うっ……んんんっんっ……あぁぁぁっあっぁぁっ」

肉を割って体の中に入り込んでくる熱い塊に、内壁が擦り上げられるようで、たまらない快感が背筋を駆け抜ける。龍聖は絶え間なく声が漏れ続けるのを抑えられず、背をのけぞらせながら恍惚とした表情で喘いだ。

とても大きなフェイワンの男根には、いつまでたっても慣れることはない。体の中がフェイワンで埋め尽くされるような感覚がした。とても熱くて内側から焼かれるようだ。だがそれは痛みではなく、

快楽の熱だ。

最奥まで突かれて、腰をゆさゆさと揺すられると、それだけで何度でも達してしまいそうになる。

背筋をびりびりと刺激が走り、龍聖の性器はずっと射精を続けているのではないかと思うような、快楽の波に翻弄される。

「フェイワン……フェイワン……あぁぁっ……フェイワン……」

龍聖は突き上げられながら、何度もフェイワンの名前を呼んでいた。

次第に律動が速くなっていく。龍聖は何も考えられなくなり、ただ快楽に身を任せて悶えた。

「うっ……くぅっ……リューセー……リューセー……」

フェイワンが腰を震わせながら、龍聖の中に精を放った。熱い迸(ほとばし)りを体の中に感じて、龍聖はうっとりと目を閉じる。

しかしフェイワンの揺さぶりは終わらなかった。腰を前後に動かして、男根を抽挿する。そのたびに湿った厭らしい音がした。中に出された精液が隙間から溢れ出て、龍聖の股間を濡らす。

「あっあああっあぁぁっ……フェイワン……まだ……まだ続くの？」

「当たり前だ。子供が欲しいのだろう？　子が出来るまでいくらでも注ぎ込むぞ」

「あっ……んぁっ……やぁっ……フェイ……ワン……」

再び激しく突き上げられて、龍聖は何も考えられなくなり、ただ快楽に身を委ねた。

ふと龍聖が目を開けると、目の前に心配そうなフェイワンの顔があったので驚いた。ぱちりと今度ははっきり目を開けて、フェイワンをじっとみつめた。

「フェイワン……どうしたの？」

「いや、気を失ったままだったらどうしようかと心配したんだ。シュレイを呼ばないといけないかと思っていた。また怒られるところだった」

フェイワンが安堵したように大きく息を吐いて、覆いかぶさっていた龍聖の上から横に退いた。

「オレ……どれくらい気を失っていました？」

龍聖は少し体を起こして辺りを見回した。窓の外はほんのり明るくなり始めている。

「そんなに長い時間じゃないよ」

フェイワンの手が伸びてきて、龍聖の体を包み込むように胸の中に抱き込んだ。

「だがお前が気を失うなんて久しぶりだ。いや、おれも久しぶりにかなり頑張ったからな」

フェイワンが龍聖の頭の上で、自慢げにそう言っているが、龍聖はフェイワンの胸に顔を埋めているので、フェイワンがどんな顔をして言っているのか見えない。だがまあなんとなく想像はついた。

下半身がなんだか気持ち悪くて、そっと手で股を触ると、べっとりと濡れている。尻もべっとりと濡れていて、後孔からまだ精液が溢れ出していることに気がついた。

「フェイワン！　どれだけ射精したんですか？」

龍聖はフェイワンの胸から身を離して顔を上げて言った。

「えっと……四回だな。頑張っただろう？」

「たくさん出せば妊娠するわけではありませんよ。第一こんなに溢れ出てしまっているじゃないですか……加減というものが必要でしょう？」

龍聖が呆れたようにそう言って、精液に濡れた手を掲げてみせる。フェイワンはそれを見て、複雑な顔をした。

「いけなかったか？」

「いけな……う……ん……性交自体は……とても気持ち良かったし……愛を感じたし……いけないことはないですけど……こんなに頑張ったら、オレもさすがに疲れて二、三日はもうしたくないですよ」

龍聖が困ったように眉根を寄せて言ったので、フェイワンも同じような顔をした。

「そうか……しばらくしたくないか……」

龍聖はそんなフェイワンを見て、ぷっと吹き出した。

「フェイワン、オレも貴方ももうそんなに若くないのですから……ああ、まだ、まだ若いですよ。若いですけど……出会った頃の若さはもうないのですから、方向性を変えないとダメですよ」

「方向性？」

「たくさん頑張らなくていいので……一回で良いです。一回で良いですから毎日頑張りましょう」

「毎日!?」

「そう、昔みたいに、毎日やりましょう。ね？」

龍聖がふふふと笑った。その顔がかわいくて、フェイワンは胸がきゅんとした。

「毎日か……」

フェイワンはニヤリと笑った。

「子供が出来るまで」

「子供が出来るまで……出来たら毎日出来なくなるのか」

「それは仕方ないでしょう……また一年性交禁止ですよ。でないとシュレイが怒りますから」

二人は額をくっつけ合って笑った。

「懐かしいな」

「はい」

二人は口づけを交わした。

「オレもこうして、貴方と笑いながら『子供を作ろうか』とか『性交頑張ろうか』とか言い合えるようになったんだなって……すごく幸せだなと思います」

「そうだな」

「子育てに悩んだり……世継ぎを産まなきゃと焦ったり……そんなことがあったなんて嘘みたいです」

「お前はいろいろと一人で抱え込んで考えすぎだ。だがなお前は自分で思っているほど、しっかり者ではないぞ」

「え？　そうですか？」

「お前は長男で、父親を早くに亡くして、しっかりしなきゃと自分に言い聞かせていただけではないのか？　頑張り屋なのは認めるが……お前は結構天然なところがあるぞ」

フェイワンがニヤニヤ笑いながら言ったので、龍聖は目を丸くしている。

「そうかな？　でも……確かにそうかもしれない……向こうの世界にいた時は、確かにしっかりしようと頑張っていたかも……こっちに来て、オレも自分でずいぶん変わったなって思うんですよ。自分が情けないなって思うことが多くて……でもそれってオレの周りで、オレを甘やかしてくれる人がたくさんいるからなんですよね。フェイワンとか、シュレイとか、ラウシャン様やタンレン様もそう……頼れる人ばかりだから、すっかり頼ることに慣れてしまって……それでたまに、これは良くないって思って、一人で頑張ろうとするんですけどね……結果的に貴方やシュレイを心配させるだけ」

龍聖は照れ笑いをした。フェイワンは微笑んで、龍聖の額や頬に何度か口づけた。

「お前が自分で変わったと思うならばいいんじゃないのか？　たぶん今のお前が本当の姿だったんだよ。オレやシュレイに甘えながらも、自分で前に踏み出す力を持っている。甘えっぱなしというわけじゃない。だからみんながお前に惹かれるんだ。みんながお前を助けたいと思う。その筆頭がオレだ」

フェイワンがニッとドヤ顔で笑ったので、龍聖はクスクスと笑った。

「オレ達良い夫婦ですよね」

「ああ、良い夫婦だとも」

龍聖はフェイワンに抱きつくと、もう一度胸に顔を埋めた。

「もっと子供を作りましょうね」

「ああ、頑張るよ」

二人は幸せそうに笑った。

穏やかに日々は過ぎ、三年の月日が流れていた。

「みんないい!?　いくよ！」

大きな木の下で、龍聖が手を振って言った。

草原に散らばって立つ子供達とフェイワンが手を振り返す。

龍聖は木に顔を突っ伏して大きな声をあげた。

「ジ・ン・ヨ・ン・が・転・んだ！」

言い終わると同時に、ばっと振り返る。子供達が笑いながら様々な格好で立っていた。

再び龍聖が木に顔を突っ伏した。

「ジ・ン・ヨ・ン・が転んだ！」

最後を少し早口で言って、ばっと振り返る。するとみんな笑いながら、慌てて動きを止めた。

「はい！　インファだめ！」

「えぇ〜……シィンワンも動いたわよ」

「動いてない〜」

シィンワンがきゃあと笑う。

「ほら、インファ、おいで」

龍聖が手招きをした。

インファは笑いながらも、渋々という様子で龍聖のところまで来て、差し出された手を握った。

「続けるよ！　ジン・ヨン・が転んだ！」

龍聖がばっと振り返ると、またきゃあと笑い声があがる。

「はい、フェイワン！」

「え～……今のはオレじゃなくて、ヨウチェンが暴れたんだよ」

フェイワンがそう抗議すると、フェイワンに肩車をされているヨウチェンが、足をばたばたとさせて笑っている。

「言い訳しない！　続けるよ！」

フェイワンも渋々という様子で、龍聖のところまで来てインファと手を繋いだ。

龍聖達は『だるまさんが転んだ』ならぬ『ジンヨンが転んだ』をして遊んでいた。

エルマーン王国の中にある小高い丘で、家族団らんのピクニック。ピクニックの発案者はもちろん龍聖だ。

フェイワンと龍聖の二人でならばともかく、子供達全員を連れて城の外に出るなど大問題だと反対の声もあがったが、龍聖の説得と、タンレン、ラウシャン、シュレイの協力により実現した。

子供達を広い場所で……それも青空の下で思いっきり遊ばせてあげたい。それが龍聖の願いだった。

龍聖は変えていきたいこと、変えてはいけないこと、それらをひとつひとつ慎重に検討しながら、シィンワンの世に繋げていく新しいエルマーン王国の道を模索していた。

エルマーン王国の歴史は、失敗と改善の歴史だ。痛みも何も知らなかったシーフォン達が、人として生きる中で、何度も痛みを伴う失敗を経験し、他者を傷つけずに自らを護るための策を講じ続けてきた。

その結果すべてから逃げて、がちがちに護り固められた牢獄のような城の中に、大切な者達を息をひそませ住まわせている。

もちろんそれは必要なことなのだろう。シュレイ達が心配するように、シーフォンには敵が多すぎる。皆の努力と異常なほどの警戒心によって、龍聖達は平穏な日々を送っている。

だけどこの世の中に『絶対的な安全』というものはないのだと知るべきだ。危険を知らなければ、身を護ることは出来ない。

真綿で包むようにすべての危険から遠ざけたとしても、逆に真綿で首を絞められて静かに息を止められることもある。

城の狭い一角に閉じ込められて育った子供達が、広い世界に出て安全で平和な国を築いていけるとは限らない。子供達には出来る限りの経験を積ませて、『普通の人間』の感覚も教えたい。

たとえ何百年も守られてきたことであっても、時代錯誤だと思うものは変えていきたい。

「あ〜疲れた」

龍聖がご機嫌な様子で、木陰に戻ってきて敷布の上にどかりと座った。

「お疲れさまでした」

シュレイが水の入ったコップを差し出したので、龍聖は受け取って一気に飲み干した。

「ナァーファは全然泣いてないみたいだけど、眠っているのかな？」

龍聖は籠の中を覗き込んだ。籠の中には柔らかな布に包まれて、安らかに眠る赤子がいた。

「はい先ほどまでご機嫌でいらっしゃいましたが、外の日差しや風が心地いいのか、いつの間にか眠ってしまわれました」

シュレイは龍聖からコップを受け取って、笑顔でそう話した。

「ふふ、フェイワンも子供みたいにはしゃいでる」

龍聖は子供達と追いかけっこをして遊ぶフェイワンを見ながら、嬉しそうに笑った。

「みんなシュレイが作ってくれた花冠がお気に入りだね。城に戻ってからもずっとかぶったままかも」

龍聖はそう言って首を竦めてみせたので、シュレイも微笑んだ。

「枯れてしまったらがっかりなさるでしょうね」

「うまくドライフラワーに出来ると良いんだけど」

「ドライフラワー……ですか？」

「そう、花を乾燥させて、色とか形とか出来るだけ元の状態に近いまま保存する方法なんだけどね……オレも詳しい作り方を知っているわけじゃないけど……城は風通しが良いから、ひょっとするとうまく乾燥させられるかもね」

龍聖はそう説明しながら、ふと側に置かれた花の束を手に取った。シェンファ達が摘んできたもので、シュレイが花冠を作った残りだろう。

「ちょっとオレも練習しよう。花冠を作ってあげるって言いだしたのはオレなのに、結局うまく作れなくて、初めて作ったはずのシュレイの方が上手だなんて、少し悔しいからね」

龍聖はそんなことを呟きながら、花冠を作り始めた。それを聞いてシュレイが苦笑する。

「そんなにむきにならなくてもよろしいのに……あ、そこ……そこで根元を持ってひねりながら……そうです」

シュレイが手ほどきをしてくれたおかげで、龍聖もなんとか花冠を作ることが出来た。

「やった！」

嬉しそうにはしゃぎながら、出来上がった花冠を自分の頭に乗せた。

「リューセー様だって子供みたいですよ」

「え？」

シュレイは呆れたように言ったが、龍聖は気に留める様子もなく、もうひとつ花冠を作り始めた。

ふたつ目はなんとか自分の力で作ることが出来た。出来上がった小さな花冠を、眠っているナァーファの頭にそっと乗せる。

「女女男男女って……すごく良い感じじゃない？　なんかうまく産み分けが出来ている感じ……もう一人男の子を産んだらバランスが取れて良いよね」

「もうお一人ですか？」

シュレイが驚いて目を丸くした。

「え？　ダメ？」

龍聖がきょとんとした顔で聞き返すと、シュレイは困惑気味に何か言い淀んでいる。

「ダメ……ということは……決してありませんが……」

「何？」

「……もうお一人ということは……お子様が六人ですよ？」

「うん、もちろん分かっているよ。歴代のリューセーにも子だくさんはいたでしょう？　六代目だっけ？　子供が多いに越したことはないし……女性の出産に比べれば、卵を産むこと自体はそれほど大変ではないよ。オレは別に無理して産むとかではなくて、産めるなら産みたいって思ってる。実はね、ナァーファは頑張って作ったんだ。頑張ってってって言うと語弊があるかな……もう一人欲しいねってフェイワンと話して、それなりに努力したんだよ」

龍聖は愛しそうに、眠っているナァーファをみつめながら柔らかな頬を優しく撫でた。

「あんな風に子供達に囲まれて、幸せそうに笑うフェイワンを見たら、もっと産みたくなるだろう？」

そんな顔をする龍聖を見て、シュレイは安堵したように笑みを浮かべて頷いた。

「リューセー様がそのように思っていらっしゃるのならば、別に止める理由はありません。お子様方のお世話は、私が出来る限りお手伝いをいたしますのでご安心ください」

「うん、シュレイを頼りにしているよ」

龍聖はニッと笑った。

「お母様〜！」

「母上！」

そこへ子供達が息を弾ませて戻ってきた。

「お水をください」

「喉が渇いちゃった」

頬を上気させて、額に汗を浮かべながら水を求めてきたので、シュレイが慌ててグラスを並べて水を注いだ。

「あんまり無茶すると倒れちゃうよ？」

龍聖はハンカチを取り出して、インファの顔を拭う。

「シィンワン、おいで」

龍聖はシィンワンを呼んで、膝の上に抱くと額の汗を拭いてやる。

「シィンワンは少しお休みしなさい」

「えぇ！　まだ遊ぶ」

「遊んでいいよ。でも少し休憩ね」

「そうだぞ、オレも疲れた。少し休憩だ」

フェイワンがそう言って、龍聖の隣に胡坐をかいて座った。肩車していたヨウチェンを降ろすと、ヨウチェンはご機嫌な様子で、ニコニコ笑いながら、龍聖の膝の上に座るシィンワンに抱きついた。

「お？　ヨウチェン、いいな。じゃあオレも」

フェイワンがそう言って龍聖に抱きついたので、龍聖とシィンワンとヨウチェンの三人が巻き込まれるようにフェイワンに押し倒されて、きゃあと声をあげながら大笑いした。

「じゃあ私も！」

「わ、私も！」

それを見たインファが、フェイワンの上に飛び乗るように抱きついて、釣られてシェンファも抱きついた。

親子六人が団子状態に重なり合って笑い合う様子を見て、こんな王族は珍しいのではないかと思いつつも、とても素晴らしいとシュレイはしみじみと思った。

きっとフェイワンと龍聖が、これからの新しいエルマーン王国の礎となるだろう。

「シュレイも乗っかって！」

インファが笑いながら、シュレイに手招きをする。

「い、いいえ、私は……」

シュレイは慌てて首を振った。

「シュレイ！　助けて！　重いよ〜！」

龍聖が笑いながら、シュレイに助けを求めて手を伸ばす。

「リューセー様……ああ！」

龍聖が差し伸べた手をシュレイが取ると、龍聖がニッと笑ってぐいっと引き寄せた。バランスを崩したシュレイが、シェンファの上に倒れかかる。すると一斉に笑い声があがった。

「へ、陛下……申し訳ありません！」

シュレイが赤くなって、狼狽えながら身を起こそうとしたが、シェンファ達は笑いながら、上に倒れかかってきたシュレイに抱きついて離さなかった。

「無礼講（ぶれいこう）、無礼講」

フェイワンも笑っている。

叶うならば、命の尽きるまで、この幸せを側で見続けていたい……シュレイは心から思った。

この国に暮らす誰もが、きっとそう願っていることだろう。

紅蓮の竜

フェイワン×九代目龍聖

第1章　睦言

東の大陸の西部には荒野が広がっており、不思議な形の岩山がそびえていた。赤茶色の険しい岩山は、ぐるりと環状に連なり、その内側には緑の大地が広がっている。

そこはエルマーン王国。シーフォンという竜族が治める王国。

つい先頃までは、後世にて『暗黒期』と呼ばれる暗い時代にあった。しかしそれももう過去の話。

かつては残忍で獰猛だった竜達も、今は優しい顔で歌を歌いながら、青空を優雅に舞っている。


「ジンヨンの所までくらい大丈夫ですよ。それにすぐに戻りますから」

龍聖はそう言うと、足早に寝室を飛び出した。

「リューセー!!　そんな部屋着のままで行くつもりか!?」

驚いたフェイワンが後を追って、慌ててベッドから降りようとしたが、「うっ」と小さく呻いて動きを止めた。足にうまく力が入らない。無理に立ち上がろうとするが、体中の骨がミシミシと音を立てて軋んでいるような痛みを覚えた。

一度ベッドに腰を下ろすと深く息を吐く。体の痛みもなくなり、大分調子を取り戻し始めている気がしていたが、急な動きにはまだ体の機能がついていけないようだ。ゆっくりと立ち上がると、今度はうまく体が動いた。それから一歩一歩ゆっくりとした足取りで静かに歩き、なんとか寝室の扉の所まで辿り着いたが、そこで足を止めてしばらく考えた。

こんな状態では、とてもジンヨンの所へなど辿り着けないだろう。あの塔へ続く長い階段は昇れない。ここで無理をして、体に負担をかけてしまっては、また龍聖に心配をかけてしまうし、魂精を余分に貰わなければならなくなる。

小さく溜息をつくと、またゆっくりとした足取りでベッドへと戻った。龍聖と一緒にいる時は、もう少し体が自由になっていた気がしたが、あれはやはり龍聖の魂精のおかげだったのだろう。まだ一人では、この体を維持することは難しいようだ。

ベッドの端に腰を下ろして、自分の両手をじっとみつめた。手の大きさも、腕の筋肉も、以前通りの形を取り戻したと思ったこの体は、現身のただの器のようだ。形が戻っただけ。筋肉のひとつひとつ、細胞の隅々まで自分の意思で動かせるように、この体を取り戻さなければ……龍聖の身に何かが起きた時に守ってやることが出来ない。

フェイワンは両手の拳をギュッと強く握りしめてみた。出来る限り力いっぱい握りしめるが、思っているほどには力が入らない。きっと重い物を持ち上げるどころか、摑むことも出来ないだろう。愛用の剣を振るうことさえまだ出来ないかもしれない。

両足にグッと力を入れて踏ん張ってみた。少し腰を浮かせてみたが、中腰の体勢を長く維持出来ずに、すぐに腰を下ろしてしまう。これでは竜の背に乗ることは出来ない。

「無力だな」

フェイワンは低く呟いて自嘲気味に笑った。体が元に戻れば、すべてが解決すると思っていたが、余計に焦っている自分に苦笑する。まだやらねばならないことが山積している。早く公務に戻り、家臣を安心させ、国民を安心させ、他国に対しても牽制をしなければならないというのに……そうしなければ龍聖が安心してこの国で暮らすことが出来ない。

早く婚礼を挙げて……いやその前に、刺客を送ってきたと思われる国に対して早く対策を……早く早くとばかり焦ってしまい、不自由なこの身がじれったい。

フェイワンは肩を落として項垂れると、深く息を吐いた。その時、ふいにとても優しい穏やかな感情が胸の奥に流れ込んできた。

「ああ……これはジンヨンの気持ちだ……」

フェイワンは項垂れたまま独り言を呟いた。喜びと嬉しさの優しい感情……きっと今、龍聖に会っているのだ。目を閉じて、気持ちを半身と同調させた。龍聖が笑顔で語りかけているのを感じる。そんな龍聖をみつめて、とても嬉しくて胸を躍らせるジンヨンの心に同調して、フェイワンも笑みが零れた。

さっきまでの焦りや、イライラとした感情がすっかり消え失せてしまっている。顔を上げて背伸びをするように天井を見上げながら、思わず「ハハハハハ……」と大声で笑っていた。

「リューセー……君は素敵だ」

それはジンヨンと共に呟いた言葉。龍聖にはジンヨンの言葉は分からないだろう。

「抱きしめたいか？　すまんな、ジンヨン……オレが代わりに抱きしめておくから」

そう言ってククックとフェイワンは笑った。こんな幸せなことがあるだろうか？　幸せだと自然に笑みが零れるのだと、生まれて初めて知ったような気がする。

「ははは……まったく……君がリューセーで良かった……」

フェイワンは両手で顔を覆いながら、しみじみと呟いた。

「ただいま戻りました」

しばらくして、嬉しそうな笑顔で龍聖が戻ってきた。フェイワンは笑いたくなるのを我慢して、ベッドの上で胡坐(あぐら)をかき、腕組みをして渋い顔で待っている。そんなフェイワンの様子に、龍聖は「え？」と少し困惑した表情になり、おずおずとベッドまでやってきた。

「リューセー……そんな部屋着のままで外に出るなんて、許されないことだぞ」

フェイワンが、ムスッとした表情でそう言ったので、龍聖はさらに驚いて、自分の格好を改めて見直している。

「え、この格好ではダメでしたか？」

「寝着とそれほど変わらないような薄着で……お前はオレの伴侶なのだぞ？　つまりこの国の王の妃(きさき)だ。まだ婚礼前だし、お前には実感がないかもしれないが、王の妃になる者がそれでは困る」

「あ……ごめんなさい」

フェイワンに説教されて、龍聖はようやく叱られていることの意味を理解したようだ。

「ここは王宮の中で、この階には我々しか住んでいないが、それでも廊下に出れば家の外に出るのも同じことだ。兵士達もいるし、他の誰かに会うかもしれない。お前の世界でも、国王に近い要人はいるだろう？　そういう者が、寝着のような格好で外を出歩いたりするか？　もうお前は王族の一員だという自覚を持たねばならないのだよ」

「ごめんなさい、フェイワンの言う通りです……オレが悪いです」

龍聖が神妙な面持ちで深々と頭を下げるので、フェイワンは思わずクスリと笑ってしまった。

「ああ、分かったのならもういいよ、さあこっちにおいで」

笑顔になったフェイワンが、手を差し伸べてそう言ったので、龍聖はちょっと安堵して、ベッドに上がり差し出されたフェイワンの手を取った。そして抱き寄せられると、胡坐をかいているフェイワンの膝の上に抱えられるようにして座らされた。

ぎゅっと抱きしめられて、フェイワンが龍聖の肩口に顔を埋めて匂いを嗅ぐように息を吸い込む。それがくすぐったくて、龍聖は思わずクスクスと笑っていた。

「実はそんな姿のお前を誰にも見せたくないのだ」

フェイワンがそう耳元で囁いた。少し甘えるような優しい響きの声に、ぞくりとして龍聖は耳まで赤くなる。

「わ、分かりました。もう二度とこんな格好で部屋の外には出ませんから……」

龍聖は赤くなっているのを誤魔化そうと、他の話をしようと思ったのだが、フェイワンが首筋をチュッと吸ったので、またぞくりとして言葉を失くしてしまう。

「フェイワン……」

「少し話をしよう」

「そんな風にされては……話が出来ません」

「ははは……すまない。お前が愛しくて、ついつい抱きしめて、お前のすべてに口づけたくなってしまう」

フェイワンが、笑いながら顔を上げて、少しだけ抱きしめていた腕の力を緩めてくれた。

『オレのすべてに口づけたいなんて……恥ずかしいことを本当に平気で言うんだから……』

龍聖は照れ臭いような、呆れるような、なんとも表現しがたい気持ちになって、ただ赤面して苦笑するしかなかった。

「ジンヨンはどうしていた？」

「あっ」

問われてようやく思い出したかのように、クスクスと笑いながら龍聖は何度も頷いた。

「ええ、それがすっごくかわいかったんですよ」

「かわいかった？　ジンヨンが？」

フェイワンが驚いたように聞き返すと、龍聖はなおも楽しそうにクスクスと笑う。

「はい、こう……首を伸ばして、体を揺らしながら気持ちよさそうに歌っているんです……ふふふ……その姿があまりにもかわいくて」

「かわいいねぇ」

フェイワンが苦笑して呟いたので、龍聖は笑いながら首を傾げた。

「おかしいですか？」

「あれを『かわいい』などと言い表すのはお前くらいのものだ」

「シュレイにも、そんな感じのことを言われました……そうかなぁ？」

龍聖は首を傾げて頭をかいた。

「普通はあんなに巨大な竜を見れば、恐れるものだぞ？」

「確かに最初は驚いたけど……怖いと思ったことはないなぁ……たぶん……フェイワンの半身だからじゃないかと思うんです」

「オレの?」

「ええ、ジンヨンの瞳は、貴方と同じ瞳だから……慈愛に満ちたとても優しい瞳……あの瞳をみつめると、貴方のことを思い出すから少しも怖くないんです」

フェイワンは驚いたが、すぐに顔を綻ばせた。幸せそうに微笑むと、ぎゅっとまた強く龍聖の体を抱きしめて、後ろから龍聖の頬に口づける。

「リューセー」

名前を呼ばれて、龍聖が振り向くようにフェイワンの方へ顔を向けると、すかさず唇を重ねられた。

「ん……」

深く吸われて、舌を絡められ、不意打ちになす術もなく、油断していた分だけ翻弄される。口内を愛撫されるような濃厚な口づけに、龍聖はうっとりとしてしまった。唇が解放されて、ほうっと気怠い息を吐く。

「この唇が、かわいいことばかり言うから、味わってみたくなるではないか」

「そんな……」

龍聖は呆けたようにぼんやりとした表情で、小さく呟いた。

『ずるい』と頭の隅で思う。恥ずかしくなるような甘い囁きと、身も溶けるような口づけで、こんなに愛されたら抵抗なんて出来ないし、好きになるしかないじゃないか。

フェイワンに抱かれるために、あんなに大決心をして挑んだのはつい数日前のことで、その初体験だって、朦朧としてあまり覚えていないというのに、今ではこんな風に自然に抱きしめられたり、キスされたりしている。それがすっごく気持ちいいものだから、今このまま済し崩しに、再びセックスが始まったとしても、もう何の抵抗もなく受け入れてしまう気がする。

「すまない……どうも我慢が利かないな」

フェイワンが笑いながらそう言って、龍聖の体を解放してくれた。龍聖は赤くなって、姿勢を正してフェイワンの膝の上から降りると、ベッドの上にちょこんと座り直した。

「お前と話をしたいんだった」

フェイワンが少年のような無邪気な笑顔でそう言ったので、龍聖は少し目を丸くして、じっとみつめてしまった。

ああ、そうだ。あの少年の姿も彼だったのだと改めて思ったからだ。

急に大人の姿になったフェイワンが、なんだか知らない人のようで、「愛してる」なんて言われるのが恥ずかしかったのだけれど、初めて会った時の生意気そうな少年も、中学生くらいのあの少年も、「餌を与えるように来ないでくれ」と切ない顔で言った高校生くらいの彼も、すべてが目の前にいるフェイワンなのだ。

そう思ったとたん、すとんと胸の中に確かな想いが入ってきた。

『フェイワンのことが好きだ。彼のことをもっと知りたい』

「大和の国の話を聞きたいのだ……なんでもいい、話しておくれ。お前のことをもっと知りたいのだ」

一瞬、心を読まれたのかと思って驚いた。同じことを思っていた。驚きは喜びに変わる。

「はい」

龍聖はニッコリと笑って頷いた。

「フェイワン……その後は貴方の話も聞かせてください」

「オレの話？　この国の話か？」

「なんでもいいんです……オレも貴方のことが知りたいんです」

フェイワンは、少し驚いたような表情になり、すぐに優しい笑顔になった。

「そうだな……二人の話をしよう……長くなりそうだ。そこに並んで座ろうか」

枕がいくつも重ねられている場所をフェイワンが指したので、龍聖は頬笑んで頷くと、二人はそこに並んで座り、枕に寄りかかりながらくつろいで話を始めた。

それは誰が見ても、幸せそうな恋人同士。

仲睦まじく睦言（むつごと）を交わす恋人同士。

第2章　仙姿玉質（せんしぎょくしつ）

ふと目を覚ました龍聖は、目の前にある顔をみつめた。すっかり見慣れてしまったはずなのに、こうして改めて間近で見ると、本当に綺麗（きれい）な顔だなと思う。

こんなに整った美しい顔をした人は、滅多（めった）にいるものではない。自分のいた世界に、どれだけいるだろう？　と、龍聖の知る限りの俳優やモデルの顔を思い出してみるが、それらと比べても、この目の前の顔の美しさには到底及ばないような気がした。

眉の太さや形、目の大きさや左右の位置とバランス、睫毛（まつげ）の長さ、鼻の高さや形、唇の大きさや形や位置、ひとつひとつのパーツを取ってみても、完璧といえると思う。

『ギリシャ彫刻よりも完璧な美しさじゃないのかな？』と心の中で呟いて、溜息が漏れそうになる。

こんなに美形で、背も高くて、体格も逞（たくま）しくて、声も美声で、性格もとても良くて、こんな人が王様だなんて、この国すごくない？　いや、それよりこんなすごい人が、自分の伴侶だなんて……それもこっちがびっくりするくらいに愛してくれているなんてすごくない？　と、自分で自分の状況を思って、うんうんと頷いた。

するとパチリとフェイワンが目を開けた。金色の瞳がじっと龍聖をみつめる。龍聖は驚いて「ひゃあ」と小さく声をあげてしまって、慌てて右手で口を塞（ふさ）いだ。

フェイワンはクスリと笑うと、龍聖の体を抱き寄せて、額に軽く口づけた。

「おはよう……と言うにはまだ早いようだが……どうしたのだ？」

「え？　いや、あの……フェイワンって本当に綺麗な顔をしているなって思って見ていたんです」

龍聖の言葉に、フェイワンが目を丸くした。何か変なことを言ったのかと、龍聖は慌てたが、すぐにフェイワンがクスクスと笑い始めたので、不思議に思って首を傾げる。

「綺麗なのはお前だよ、リューセー」

「いやいや、どう考えてもフェイワンの方が……あの……フェイワンはオレのこと、一目惚れだったって言っていたけど、今までオレ以外に好きになった人はいなかったのですか？」

「ああ、いないよ」

「えっと……別にオレに気を遣わなくてもいいですよ？」

「気など遣っていない。リューセー以外に好きになった人はいないのだから嘘などついていないよ」

「じゃあ……オレが初恋ってこと？」

「そうだな……そうなるな。おかしいか？」

フェイワンがあまりにも堂々とした様子で言うので、龍聖は困って笑ってみせた。

「おかしくはないけど……いや、うん……正直に言うとおかしいです。だって貴方はこんなにも素敵でハンサムで、それも一国の王で……絶対にモテモテなはずだし。貴方がリューセー以外と婚姻出来ないという事情は別として、他国から姫を貰ってほしいと、たくさん申し出があったのではないですか？」

「確かにそういう話はあったが……問題外だ。どんな理由があろうとも、人間との婚姻は出来ないし、そもそもリューセー以外には興味もない」

「そうかもしれないけど……だけどね……つまり……その……何十人も姫君がいれば、その中に一人くらいは、ちょっと好みの顔とかありそうなものじゃないかと思うんだけど……」

フェイワンがとても優しい眼差しで、じっと真っ直ぐにみつめてくるので、龍聖は困って言葉を詰まらせてしまった。自分でも何が言いたいのか分からなくなってくる。本筋は『こんなに完璧な人が、オレなんかに夢中なのが未だに信じられない』というところではあるのだが、そんな話を今さらフェイワンにしたところで、まったく意味がないことは分かっている。

フェイワンの熱烈なプロポーズとも言うべき「愛している」攻撃に、すっかりやられてしまったのは龍聖の方で、その気のなかった龍聖を、ここまで虜にしてしまったのだから、彼が本気なのは疑いようのないことなのだ。

龍聖は大きな溜息をついた。

「いろいろと変なことを言ってごめんなさい。本当は貴方があまりにも素敵だから見惚れていました」

龍聖は早々に降参してそう言うしかなかった。フェイワンが笑いながら龍聖を強く抱きしめる。

「起き抜けにそんなかわいいことを言うなど、お前はオレをどうしたいのだ……これ以上お前に夢中になりようがないというのに」

二人は笑いながら、じゃれ合うように何度も口づけを交わした。

今日も朝からエルマーン王国の空に、竜の歌が響き渡っている。

第3章　龍翔鳳舞

エルマーン王国王城内の廊下を、龍聖とシュレイが並んで歩いていた。毎日の日課となっている抱卵からの帰りだ。龍聖は卵に魂精を与えるために、厳重に守られた卵の部屋へと通っていた。

「そろそろオレがこの世界に来て一年になるよね？」

龍聖は思いついて言った。

「はい、間もなく一年になります」

シュレイが微笑みながら頷く。

「そういえばその間……フェイワンの誕生会ってなかったけど、フェイワンの誕生日っていつ？」

突然の龍聖の質問に、シュレイは驚いたようだった。

「お生まれになったのは確か……八の月の十二日だったと思います。その誕生会というのは……？」

王妃の私室に到着したので、シュレイはそう言いながら、扉を開けると龍聖に先に入るように促してくれた。

「もしかして、この国では誕生会とかしないの？　毎年、誕生日のお祝いとかしないの？」

クルリと振り返って尋ね返した龍聖の勢いに、シュレイは困ったような顔で黙り込んでしまった。

「せめて王様の誕生日くらい国を挙げてお祝いしないかな？　それともこの世界がそういう世界なの？　他の人間の国でも祝わない？」

問われてシュレイはしばらく考え込んだ。

「確か他国では、王の誕生祝賀会があるはずです」

「そうだよね、普通は……。じゃあこの国だけ？　シーフォンは元竜だから、誕生会という習慣がないってこと？　そういえば日本に誕生会の習慣が入ったのは、キリスト教が来てからだっけ？」

龍聖は首を傾げてぶつぶつと考え込む。

「あ～あ、でもフェイワンの誕生日はもう過ぎちゃっていたのか……」

龍聖はひどくがっかりして、ドサリとソファに腰を下ろして項垂れた。

「リューセー様は、陛下の誕生会をなさりたかったのですか？」

「そうだよ、当たり前だろ？　恋人とか夫婦とかの間で、誕生会は一大イベントだよ……あ、えっとつまり、すごく大事なことだよ」

龍聖はそう言って腕組みをして考え込んだ。

「だってオレとフェイワンは、いきなり会って結婚が決まっていたから、恋人だった期間がないし……この世界じゃバレンタインもクリスマスもないからさ……愛する人を喜ばせる機会って、誕生日くらいしかないよ」

龍聖が熱弁しても、シュレイには今ひとつ分からないようで、困ったように首を傾げた。

「その……では来年からお祝いなさればよろしいのではないですか？」

「ダメだよ！」

龍聖が即却下したので、シュレイは目を丸くした。

「その前に卵が孵(かえ)っちゃう。生まれてくる姫の誕生祝いが先になっちゃうよ。オレは最初にフェイワンをお祝いしたいんだよ。一番はフェイワンじゃないと……そうだ！　もう今からやっちゃおう！

フェイワンの誕生会。今まで習慣としてなかったんだから、別にいいよね」

良いことを閃いたとばかりに、龍聖がキラキラと瞳を輝かせて言った。

「大至急準備しよう！　三、四日くらいで……とりあえず内輪だけのお祝い……オレと二人だけでもいいけど、せっかくだからお身内には祝っていただきたいな……タンレン様のご家族にも協力していただけないかな？」

「それはリューセー様の願いであれば、みな様協力してくださると思いますが……」

「じゃあシュレイからタンレン様に伝えておいてくれる？　それでお祝いの席だけどさ……」

龍聖はとても熱心に、誕生会を計画し始めた。

「あとは、贈り物だけど……出来れば出席する人はみんな用意してもらいたいんだよね。でも時間もないし……そうだな、メッセージカードとかいいかも」

「メッセージカードですか？」

「うん、手紙みたいなものだよ。祝福の言葉とかを書いて相手に贈るんだ。綺麗な絵を描いたり、装飾したりすると素敵だと思うよ。これくらいの大きさでね……」

龍聖はシュレイにメッセージカードがどういうものか分かるように、詳しく説明をした。

「くれぐれもフェイワンには内緒にしてね。びっくりさせたいから……ああ、いろいろと用意をしなきゃ！　忙しくなるね」

龍聖はいたずらっこのように、クスクスと笑った。

「リューセー……シュレイと何かやっているのか？」

「え!?」

翌日の夜、龍聖が寝所に入ると、待っていたフェイワンにいきなりそう言われてとても驚いた。見ると、フェイワンは少しばかり不機嫌そうな顔をしている。

「何かって……何？　別に何もないですよ」

「なんだか忙しそうじゃないか。二人でこそこそとやっているみたいだし」

「なに？　フェイワン、怒ってます？」

「別に怒ってはいない。ただ、お前はいつまでたっても、シュレイが一番なのだなと思ってな」

不機嫌そうにフェイワンが言ったので、龍聖は驚いて目を大きく見開いた後、ぷっと吹き出して笑いだした。

「なんだ？　何がおかしい？」

「だって……なんでそこで焼きもちを焼くのかと思って……シュレイはオレの側近なんですから、いつも一緒にいるのは当たり前でしょ？」

フェイワンはさらにむっとしたような顔になると、返事をする代わりに、龍聖の腕を掴んで、ぐいっと引き寄せた。バランスを崩して、フェイワンの腕の中に倒れ込む。あっという間に唇を塞がれて、抵抗する間もなく舌を搦め捕られた。逞しい腕が、強く龍聖の体を抱きしめる。

執拗に口の中を愛撫されて、すぐに龍聖の息が上がった。フェイワンの大きな手が、体中を撫でまわす。

「あ……フェイワン……」

「シュレイと何をしているんだ？」

フェイワンの艶のある低い声で囁かれ、鼓膜をくすぐられる。ぞくりと背筋が痺れて、龍聖は甘い喘ぎを漏らした。

「あ……何も……ないよ……」

「なぜ隠す……シュレイとだけの秘密でもあるのか？」

「何も……ないってば……ああっ……」

首筋を強く吸われ、それと同時に少し立ち上がりかけている昂りを、やんわりと握られて、びくりと体が反応する。すでに龍聖の体を知り尽くしているフェイワンの手技に、抗う術もなく体中を愛撫され、龍聖はとろとろに溶けてしまいそうだ。秘所の花弁は赤く熟れて、丹念に解してくるフェイワンの二本の指を、きゅうきゅうと締めつける。

「正直に言わぬと、ここでもう止めてしまうぞ？」

フェイワンが耳元で甘く囁き、指をゆっくりと引き抜いたので、龍聖は身を捩らせて喘いだ。はあはあと息を乱しながら、両目に涙を浮かべて首を振る。

「やだ……フェイワン……いじわるしないで……」

頬を上気させながらかわいく強請られて、責めていたはずのフェイワンは、うっと息を呑んで眉を寄せた。チッと舌打ちをすると、今にも暴れだしそうに雄々しくそそり立つ肉塊を、龍聖の中へと深く差し入れる。

「あっああっ……フェイワン……フェイワン……」

「でね、フェイワンが焼きもち焼いちゃって大変だったんだよ。フェイワンって独占欲が強いのかな？　オレさ、執着心みたいなの全然ないから、そういうの分かんないんだよね」

龍聖が気怠げに溜息をつき、シュレイに昨夜のことを愚痴（ぐち）りながら、メッセージカードを作っている。シュレイは、テーブルを飾る花籠（はなかご）を作りながら、そんな龍聖を不思議そうな顔でみつめていた。

「リューセー様は、どうしてそこまで陛下の誕生会にこだわられるのですか？」

「え？」

龍聖は思いがけない質問に、手を止めてシュレイをみつめ返した。

「だって祝ってもらえないと寂しいでしょ？」

「ですが……この国には元々そういう習慣がありませんから、陛下も寂しいとは思われないと思いますよ？　陛下に誤解されてまで、なぜこのように内緒で準備なさるのですか？」

「それはサプライズ……つまり内緒の方が、喜びも大きいし……今までそういう習慣がなかったならなおさら……初めてなんだから、フェイワンを喜ばせたいんだよ」

むきになって言う龍聖を、シュレイは穏やかな眼差しでみつめる。

「オレ、誕生日を祝うのって、なんかすごく特別だと思ってるんだ。他の祝い事はしなくても、これだけはって……特に大好きな人のはね。生まれてなかったら会えなかったわけだし……フェイワンにはこの気持ちをどうしても伝えたくて……愛してるから……喜んでくれたら嬉しいし……」

龍聖が笑顔でカードを作る手を動かし始めたのをみつめながら、シュレイは優しく微笑んだ。

「リューセー様は、陛下を幸せにしたい、喜ばせたいといつも思われているのですね。……それは執着心とは違うのですか？」

シュレイに言われて、龍聖はとても驚いたように目を丸くした。喜ばせることに執着している……確かにそうかもしれないと思った。

「リューセー様？」

「あ、ごめん……そうだね。シュレイの言う通りだと思う」

龍聖はそう言って照れ臭そうに笑ってみせた。


「陛下、お誕生日おめでとうございます」

用意された祝いの宴に、フェイワンはとても驚いた。タンレンの家族と龍聖、身内だけの小さな宴であった。

「フェイワン、本当の誕生日はふた月前だったけど、オレがどうしてもお祝いをしたくて、みんなに協力してもらっていたんだ」

「この前からシュレイとこそこそとやっていたのは、これだったのか」

フェイワンが驚きながら言ったので、龍聖はニコニコと笑って、フェイワンの側まで歩み寄ると、綺麗に装飾されたカードを差し出した。

「これはオレからの贈り物……誕生祝いはね、生まれてきてくれてありがとうって、フェイワンのことを愛している人達が祝福するための宴なんだよ」

ふたつ折りのカードを開くと、そこには龍聖が書いたメッセージが綴られていた。

『誕生日おめでとう。愛する貴方がこの世に生を受けた日を、心から感謝し祝福します。またこれから一年、貴方と一緒に幸せに暮らせることを祈ります。龍聖』

「リューセー……」

フェイワンは思わず龍聖を抱きしめていた。生まれてきたことを「ありがとう」と感謝されるなんて、思ってもみなかった。今までそんなことを言われたことなどない。それは初めて経験する喜びだった。

「え？　やだ……フェイワン……泣いてるの？」

「別に泣いてなどいない……リューセー、愛している」

「フェイワン」

龍聖はフェイワンの背中に両手を回して、その大きな体を抱きしめ返した。

タンレン達は嬉しそうに笑いながら二人の姿を見守っていた。タンレンはちらりと、部屋の隅に控えているシュレイに視線を送ると、微笑んで頷き合った。

エルマーンの空に、竜王ジンヨンの歌声が響きわたっていたことは言うまでもない。

第4章 歓無極（よろこびきわまりなし）

エルマーン王国王城の謁見（えっけん）の間では、今日もたくさんの人々が、国王への拝謁（はいえつ）を願う長い列を作っていた。粛々（しゅくしゅく）と行われる謁見の儀を、いつものように捌（さば）きながら、外務大臣のラウシャンは、時折フェイワンの顔色を窺（うかが）うように、ちらちらと気にしていた。

ここ数日、フェイワンの機嫌が良くない。特に今日は明らかに不機嫌そうだ。

原因は聞かなくても、龍聖に関わることだと容易に想像出来るのだが、これ以上悪化する前になんとかしなければならないと思う。

しかし場合によっては、大きな地雷を踏んでしまいそうで、ラウシャンとしては出来れば関わりたくなかった。

午前の接見が済み、いつもならば龍聖と一緒に休憩を取るために飛んでいくフェイワンが、玉座に座ったまままぐずぐずとしていることに、ラウシャンは気がついた。

「陛下、ご休憩なさらないのですか？」

「ん……別に疲れてはいないよ」

ラウシャンは小さく溜息をついた。

「……では一旦執務室へお下がりください。陛下が退席なさらなければ、皆が休めずに困ります」

ラウシャンに諫（いさ）められて、フェイワンは少し驚いたように辺りを見回した。謁見の間の左右の壁にずらりと並んで立つ兵士達が、まだ緊張した面持ちでいる。

「ああ、それはすまなかった」

フェイワンは玉座から立ち上がると、奥の扉から退席した。それを見届けると、ラウシャンは部下に指示をして、皆を休憩させた。

このまま放っておくわけにもいかないなと、ラウシャンはフェイワンの後を追う。執務室の扉の前で、一度溜息をついてから、扉を数度叩いた。返事が聞こえたので中へと入る。

「陛下……何か問題でもありましたか？」

部屋に入るなり、すぐに用件を切り出したラウシャンに、フェイワンは奥の大きな机に頬杖をついたままの格好で「別に」と答えた。

ラウシャンは心の中で小さく舌打ちをして、仕方なく地雷を踏むことにする。

「リューセー様の所には行かれないのですか？　いつもリューセー様の食事に付き合うか、卵に会いに一緒に行かれるではありませんか」

「しばらくいろいろと忙しいから、フェイワンは王様の仕事に専念していてと、リューセーに言われたんだ」

ふてくされたようにフェイワンが答えたので、ラウシャンは片眉を上げて、しばらく言葉を選んで考えてから口を開いた。

「リューセー様から構うなと言われたのですか？」

「もちろんリューセーは、オレを気遣って優しい言い方をしたが、要約するとそういうことだ」

ラウシャンは思わず吹き出しそうになるのを、ぐっと奥歯を噛みしめて堪（こら）えた。

「何か忙しくて困っているなら手伝うと言ったら、シュレイがいるからいいと断られた。シュレイで十分、シュレイが一番頼りになると」

「リューセー様がそんなことをおっしゃったのですか？」

ラウシャンが驚いて聞き返すと、フェイワンは「あっ」と気まずいというような顔になって首を振った。

「嘘だ。リューセーがそんなことを言うわけはないだろう。ただシュレイがいるからいいと言われただけだ……でも、まあ、そういうことじゃないのか？　二人でなんかこそこそして……それもリューセーが楽しそうなのが気にくわぬ。二人だけの秘密で何かしているのだ」

「ぶっっ」とたまらずラウシャンは吹き出した。しかし慌てて咳払いをして誤魔化す。

「こほん……そんなに気になるなら、シュレイを問いただせばいいでしょう」

「シュレイはリューセーの言うことしか聞かん。リューセーから、オレに言うなと命ぜられれば、殺されても言わないだろう。オレだって、リューセーのためならなんだってするというのに」

ラウシャンはおかしいのを通り越して、少し呆れてポカンと口を開けて、フェイワンをみつめた。

腕組みをして溜息を吐く。

「陛下……竜王ともあろう方が、たかがアルピンごときに……いや、失礼……側近ごときに焼きもちを焼かれますな」

「別に焼きもちなど焼いておらぬ！」

フェイワンが怒って反論したが、ラウシャンはやれやれと首を竦めてみせた。

「陛下は元々情の深いお方だが、特にリューセー様に関しては……執着を通り越して妄執されませぬようお気をつけください」

「分かっている」

フェイワンは、むっとした様子で腕組みした。

「シュレイのことならなんでも知っているタンレンに聞くのがよろしいのでは。タンレンは陛下の言うことならなんでも聞くでしょう」

ラウシャンの提案に、フェイワンは「おお」と明るい表情になった。


「知りませんよ」

タンレンが笑いながら答えたので、フェイワンは眉を寄せた。

「急用だというから何かと思えば……なんだ？　リューセー様と喧嘩(けんか)でもしたのか？」

「喧嘩などするわけがないだろう……ただシュレイと二人で、何かこそこそとやっているのだ。それも忙しそうに……聞いても教えてくれないから気になるじゃないか」

フェイワンの言葉を聞いて、タンレンは明るく笑った。

「リューセー様のことだ。勉強か何かに夢中なのだろう。お前に言わないのは、言うほどのことではないと思っているからじゃないのか？」

タンレンは、明るい口調で軽くそう答えた。実は知っている。でも口止めされていた。

「そもそもオレがシュレイのことをそんなに知っているわけがないだろう。シュレイはオレなんか相手にしていないし、頼ってもくれないんだから」

「そう思っているのはお前だけだよ」

フェイワンは、憮然としてポツリと言ったが、タンレンには聞こえなかったようだ。

「知らぬならもう良い、忙しいところ悪かったな」

フェイワンが諦めたので、タンレンはさっさと退散することにして、一礼をすると扉へと向かった。

帰りかけてふと足を止めるとクルリと振り返る。

「フェイワン、オレはあの方がお前のリューセーで良かったと思うよ」

「は?」

フェイワンがどういう意味か聞き返そうとしたが、タンレンは笑いながら手を振って去っていった。


こうなったら、直接龍聖に聞く。いや、龍聖の体に聞く。と、フェイワンは決意して、その夜寝所で待ち構えた。後から現れた龍聖に尋ねたが、想像通りまた誤魔化されたので、カッとなって強硬手段に出ることにした。

本当は優しくしたかった。一方的な性交などはしたくない。少しだけ乱暴に口づけて、拒めぬように体を強く抱きしめた。

「シュレイと何をしているんだ?」

深い口づけの後、フェイワンの腕に身を委ねている龍聖を、優しく問いただした。

「あ……何も……ないよ……」

「なぜ隠す……シュレイとだけの秘密でもあるのか?」

「何も……ないってば……あぁっ……」

熱を持った潤んだ瞳で、まだ嘘をつく龍聖に、フェイワンの中の雄が荒ぶる。咬みつくように、白い首筋を強く吸うと、しなやかな細い体がびくりと震えるのが分かった。下半身へ手を伸ばすと、龍聖の昂りを包み込むように握る。それにも反応してまたびくりと震えた。

かわいい龍聖、愛しい龍聖、そのすべてに欲情して、体中を貪るように舐めまわし、撫でまわして、自分の物だと確認する。

かわいい唇から、甘い喘ぎが漏れ、頬を上気させ息を乱している。フェイワンの腕の中で、艶美に変貌している龍聖をみつめながら、高揚する気持ちを静めようと唾を飲み込んだ。

「正直に言わぬと、ここでもう止めてしまうぞ？」

くちゅくちゅと愛撫している後孔から、指を抜きながらいじわるく囁いてみた。すると龍聖が、朱に染まるしなやかな肢体を捩らせて、潤んだ瞳でフェイワンをみつめた。

「やだ……フェイワン……いじわるしないで……」

降参だ。こんなに愛しい龍聖に敵うはずなどないのだ。止めるどころか、自身の雄は爆発寸前の状態にある。全身の血が集まっているのではないかと思うほど熱く脈打つ昂りを、龍聖の中へとゆっくり埋めていった。

「陛下、シュレイがそこに」

午前の接見が終わったところで、ラウシャンにそう告げられて振り返ると、奥の扉の前にシュレイが控えていて、深く一礼をした。

「リューセー様がお待ちです」

わざわざシュレイが迎えに来るなど珍しいと思いながら、フェイワンは大人しくついていった。

王妃の私室に案内されて、促されるままに扉を開けると、そこには龍聖だけではなく、タンレンと、タンレンの両親や兄弟までもが揃っていた。

「陛下、お誕生日おめでとうございます」

皆が一斉にそう言うと、拍手された。フェイワンは何のことだか分からずに、ポカンとした顔で突っ立っていた。

「フェイワン、本当の誕生日はふた月前だったけど、オレがどうしてもお祝いをしたくて、みんなに協力してもらっていたんだ」

満面の笑顔でそう説明する龍聖をみつめながら、次第に状況が分かってきた。誕生日と言った……オレの生まれた日の祝い？　テーブルには祝いの料理が用意され、花で綺麗に飾りつけてある。

「この前からシュレイとこそこそとやっていたのは、これだったのか」

驚きつつもそう呟くと、龍聖が嬉しそうに笑いながら側まで歩み寄ってきて、何かを差し出した。

「これはオレからの贈り物……誕生祝いはね、生まれてきてくれてありがとうって、フェイワンのことを愛している人達が祝福するための宴なんだよ」

それは紙のようだったが、美しい彩色で模様が描かれ、小さな造花がいくつも貼りつけられ装飾が施されていた。ふたつに折られていたので開くと、中には龍聖が書いた文字がある。

『誕生日おめでとう。愛する貴方がこの世に生を受けた日を、心から感謝し祝福します。またこれから一年、貴方と一緒に幸せに暮らせることを祈ります。龍聖』

後で聞いたが、それは龍聖手作りのメッセージカードというものらしかった。

カードを持っていたフェイワンの手が微(かす)かに震える。胸の奥から湧き上がるこの感情をなんと表現すればいいのか分からなかった。

『生まれてきてくれてありがとう』龍聖の優しい声が、何度も頭の中で繰り返される。初めて言われた言葉だ。

人間の国では、誕生日を祝う習慣があることは知っていた。今まで特に興味はなかったが、こんなに嬉しいものだったとは知らなかった。

龍聖の優しさが沁みる。

「リューセー」

フェイワンは、龍聖を強く抱きしめた。


「仲直りしたようだな」

テラスでくつろいでいたラウシャンが、空を仰いで呟いた。風に乗って竜王の歌がエルマーンの空に響きわたっていた。

エルマーン王国の王城内の一室。

たくさんの人々が、慌ただしく動きまわっている。その中心で、指揮を執るのは、龍聖の側近シュレイだ。

そこへ龍聖がそっと現れて、部屋の中を覗き込んだ。

「わあ……すごいね～……」

思わず声をあげた龍聖に、シュレイが驚いて駆け寄った。

「リューセー様、いかがなさいましたか？」

「え？　あ、ごめんごめん、気になって覗きに来たんだけど、思っていたよりすごかったから、思わず声をあげちゃった。邪魔してごめんね」

龍聖は苦笑して言った。それを聞いたシュレイは、微笑んで頷く。

「バタバタとしておりまして、あまりお構いも出来ませんが、リューセー様はいつでもこちらへ来ていただいて構わないのですよ？　どうぞ中に入ってご覧ください」

シュレイが龍聖を部屋の中へ招き入れると、作業をしていた侍女達が、その手を止めて壁側に退き、深く礼をした。それを見て、龍聖は慌てて両手を振る。

「ああ、どうぞ続けてください。オレのことは気にせず……邪魔をしたかったわけじゃないから……」

慌てる龍聖を見て、シュレイは微笑むと、侍女達に仕事を続けるように指示を出した。侍女達は互いに顔を見合わせながらも、いそいそと仕事を再開した。

床を磨く者、窓を拭く者、ランプを磨く者……皆が一心になって、部屋の清掃をしている。

「ここって、シェンファの部屋になるんだよね？　でもまだ卵からも孵っていないのに、準備が早すぎるんじゃない？」

龍聖は部屋の中を見回しながら、シュレイにそう尋ねた。

「そうはおっしゃいますが、あと三月ほどで誕生されます。決して早すぎることはありませんよ」

「赤ちゃんの間は、てっきりオレ達の部屋で一緒に過ごすのかと思ってた」

「はい、もちろんお二人の寝室に、シェンファ様のベッドを用意いたしますが、日々のほとんどはこちらのお部屋でお過ごしいただくことになります」

「なんで？」

「リューセー様、シーフォンが長命な事をお忘れですか？　生まれた赤子が、歩けるくらいになるまでには、十年以上の月日がかかります。それほどの長い時間、ずっとシェンファ様付の乳母達が、王の私室に朝から夜までいられると思いますか？　陛下との私的な時間などなくなってしまいますよ？」

「あっそうか！」

龍聖はポンッと手を叩いた。

「そうだよね、乳母とかいるんだよね。日本の普通の家庭じゃないんだよね。フェイワンは王様で、シェンファはお姫様なんだよね」

「リューセー様も王妃様ですよ」

シュレイが補足したので、侍女達がクスクスと笑う。

「でも女の子の部屋って感じでかわいいなぁ……壁紙が薄いピンク色だし、花柄もかわいい」

「花柄はシェンファ様のお名前と同じ花をあしらっております」

「へえ……綺麗だね。こんなに壁も床も全部新しくしているなんて思わなかったから、すごいなぁって思ってさ……」

「フェイワン様が皇太子の頃にご使用になられていて、それ以来五十年以上使われておりませんでしたから、新しく張り替えております」

「そうなんだ……そうだよね……人間とは違うから、五年十年の空き家とは違うんだよね」

龍聖が感心したように何度も頷くので、シュレイも微笑みながら頷く。

「夕方までには絨毯を敷き、明日には家具を運び込みます。その後いらっしゃれば、また違って見えますすよ」

「そうなんだ……じゃあ、邪魔にならないようにまた見に来るね」

「はい、邪魔になどなりませんよ。リューセー様がいらっしゃれば、侍女達も励みになります」

「そう？　みんな大変だけど、頑張ってね」

龍聖が侍女達に声をかけると、皆が嬉しそうに笑顔になる。

「それじゃあ、オレは卵を抱きに行くから、シュレイも頑張ってね」

「お供出来ずに申し訳ありません」

「慣れたから平気だよ」

申し訳なさそうに謝るシュレイに、龍聖は笑顔で首を振ると、後ろに控える二人の兵士の方にチラリと目をやってシュレイに笑ってみせた。シュレイがいない時は、必ず兵士を連れていくように、日頃からシュレイに言われていたので、それを見せて安心させたかった。

礼をして見送るシュレイと別れて、龍聖は卵の安置されている部屋へと向かうことにした。すると前方からタンレンがこちらへ向かって歩いてくることに気がついた。タンレンも龍聖に気づき、足を止めて礼をする。

「タンレン様、どちらかへご用ですか？」

この階は、王の私室や王妃の私室など、王と王の家族のためだけの階で、何か用のある者以外は、無断で立ち入ることは出来ない。タンレンは王族なので、立ち入りの許可を得る必要はないが、やはり用もないのに来ることはない。

「はい、シェンファ様付の警護の兵について、シュレイに確認してもらおうと思いまして……シュレイはおりますか？」

龍聖が後ろに二人の兵士を従えているのを見て、シュレイが龍聖の側にいないと思い、タンレンはそう尋ねた。

「ええ、あちらのシェンファの部屋を改装するのに、張りきっていますよ」

龍聖が今見てきた部屋の方を指さして答えると、タンレンは笑って頷いた。

「でも警護兵の手配を、タンレン様が自らしてくださるのですか？」

龍聖が不思議そうに尋ねると、タンレンは手に持っていた書類の束を龍聖に見せた。

「誰にでも任せられるものではありませんから、部下から提案された名簿を元に、私の方でその者の経歴や素性などを確認してから、シュレイにも確認してもらいます。まあ、もっともシュレイからは何もまだ打診はないのですが、忙しくしているだろうと思って、私が勝手にやっているのです」

タンレンがそう言って苦笑したので、そんなタンレンの顔を龍聖は不思議そうにじっとみつめた。

「？　どうかなさいましたか？」

自分をじっとみつめる龍聖の視線に気づき、タンレンが尋ねると、龍聖は苦笑して首を振った。

「ああ、いえ……タンレン様ってよくシュレイの手伝いをなさいますよね。シュレイもタンレン様をとても信頼しているし……でもタンレン様もお忙しいのにすごいなって思って」

「いや、それほど忙しくもありませんよ……シュレイからは、たまに迷惑がられますけどね」

タンレンはそう言って頭をかきながら笑う。龍聖は一瞬言いかけた言葉があったが、そのまま飲み込むと、タンレンと別れて卵の部屋へと向かった。


その夜、食事の後、いつものようにフェイワンとソファに並んで座り、他愛もない話をしながらくつろいでいた。

フェイワンは話の合間も、龍聖の腰を抱いたまま、何度も頰や額に口づけをする。龍聖もフェイワンに体を預けるように、寄り添っていた。

龍聖は今日見てきたシェンファの部屋のことを、フェイワンに報告していた。フェイワンも満足しているように何度も頷く。

「そういえば……」

龍聖は言いかけたが、ふと思うところがあり、一旦口を噤んだ。フェイワンが不思議そうに龍聖の顔を覗き込む。

「なんだ？　何か言いかけて」

「あ、ごめんなさい……その……前からずっと気になっていたんだけど、タンレン様とシュレイって、恋人同士なんですか？」

突然の龍聖の質問に、フェイワンは目を丸くして固まってしまった。そのフェイワンの反応に、まずいことを言ってしまったのかと思った龍聖は、困ったような顔で唇を噛んだ。するとしばらく唖然とした表情で、固まっていたフェイワンが、ようやく気を取り直したように小さく溜息をついてから、龍聖をじっとみつめた。

「なぜ、そのように思うのだ？」

フェイワンは慎重にそう尋ねた。龍聖はそんなフェイワンの目をじっとみつめ返したまま、言ってもいいのかどうかと、探りつつ思っているままに言うことにした。

「なんとなく……なんとなくですよ。そういうのって、分かるでしょ？　その……見ていてタンレン様は、明らかにシュレイのことが好きなんだなって思うし、シュレイも……」

「そう思うか？」

フェイワンが重ねるように尋ねたので、龍聖はコクリと頷いた。するとフェイワンは額に手を当てて、しばらく悩んでいるかのように、目を閉じて考え込んだ。やがて目を開けると、またひとつ溜息をつく。

「まあ……タンレンはまったく隠すつもりもないようだから、はっきり言ってしまっても良いと思うが……シュレイに好意を寄せている。だが……まあシュレイの方は、まったくそんな素振りもないという感じなんだが……お前はシュレイもタンレンのことが好きだと思うのか？」

「え？　あ……うん。シュレイはすごくタンレン様のことが好きだと思います。一番信頼しているし……」

フェイワンはそれを聞いて首を傾げた。

「シュレイの好きは、人としての好意ではないのか？」

「いえいえ、まさか……愛情ですよ。ものすごく深い愛情を感じます」

龍聖が首を振って否定したので、またフェイワンは考え込んだ。

「オレも……すべてを知っているというわけではないんだが、タンレンはずっと前からシュレイのことが好きで、そういう関係だった時期もあるようなんだが……シュレイに振られたみたいなことを、タンレンが言ったことがあって、それ以来ずっとタンレンの片思いのようなのだ」

フェイワンの言葉に、今度は龍聖が考え込んだ。顎に手を添えて、目を閉じて考え込む。

「その……タンレン様が未だに独り身なのは、シュレイを想っているからですか？」

「ああ、たぶん……タンレンは王族だし、誰も直接タンレンに言える者はいないが、皆が『変わり者』だと思っているようだ。アルピンの……それも男を好きになるなど、と……ああ、ラウシャンは面と向かってタンレンに言っていたな」

龍聖は「ラウシャンは……」の言葉に思わず、クスリと笑ったが、すぐに真面目な顔になってフェイワンを改めてみつめる。

「やっぱり許されないことなんですよね？　男性を好きになるって」

「そこは難しいところだが、厳密に言うと、男を好きになることは本人の自由だ。我が国では同性愛を禁じてはいない。そもそも竜王の伴侶が男なのだから、禁じられるわけもない。ただ王族には義務がある。子孫を残さねばならないという義務が……特にタンレンは女系ではあるが直系の王族だ。オレに兄弟がいないから、より強く望まれる。妻を娶って血を残すことを……」

「だからだ……」

龍聖がポツリと呟いた。

「だからシュレイは身を引いたんだ」

また呟いた龍聖に、フェイワンはすぐには答えず黙り込んだ。龍聖も黙り込む。しばらく沈黙が続いた。黙り込んでしまった龍聖を、フェイワンが気遣うように何度も肩や背中を撫でた。

「まあ……振られたのか、身を引いたか、真実は本人にしか分からないが……タンレンが諦めない以上は、どうにもならないな」

フェイワンが溜息交じりにそう言ったので、龍聖も頷いた。

「好きなだけではどうにもならないものなんですね……」

「それに比べれば、オレは幸せ者だな」

フェイワンがギュッと龍聖を抱きしめて、首筋にちゅっと口づけたので、龍聖はくすぐったいというように首を竦めた。

「フェイワンはずっとオレのことを愛しているって言ってくれていますけど、本当にオレのことを好きになったのはいつですか？　オレがなかなか現れなくて、腹を立てなかったのですか？」

龍聖に問われて、フェイワンは一瞬動きを止めて、すぐに苦笑しながら龍聖の頰に口づけた。

「以前、お前に恨んだことはないと言ったと思うが……正直に言うと、少しは腹を立てたこともあった。お前にというよりも、自分の運のなさに苛立ったという方が近いと思う。母はおらず、父は王としての人生を全う出来ずにオレを生かすためだけに生き、そして死んでいった。その上オレのリューセーが来ない……ここまで悪いことが続けば、恨みもするし苛立ちもする。一体オレが何をしたのかと……そう我が身を恨んで荒んだ時期もあった。政務を放棄して部屋に籠ったり、ジンヨンと共にしばらく帰ってこなかったりね……」

「そんな不良だったんですか？」

龍聖が目を丸くしてクスクスと笑うので、フェイワンも自嘲気味に笑う。

「じゃあ、オレが来た時は、さぞ『この野郎』って思いましたよね？」

「思った思った！　なにしろ初対面で、お前はオレを見て笑いながら『小さな子供だ』と言ったんだからな」

フェイワンが笑いながらそう言って、龍聖の脇をくすぐったので、龍聖は身を捩らせて笑った。

「そ、そうでした。……あはは……そんなこともありましたね……知らぬこととはいえ失礼しました……でもあの時のフェイワン、すっごく怒っていましたよね」

二人は懐かしむように笑い合った。

「じゃあ、いつなんです？　オレを好きになったのは」

「そうだな……二度目に会った時……オレがお前の所に見舞いに行った時かな」

「あの時？　あの時は、確か少し話をしただけですよね？」

「そうだな……正確には、あの時オレは、本当にお前に惹かれているのか確認をしに行ったんだ。お前と初めて口づけをして、魂精を貰って、オレの体が少しだけ戻って……痛みと苦しみの中、不思議なほどにオレの頭の中に浮かぶのはお前のことばかりだった。失礼な奴だとあんなに腹を立てていたはずなのに……」

　フェイワンが「失礼な奴」と言ったところで、二人は顔を見合わせてまた笑った。

「オレが思うに、竜王は生まれた時から、その血がリューセーを乞うているように思うんだ。『リューセーに会いたい』と。もう最初から好きになることが前提になっているように思う。竜王はホンロンワン様の現身(うつしみ)だ。代々受け継がれていく中で、ホンロンワン様だけではない、代々の竜王達が、リューセーを愛しているというその想いが、この血に引き継がれているのではないかと思うんだよ」

「最初から好きってことですか？」

「まあそうなるな」

「それじゃあ、オレのことが好きなんじゃなくて、リューセーという人が好きってことになるじゃないですか」

　龍聖はそう言うと、わざと頬を膨(ふく)らませてみせたので、フェイワンは笑いながら、その膨らんだ頬に何度も口づけた。

「だから確かめに行ったのだ。本当にオレはリューセーを好きなのかと……それで二度目に会った時、驚くほどにお前に魅(ひ)かれたんだ。その姿が美しいとか、声が麗(うるわ)しいとか……お前のすべてを好きになっていた」

「えー……それってやっぱり、オレを好きなわけじゃない気がします」

　龍聖がそう言ってまた膨れたので、フェイワンはクスクスと笑いながら、龍聖の頬に首筋に何度も口づける。龍聖はくすぐったくて、思わず吹き出して笑っていた。

「お前のことが好きなのだよ。きっかけはともかく……お前に一目惚れしたのだ。実際には二度目惚れなのだが……お前に会って、心が弾んで……夢中になった。あとはお前も知っての通りだ」

フェイワンはそう言って、また龍聖の体を強く抱きしめた。

「不思議だね」

龍聖はフェイワンの腕の中で独り言のように呟いた。

「オレもいつの間にか貴方に惹かれていた……なんで好きになるんだろう……なんで惹かれるんだろう……フェイワンも……オレも……タンレンも……シュレイも……なぜその人に惹かれるんだろう。なぜその人じゃないといけなかったんだろう……不思議だね」

フェイワンは答える代りに、龍聖に口づけた。優しく、甘く、そして深く……。龍聖はその優しい腕の中で、この人を好きでいられることの幸せを想っていた。

第6章　夫婦喧嘩は竜も食わない

エルマーン王国王城。

「リューセー様、そんなに緊張なさらなくても大丈夫ですよ」

龍聖の耳元で、側近のシュレイがそっと声をかける。

「そんなこと言っても……赤ちゃんなんてほとんど抱いたことないし……それも新生児なんて、どう扱えばいいのか……」

龍聖は少し緊張して強張(こわば)った表情で、目の前の赤子をみつめながら答える。乳母の腕に抱かれているのは、昨日卵から孵ったばかりの龍聖の娘シェンファだ。

真珠のような白い肌、ふわふわと柔らかな黒髪、くるりと丸い大きな黒い瞳、ぷっくらと丸みを帯びて柔らかそうな頬は、薄桃色をしている。とても愛らしい人形のようだと、龍聖は他人事のようにぼんやりとみつめる。

「右手をこちらに、左手はこう……そうでございます」

乳母に言われるがままに手を動かして、シェンファを抱いた。小さくて、軽くて、なんだか壊れてしまいそうで怖くなる。するとそれまで静かにしていたシェンファが、みるみる顔をくしゃりとしかめ、顔を真っ赤にして「ふぅえっふぅえっ」としゃくり上げ始めた。

「わっ！　泣いちゃう！　どうしよう！」

龍聖はひどく慌ててておろおろとした。

「リューセー様、大丈夫です。リューセー様がそうやって怖々と抱かれるので、その不安がシェンファ様に感づかれてしまうのですよ。もっと気持ちをゆったりとなさって……」

「え、でも、無理だよ……」

龍聖が、あわあわとしていると、とうとうシェンファが大声で泣きだしてしまった。乳母が受け取り、あやし始めると、次第に泣き声も収まり静かになる。それを龍聖はとても困惑した様子でみつめた。

「一年間、リューセー様は卵を大切にお育てになったではありませんか。あの時、卵を抱かれていたように、シェンファ様をお抱きになればよろしいのですよ」

「そう言われても……」

龍聖は眉間にしわを寄せて、じっと乳母が抱くシェンファをみつめた。

「リューセー様、昨日の今日ですから、慣れないのは当たり前です。どのお母さんも、最初はみんなそうですよ」

シュレイが慰めるように、龍聖の背中を擦りながらそう言ってくれたが、龍聖はまだ困惑した様子で、ただシェンファをみつめるだけだった。


「おお……小さいなぁ……ああ、なんと愛らしいのだろう。リューセー、見てごらん……この目も鼻も口も、みんなお前にそっくりだ」

「そんなことはないですよ」

夕方近くに、フェイワンがいつもよりもかなり早めに政務から戻ってきて、待ちきれないというように、シェンファを抱かせてくれと言った。

乳母がシェンファを連れてくると、喜び勇んでその腕にシェンファを抱いてソファに座る。その隣に龍聖が寄り添うように座った。

「フェイワンは、赤ちゃんを抱くことに慣れてますね」

「慣れているものか！　今まで抱いたことなどないぞ？　だから壊してしまいそうで、怖々抱いているんだ」

フェイワンがニコニコと笑いながらそう言った。その様子は、とても緊張しているようには見えないし、抱かれているシェンファも安心した様子で、じっとフェイワンの顔をみつめている。

「腕が大きいから安定感があるのかなぁ？」

龍聖はなんだか少し不満そうに、じっとシェンファをみつめた。

「なんだ？」

「いえ……昼間、オレが抱いたら、すぐに泣きだしちゃって……何度か試したけどどうしてもうまくいかなくて……」

「虫の居所でも悪かったのだろう」

フェイワンは特に気にしていない様子で、ニコニコとシェンファをみつめている。いや、「デレデレ」という方が合っているなと、龍聖は恨めしそうに、フェイワンを、じーっと睨みつけた。

「ん？　どうした？　そんな顔して……」

「別に……シェンファは、オレよりフェイワンの方が好きなんですよ」

龍聖が口を尖らせながらそう言ったので、フェイワンは驚いた顔で龍聖をみつめた。目を大きく見開いて龍聖をみつめてから、一度視線を外して、近くで控えているシュレイを見た。シュレイは苦笑して小さく首を振ってみせる。フェイワンは、もう一度龍聖を見た。龍聖は眉根を寄せて、口をへの字に曲げて、シェンファをみつめている。

「リューセー……お前、焼きもちを焼いているのか？」

「はぁ!?」

龍聖はさらに眉根を寄せて、フェイワンを見た。視線が合うと、すぐにむっと不機嫌そうな顔になり、フェイワンを強くみつめ返す。

「別に焼きもちなんて焼いてません！　大体誰に対しての焼きもち？　シェンファは赤ちゃんだし……え？　シェンファに対して？　フェイワンに対して？」

少しムキになって言うので、フェイワンはだんだんおかしくなってきて、ニヤニヤと顔を綻ばせた。

「何ですか？」

龍聖が怪訝(けげん)そうに言うと、フェイワンはニヤニヤと笑ったまま、抱いているシェンファの頬にちゅっと口づけた。

「お母様は、焼きもちを焼いておられるぞ？　お前がオレの方を好きだと思っているようだぞ？」

そんなフェイワンは、先ほどよりもさらにデレデレ度が増していて、からかわれているのかと、龍聖はカチンときた。

「もう知りません！」

龍聖は、すっくと立ち上がると、すたすたと歩きだした。

「あ、おい！　リューセー！　どこに行くのだ？」

「フェイワンは、シェンファと仲良くしていればいいでしょう？」

龍聖はそう言うと、ぷいっとそっぽを向いて、足早に部屋を出ていった。

「あ、リューセー様！」

「リューセー！」

シュレイが慌てて後を追おうとしたが、同時にフェイワンも名前を呼びながら、慌てて立ち上がったので、腕に抱いていたシェンファが驚いて、大声で泣きだした。

「わっあっ！　シェ、シェンファ……驚かせてすまぬ！　わあっ……シュレイ！　なんとかしてくれ！」

シュレイは、フェイワンが助けを呼ぶので駆け寄ると、泣いているシェンファを受け取った。

「ああ……そんなに顔を赤くして泣いて……オレが大きな声を出したから怖かったのか？　すまん……シェンファ、そんなに泣かないでくれ」

フェイワンはおろおろとしながら、シュレイの腕の中で大泣きするシェンファを宥めようとした。

「陛下、こちらは私と乳母がおりますから……陛下はリューセー様を……」

「あ、そ、そうだったな！　すまんが後を頼む！」

フェイワンは、慌てて龍聖の後を追った。

廊下に出て辺りを見回したが、すでに龍聖の姿はなかった。突然飛び出してきた王の姿に、見張りの兵士がとても驚いている。それでなくても、その少し前に、龍聖が飛び出してきたから、驚いたばかりだった。

兵士達がそわそわとしていると、じろりとフェイワンが振り返って見たので、緊張した様子で姿勢を正す。

「リューセーはどっちへ行った?」

「あ、はっ! あちらへ向かわれました……恐らく竜王の……」

兵士がすべてを言いきらぬうちに、フェイワンはもう足早に歩きだしていた。慌てて兵士の一人が後を追う。

フェイワンには、龍聖がジンヨンの下を訪ねていることが分かっていた。竜王ジンヨンとフェイワンは、命を同じくする半身である。ジンヨンと意志を通じ合うことが出来た。

フェイワンは、ふと足を止めて、ジンヨンに呼びかけようとした。だがふいにジンヨンの意志が通じなくなった。

「くそっ……ジンヨンの奴、意識を遮断しやがった!」

フェイワンは舌打ちすると、再び大股で歩きだした。


「ジンヨン! ジンヨン! 聞いてよ! ひどいんだよ!!」

龍聖は、塔の上にいるフェイワンの半身、金色の竜ジンヨンの下へと来ていた。龍聖が最上階まで駆け上がると、すでにその気配を察して、ジンヨンが背筋を伸ばすように首を高く上げて、尻尾を振りながら、お座りして龍聖を出迎える。

龍聖がジンヨンの名を呼びながら、駆け寄っていくと、目を細めて嬉しそうに頭を床につくまで下げた。その大きな頭に、龍聖は両手を広げて抱きついた。

「フェイワンがひどいんだ！　シェンファが抱いても泣かないものだから、デレデレしちゃってさ！　文句を言ったら、焼きもちを焼いてるとか言うし！　別にそんなんじゃないのにさ！」

龍聖はジンヨンの鼻先に抱きついたまま、愚痴を言い始めた。

「デリカシーがないんだよ！　オレがシェンファの世話に不慣れで困っているのにさ、そう言ったのに、焼きもち焼いてるなんて！　ひどいと思わない？」

するとそれに答えるように、ジンヨンがググッグググッと喉を鳴らした。

「ね？　そう思うでしょう？」

龍聖はそれに同意するように言ったが、実はジンヨンの言葉は全然分からない。でもきっと龍聖を慰めてくれていると思った。

「リューセー！」

そこへフェイワンが駆けつけてきた。

「リューセー！　すまなかった！　オレが悪かった！　謝るから許してくれ」

フェイワンがそう言いながら近づいてきたので、龍聖はジンヨンの鼻先から離れると、ジンヨンの体の側まで逃げ込んだ。

その行動にフェイワンが驚いて、追いかけようとしたが、ジンヨンの尻尾がブンッと唸りをあげて目の前をかすめたので、驚いて勢いよく後ろに飛び退いた。

「わっ！　ちょっ！　危ないだろう！　お前！」

フェイワンが驚いてジンヨンを見上げながら文句を言った。ジンヨンは、ツンとそっぽを向く。

「フェイワンは、何が悪いと思って謝るなんて言ってるんです？」

龍聖が大きな声をあげて尋ねてきた。

「何って……分からないが、オレがお前を怒らせることを言ったんだろう？」

「分からないって……分からないことに謝らないでください！」

龍聖がさらに怒ってそう言ったので、フェイワンは困って頭をかいた。かなり困惑していた。そもそも今までこんな風に、龍聖がキレたことがないので、どうしたものかと途方に暮れていた。最初は少し拗ねているだけなのかと思ったので、迎えに来ればすぐに機嫌が直るものだと思っていた。

しかしどうやらまだ怒っている様子で、問答になるとどうしたらいいのかわからなくなる。

「いや……だけど……リューセー……とりあえずちょっと話をしよう」

フェイワンがそう言いながら近づこうとしたが、ジンヨンがまた尻尾で威嚇してきたので、近づけなかった。

「ジンヨン！　お前なぁ！」

フェイワンが怒鳴ったが、ジンヨンはそ知らぬふりをすると、頭を下げて、体を丸めるように、頭を腹の方へと寄せた。龍聖を鉄壁の守りで固める。

龍聖はジンヨンの鼻先を撫でた。

「ジンヨン、守ってくれてありがとう。でもフェイワンには乱暴はしないでね」

龍聖がそっと囁くように言うと、ジンヨンはグルッと喉を鳴らす。

「分かってる。オレが勝手に拗ねて、フェイワンに八つ当たりしているだけなんだ。だってシェンファのこと、ずっと一年も大切に卵を育ててきて、オレなりにちょっとは母性というか、父性みたいなものが湧いてきてて……だけど卵から孵ったら、もうそのこと忘れたの？　ってちょっと恨めしくなって……。でもシュレイの言う通り、オレが怖々と抱いたら、そりゃあ抱かれる方も不安になるよね。あんなに小さな体なんだし……。フェイワンに抱っこされたら安心するのは、オレもそうだから分かるよ。……だけどフェイワンには、オレが子育てに不慣れで悩んでること知られたくなくて……」

龍聖はチラリとジンヨンの陰から、フェイワンを見た。フェイワンは入口の所に立ち、腕組みをして困ったような顔でこちらを眺めている。

「ふふ……困ってる……フェイワンったら、シェンファを放り出して来ちゃったのかな？　なんだか分からなくて先に謝るなんて……王様なのに……ふふ」

龍聖はジンヨンの鼻先に甘えるように抱きつきながら、独り言のように呟いて笑った。顔を上げると、一度ジンヨンの鼻を撫でて、大きな金色の瞳をみつめて笑ってみせた。

「ジンヨン、ありがとう。また慰めてね」

そう言うと、ちゅっと鼻先に口づけた。ジンヨンはグルルルッと小さく鳴くと、頭を上げて龍聖に道を空けた。

龍聖がこちらに向かって歩いてくる姿を見て、フェイワンは少し安堵(あんど)した。

「リューセー……その……お前に焼きもち焼いてるとか言って、からかうように聞こえてしまったのなら、すまなかった。そういうつもりではなく……いつも焼きもちを焼くのはオレの方で、お前が焼いてくれることはないから……ちょっと嬉しくて言ってみただけなんだ。本当にすまなかった」

フェイワンは近づいてくる龍聖に向かって、一生懸命にそう説明をした。龍聖は澄ました顔のままで、それを聞きながら、フェイワンの側まで来ると足を止めた。じっと顔をみつめる。

「もういいです。別にもう怒っていませんから……戻りましょう」

龍聖はそう言って先に階段を降り始めた。本当は謝りたかったが、なんだか子供じみたことをしてしまった手前、気まずい気持ちでいて、謝ることが出来なかった。

フェイワンは黙って後ろからついてきている。龍聖は少し後ろを気にしながらも階段を降りきった。するとフェイワンが追い越すように隣をすり抜けたかと思うと、その追い越しざまに龍聖の手を握った。

「あっ……」

フェイワンに手を引かれるようにして部屋へと戻る。龍聖はなんだか少し恥ずかしくて、俯きながら歩いた。


「リューセー様」

部屋に戻ると、シュレイが乳母と共に待っていた。龍聖は無意識に、そのまま真っ直ぐに乳母の抱くシェンファの下へと歩いていた。

覗き込むと、シェンファは起きていたが、目の周りが少し赤かった。先ほどまで泣いていたようだ。

「シェンファ……ごめんね」

龍聖は、そっとシェンファの頬を撫でた。

「リューセー……仲直りに、シェンファを抱いてあげなさい」

「え……でも……」

「大丈夫だ。オレに考えがある。きっとお前が抱いても泣かないから」

フェイワンがそう言うので、龍聖は不安そうな顔をしながら、後ろを振り返った。フェイワンがニッコリと優しく笑っている。

前に向き直ると、乳母が龍聖にシェンファを渡そうとしていた。龍聖は恐る恐る両手を差し出した。

「リューセー様、また緊張なさっていますよ？　緊張は伝わりますから……卵を抱いていた時のことを思い出してください」

シュレイがそう言って、龍聖の背中を擦った。

『そうは言っても……やっぱり落としそうで怖いよ……』

龍聖は心の中でそう呟きながら、恐る恐るシェンファを抱いた。腕に抱えると、小さくて柔らかなシェンファに、思わず少し腕に力が入ってしまう。

シェンファがまた少し顔を歪めた。少しぐずり始めたので、龍聖は「あっ」と慌てそうになる。

その時、龍聖の体がふわりと宙に浮いた。

「え？」

驚いて我に返ると、フェイワンが龍聖を抱き上げていた。

「フェ……フェイワン！」

「オレがこうして、お前ごとシェンファを抱けば大丈夫だ」

「あ、あぶないよ！」

「リューセー、オレがお前を落とすと思うか？」

フェイワンが優しい眼差しで、龍聖をみつめながらニッと笑って言ったので、龍聖はハッとした。フェイワンが落とすなんて思わない。とても安心して身を委ねられる。そう思った時、龍聖の腕の中でぐずっていたシェンファが、静かになった。

見るときょとんとした顔をして、じっと龍聖の顔をみつめていた。

「リューセー様が、穏やかな気持ちになられたのを、シェンファ様も感じておいでなのですよ」

シュレイがそっと龍聖に伝えたので、龍聖は驚いたように改めてシェンファをみつめた。

「シェンファ……そんなにみつめて……まだ目もそれほど見えてないだろうに」

「だがお前のことが分かるんじゃないのか？」

フェイワンが優しく囁くように言った。低く甘いその囁きが、龍聖の心を解きほぐす。

「リューセーが、シェンファを抱き慣れるまで、オレがこうしていることにしよう……皆、下がってよい、何かあれば呼ぶから心配するな」

フェイワンの言葉に、シュレイ達は反論することなく、黙って一礼すると、すみやかに部屋を出ていった。

フェイワンは龍聖を抱いたまま寝室へと向かった。そのままの格好でベッドの上に乗ると、真ん中に腰を下ろして、くつろぐように胡坐をかいて座る。

龍聖とシェンファをみつめながら、時々龍聖の額や頬に口づけた。

「フェイワン……ありがとう」

「ん？　何が？」

聞き返されて、龍聖は微笑みながら首を振った。

「ううん、ごめん、間違った……愛してるって言ったんだよ」

「もちろんオレも愛しているよ」

二人は口づけを交わした。

「あれ？　シェンファ、寝ちゃったね」

ふと龍聖が腕の中のシェンファを見ると、安らかな寝息を立てて眠っていた。二人はその姿を目を細めてしばらくみつめてから、顔を見合わせて幸せそうに笑い合った。

第7章　蝸角の争い

　エルマーン王国の王城は、険しい岩山の一角に、その岩肌をくりぬいたように建てられている。その最上部の中央には、一際高い大きな塔が建っている。竜王ジンヨンの居室がそこにあった。

　龍聖はシュレイと共にジンヨンの部屋へと続く螺旋階段を上っていた。フェイワンに頼みごとがあったのだが、執務室を訪ねると、フェイワンはジンヨンの所へ行っていると言われたからだ。

　間もなく頂上というところで、話し声が聞こえてきた。フェイワンの声だ。どうやらジンヨンと話をしているようだ。なんだか深刻な様子のフェイワンの声音に、龍聖は足を止めてシュレイと顔を見合わせた。

「おい、寝たふりするな！　大事な話だ！　ちゃんと聞け！　今日こそはきちんと話し合おうじゃないか」

　龍聖がそっと入口から少しだけ顔を覗かせて中を見ると、首を丸めて寝そべる巨大な金色の竜の前に、腰に手を当て仁王立ちのフェイワンの姿があった。後ろ姿なのでその表情は見えないが、声や口ぶりからは、憮然としているように思える。

　するとジンヨンがゆっくりと首を上げて、目の前のフェイワンをみつめ、グルルッと唸るように喉を鳴らした。

「あ？　別に何も話し合うことなどないだと？　とぼけるな。こっちには大ありなんだよ。お前、この前勝手にリューセーを連れて外に出たことは、なかったことになっていると思っていないだろうな？」

フェイワンのその言葉を聞いて、龍聖は「あっ」と声をあげそうになって、慌てて両手で口を塞いだ。フェイワンが言っているのは、先日ジンヨンが、龍聖を背に乗せて外に連れ出してくれて、山の頂に咲いていた『シェンファ』という名の花を見せてくれた時のことだ。

ジンヨンは驚いたように金色の目を大きく見開いて、ウウウッと一声鳴いた。それを聞いて、フェイワンはダンッと音を立てて床を踏む。

「バカッ！　問題だろう！　リューセーを誰にも言わずに勝手に外に連れ出すなど、何かあったらどうするんだ！　二度と許さないからな！」

フェイワンがひどく怒った様子で怒鳴ったので、ジンヨンも怒っているようにグルルルッと低い声で唸る。

「フェイワンとジンヨンが喧嘩してるの？」

龍聖は驚いて、隣に立つシュレイに小さな声で尋ねた。シュレイは困ったように苦笑してみせた。

「はあ!?　オレがお前に嫉妬しているだって!?　バカを言うな、別に嫉妬して言っているわけではない。リューセーの身を心配して言っているんだ。お前は体がデカイから、リューセーの身を案じた気配りが出来ないだろう？　オレなら抱きしめてやることが出来るんだがなぁ……お前こそオレに嫉妬しているんじゃないのか？」

フェイワンの言葉に、ジンヨンは憤慨したように首を高く上げて、ヴヴヴヴーッと低く鳴いた。

「リューセーがお前のことが大好きで、よくここに来てくれて、撫でたり鼻に口づけしたりしてくれるだと？　そりゃあ、オレのリューセーは優しいからな、オレの半身であるお前に優しくするだろう。

オレのリューセーは、オレを一番愛しているから、オレの半身に優しいんだ。え？　何度も同じことを言うな？　オレのリューセーが、オレの半身に優しいのは、オレを愛しているからだ。大事なことだから何度でも言うぞ！」

ジンヨンは翼を半分ほど広げるようにしてみせた。人間であれば肩を怒らせているように見える。グググッと怒っているように激しく喉を鳴らす。言葉は分からなくても、明らかに怒鳴り返しているように見えた。

「逆？　なんだよ、逆って!?　お前のリューセーだからだと？　バカ、リューセーが愛しているのはオレだ。お前はリューセーを抱きしめたり、交わったり出来ないだろう。リューセーを気持ちよくしてやることなど出来ないだろう？　羨(うらや)ましいか？」

むきになって言うフェイワンに、ジンヨンも負けじと唸り返している。

「お前にだけ見せる笑顔だと？　リューセーは、オレにものすごくかわいく笑ってみせるんだぞ。それに笑顔だけじゃない。閨(ねや)でのリューセーのかわいさをお前は知らんだろう？　は？　いやらしい？　うるさい、ひがむな！」

龍聖は恥ずかしさで耳まで赤くなり、わなわなと肩を震わせていた。シュレイが困ったようにそっと龍聖を宥めようとしたが、次の瞬間、龍聖はバッと飛び出していた。

「二人ともいいかげんにしろ――――！」

その後フェイワンとジンヨンは、龍聖に散々説教をされて、仲直りをさせられた後、一日王妃の部屋に引き籠られて、魂精を貰えない罰を受けたのだった。

翌日、フェイワンが龍聖の部屋を訪ねてきた。最初龍聖は会うのを渋ったが、シュレイが笑いを堪えながら「とても反省されているそうですよ」と言うので、仕方ないなと扉の所に向かった。扉の前にはフェイワンが立っていて、龍聖を見ると嬉しそうに笑って右手を差し出した。

「ジンヨンと二人で話し合って、仲直りの証に、リューセーと三人で散歩に行こうと思うんだがどうだろう？」

フェイワンの提案に、龍聖は満面の笑顔で頷くと、手を繋いでジンヨンの下へと向かった。

シュレイはテラスに立ち、金色の竜が青空を飛ぶ姿を、嬉しそうに眺めていた。竜の背には仲睦まじい二人の姿も見える。

それはエルマーン王国の平和の象徴なのだから……。

第8章　月に帰らぬかぐや姫

中央大陸の西に位置するエルマーン王国は、険しい岩山がグルリと環状に連なり、自然の要塞のような形をした不思議な地にあった。その空には多数の竜が飛び交い、竜族・シーフォンとアルピンという人間の種族が共存していた。

高く険しい岩山をくりぬいて建てられたような王城が、地平から顔を出したばかりの朝日を浴びて輝いている。その裾野に広がる城下町は、朝を告げる鳥が鳴き、往来には早起きの人々がまばらに行き交い始めていた。

王城の最上部にある一室。中央に鎮座する大きなベッドには、静寂の中でまだ穏やかな眠りにつく二人の人影がある。

しかしその静寂は、赤子の元気な泣き声で破られた。

「んっ……」

龍聖はまだ眠りから覚めぬまま、条件反射で体を起こし、目を擦った。ゆっくりと体を動かしてベッドから降りると、まだ薄暗い部屋の中を歩いて奥へと向かう。そこには小さなベッドが置かれていて、中では丸々とした健康そうな赤子が、全身を真っ赤にして元気に泣いていた。

「ヨウチェン、どうしたの？」

龍聖は小さな声で話しかけながら、全身を震わせて泣く我が子を抱き上げた。ゆらゆらとゆっくり体を揺すりながら、しっかりと抱きしめてあやしていると、次第に泣き声は小さくなっていき、やがてぐずる声に変わる。

「ご機嫌ななめのようだな」

ベッドの方から声をかけられて、龍聖は振り返り微笑んだ。ベッドには真紅の豊かな長い髪の男が、身を起こしてこちらを見ている。この国の王フェイワンだ。龍聖はゆっくりと歩いてベッドへと戻ると、腕の中の赤子をフェイワンに見せた。フェイワンは微笑んで、赤子の頬を優しく撫でる。

「お腹が空いたんだと思います」

龍聖が笑いながら言ったので、フェイワンは少し驚いたような顔になって赤子の顔を覗き込んだ。

「腹が空いて目覚めたのか？」

「ヨウチェンは最近、たまにこういうことがあって……、普段は寝てばかりで全然手がかからないんだけど。食いしん坊なんです。こうやってオレが抱いて魂精をあげても、いつまでもぐずる時はお腹が空いてる証拠」

龍聖がそう言って苦笑したので、フェイワンもククククッと笑う。

「乳母に預けてきます……フェイワンはまだ寝ていて」

龍聖はそう言って立ち上がると、赤子を抱いて部屋を出ていった。しばらくして龍聖が戻ってくると、フェイワンはベッドの上に胡坐をかいて待っていた。

「目が覚めてしまいました？」

「まあ、二度寝するにもそれほど時間もないからな……ヨウチェンはどうした？」

「乳母がご飯を食べさせてくれると思います」

龍聖がそう言いながら、ベッドの上に上がってきたので、フェイワンはその体を引き寄せると、懐に抱き込んで頬に口づけた。

「お前もすっかり子供の扱いに慣れたな」

「そうですか？　まあ、四人も育てればいやでも慣れますよ」

「四人も産んでくれた……お前には本当に感謝しているよ」

「一人で作れるわけではありませんから、フェイワンが作るのがうまいんじゃないですか？」

龍聖はからかうようにそう言ってクスクスと笑ったので、フェイワンも笑いながら龍聖をギュッと強く抱きしめた。

「竜族は元々多産の種族ではないからな。一人産めば十分、なかなか子も出来にくい。だが龍聖が竜王の子をたくさん産めば、シーフォンの出生率も上がる……これぱかりは努力して出来るものではない。お前が産みたいと望んでくれるから、子に恵まれたのだ」

フェイワンはそう言って、龍聖に軽く口づけた。龍聖もそれに返すように口づけをする。

「考えてみたらオレがこの世界に来て七十年もたっているんですよね。シーフォンは長命で、みんな全然年を取らないから、そんなに年月がたったことを忘れそうになるけど……。七十年かけて四人の子供を産むって、人間の感覚からすれば決してポンポン生まれたわけではないけど、シーフォンからすれば次々産んだみたいに思われるのでしょうか？　オレがこの世界に来た頃は、シーフォンの子供なんてほとんど見なかったのが、最近は結構見かけるし。そういうのを見ると良かったな～って思えます。オレが子供をたくさん産んだ影響だというのなら、嬉しい」

「もう少し努力をしてみるか？」

フェイワンがニッと笑って、龍聖の首筋を吸ったので、龍聖も笑いながら首を振ってみせた。

「昨夜いっぱい努力したでしょ？　努力だけじゃ子は出来ないって……今、フェイワンが言ったばかりじゃないですか」

　二人はベッドの上でじゃれ合うようにもつれ合った。

「もう、フェイワン、ダメだってば」

「お前は初めて来た時と何も変わらないな」

　フェイワンが龍聖の鎖骨に口づけながら、甘く囁くように言った。

「変わりましたよ……七十年だよ？　いくら長命になったからって、年は取ってるし、少しは老けたよ」

「いや、まったく変わっていない……リューセー、オレはお前に一目惚れしたんだ。初めてオレの前に現れた時のお前の姿は、今でも目をつぶれば昨日のことのように思い出せる」

「初めて会った時か……それで言うとフェイワンは変わりましたよね」

　龍聖がクスクスと笑いながら言ったので、フェイワンは顔を上げて龍聖をしばらくみつめた。

「なんだ？　なぜ笑う」

「ふふふ、なんでもないよ……あっ……フェイワン！　そこはくすぐったい」

　フェイワンが龍聖の鎖骨から腕の付け根にかけて唇を這わせると、龍聖は頬を上気させて身を捩った。楽しそうに睦み合う二人。いつまでも新婚のようで羨ましいと、タンレンから揶揄(やゆ)されるのは、日常的にこのようにしているからでもある。

　その時隣の部屋でチリリンとベルが鳴った。王や妃が就寝中に急用が発生すると、従者が隣室でベルを鳴らす。

口づけを交わし合っていた二人は、はっとした表情になり顔を見合わせた。フェイワンが起き上がると、側にかけてあるガウンを羽織って扉へと歩いていった。龍聖も起き上がり身支度を整える。

扉を開けると、シュレイが控えていた。

「シュレイ、いかがした」

「お休みのところ申し訳ございません。シィンワン様のご体調が優れないようで、リューセー様をお呼びでございます」

「シィンワンが!?　どこが悪いの？　医師は？」

フェイワンが答えるよりも早く、龍聖がベッドから飛び降りて駆け寄ってきて尋ねた。

「リューセー様、驚かせてしまい申し訳ありません。病気とかそういうことではありません。ただ、どうやらあまり眠れなかったようで……」

「眠れなかった？」

「泣き腫らしたお顔をしておいでした」

「え!?　なんで？　何かあったの？」

「それがどう尋ねても何もお答えにならないのです。シェンファ様達もお気づきにならなかったようで……たぶん、誰にも気づかれないように、ずっとベッドの中で泣いていらしたのではないかと……」

シュレイの話を聞いて、龍聖は驚いたようにフェイワンと顔を見合わせた。

「と、とにかくシィンワンの所に行くよ。シェンファ達は？」

「心配されるので、別のお部屋にお連れしております」

「分かった」

「リューセー、オレも行こう」

「フェイワンはシェンファ達の所に行ってあげてください。心配していると思うから」

「ああ、分かった」

龍聖はガウンを羽織ると、小走りに子供達の寝所へと向かった。


龍聖が子供部屋の寝所の中に入ると、侍女が一人控えていた。龍聖の姿を見ると、安堵したような表情になり、一礼をして部屋を出た。中央にある大きな天蓋(てんがい)付きのベッドには、いつもは三人の子供達が並んで寝ていた。二人の姫の姿はなく、今はベッドの真ん中で、くしゃりと丸めたシーツを抱くようにして座る小さな男の子が一人いるだけだ。

王と同じ真紅の髪の四、五歳くらいの幼子は、龍聖の顔を見るなり、泣き腫らした目にまた涙を浮かべて、口をへの字に曲げた。これでも泣くのを我慢しているのだろう。

「シィンワン……どうしたんだい？　怖い夢でも見たの？」

龍聖が優しく声をかけながら、ベッドに腰かけて両手を広げると、シィンワンも飛びつくように、龍聖の腕の中へ来たので、しっかりと抱きしめた。

「母上、母上」

シィンワンは何度も母を呼びながら、龍聖の胸に顔をぐりぐりと擦りつける。龍聖は頭を何度も優しく撫でた。

「顔を見せてごらん？」

龍聖が促すと、シィンワンは顔を上げてみつめ返してきた。大きな金色の瞳は涙で潤んでいた。瞼が赤く腫れ上がり、鼻も頬も赤くなっている。

龍聖は微笑んでみせて、シィンワンの顔を両手でそっと包み込み、頬を撫でて、両目の涙を拭う。

「あ～あ、ハンサムが台なしじゃないか」

龍聖はわざと明るく微笑みながら言って、シィンワンの額に口づけた。

「何がそんなに悲しいんだい？　オレにも言えない？」

龍聖が尋ねると、シィンワンは困ったように眉を下げて、キュッと唇を噛んだ。

「言いたくないの？」

もう一度尋ねると、シィンワンは少し眉根を寄せて一度視線を逸らした。龍聖は彼が話しだすのを辛抱強く待つことにして、今はただその小さな体を抱きしめて、背中をさすってあげる。

するとしばらくしてシィンワンが、強い眼差しで再び龍聖をみつめた。

「母上は……お迎えが来たら、大和の国に帰ってしまうの？」

ようやく口を開いて出たのが、思いもかけない言葉だったので、龍聖はとても驚いた。

「え？　お迎え？　誰がそんなことを言ったんだい？」

「帰っちゃうの？」

龍聖の問いには答えず、なおもシィンリンが泣きそうな震える声で尋ねたので、龍聖は驚きつつも微笑みながらシィンワンを一度強く抱きしめて、その体を少し離すと、両手でシィンワンの頬を包んで、額に自分の額を擦りつけた。

「なんだいそれ？　帰らないよ！　帰るもんか！　そんなこと心配して泣いていたのかい？　もう……びっくりしたじゃないか」

そう言って、シィンワンの額や瞼や頬にたくさんのキスをした。

「本当に？　本当に帰らない？」

「帰らないよ！　絶対帰らない」

『帰りたくても帰れないし』という言葉は飲み込んだ。

「本当に？」

「本当に本当！　オレがシィンワンに嘘をついたことある？」

龍聖がそう言うと、シィンワンは少しだけ考えてから首を振った。

「そこは即答してほしいところだけど……まあいいか……とにかくオレはどこにも行かない。ずっとここにいるよ。安心した？　ほら、じゃあもう泣かないの、ね？」

龍聖が懸命に宥めて、ようやくシィンワンは泣き止んだ。

「ここにはフェイワンがいるし、シェンファやインファ、シィンワン、ヨウチェンもいる。こんなに愛する家族がいるのに、どこかに行ってしまうわけがないだろう？」

抱きしめながら何度も優しく頭を撫でて、シィンワンが不安にならないように、懸命に明るく優しく言い聞かせ続けた。

「なんでそんなことを思ったの？」

シィンワンがようやく落ち着いたのを見計らって、もう一度原因を尋ねてみることにした。シィンワンは小さく溜息をついてから、甘えるように龍聖の胸に顔を擦り寄せる。

「昨日、母上が『かぐや姫』のお話をしてくれたでしょ？　それで夜、寝る時に、姉様達がその話をしていて、かぐや姫は母上みたいだって言ったんだ」

「オレが!?　かぐや姫？」

龍聖は思わず吹き出しそうになったが、真剣に話す子供の話を笑ってはいけないと、ぐっと笑うのを我慢した。

「母上は大和の国から一人でこの国に来たんでしょ？」

シィンワンは顔を上げて龍聖をみつめながらそう尋ねてきた。

「そうだよ」

「大和の国ってすごく遠いんでしょ？」

「遠いよ。ジンヨンに乗っても辿り着けないくらい遠いんだよ。だから帰れないんだ」

「でももしもお迎えが来たら？　かぐや姫も月は遠くて帰れなかったけど、お迎えが来たから帰ったんでしょ？　おじいさんとおばあさんを置いて帰ったんでしょ？」

真剣な顔で必死にそう尋ねてくる我が子に、なんとうまく答えればいいのか龍聖は困ってしまった。フェイワンと同じ綺麗な金色の瞳で、真っ直ぐに見つめられると、誤魔化す自信がなくなる。

『かぐや姫の話をしたのがまずかったかなぁ？　考えてみたらバッドエンドだよなぁ……あれぇ？　そもそもかぐや姫の話、オレ間違えてないよね？　記憶を頼りに話したからなぁ……こんなことならハッピーエンドになるように、勝手に話を変えればよかったなぁ。今度からハッピーエンドの話だけにしよう……と言ってもオレそんなに童話とか覚えてないんだけど……』

龍聖は困ってしまい、ぐるぐると考え込んでいたが、じっとみつめてくるシィンワンの視線を感じて、コホンとひとつ咳をした。

「シィンワン、あれはね、続きがあるんだよ。かぐや姫は戻ってくるんだ。今度ゆっくり話してあげるから。とにかくかぐや姫は月には帰らないし、オレも大和の国には帰らないから！　ね？　安心した？」

「ほんとう？」

「本当、本当！」

そこへそっと扉が開いて、静かにシュレイが入ってきた。心配して様子を見に来てくれたのだ。龍聖はシュレイと目が合うと、頷いてみせた。シュレイは何か察したらしく、安堵した様子で頷き返した。

「ねえ、シィンワン、昨日の夜、それを思ってすごく悲しくなって泣いちゃった時、シェンファ達には言わなかったの？」

「姉様達も悲しくなって泣いちゃうと思ったから我慢した」

「オレの所に行こうとは思わなかったの？」

「姉様達を起こしちゃうし……侍女を呼んだり、シュレイを呼んだり、夜なのにみんなに迷惑かけると思ったから我慢した」

龍聖は、シィンワンの答えに驚いて、一度シュレイと目を合わせた。シュレイは微笑んで頷く。

「優しい子……シィンワンは優しい子だね」

龍聖はそう言ってシィンワンを抱きしめた。

「シィンワンは大人になったら、父上の跡を継いでこの国の竜王になるんだよ。シィンワンは優しくて、みんなのことを思ってくれるからきっと良い王様になれるね。それはとても大事なことだよ。でもね、本当に辛いとか悲しいとか、そういう時は一人で我慢しないで、父上や母上や姉上に言うんだよ？　シュレイでも良い。それも大事なことなんだよ」

「大事なこと？」

シィンワンが不思議そうな顔をして聞き返したので、龍聖は微笑んで頷いた。

「王様が悩みを信頼する者に打ち明けることも大事なことなんだよ？　シィンワンにはまだちょっと難しい話かもしれないから、詳しくはまだ教えないけど、これだけは覚えておいてね、王様は独りぼっちではないんだ。家族も家臣も国民も、みんな王様の味方なんだから、みんなを信頼して、時には我が儘を言っても良いんだよ」

シィンワンは大きく目を見開いて、真剣に龍聖の話を聞いていたが、まだよく分からないようで、困ったような顔をして首を傾げた。龍聖はそんなシィンワンの表情を見て微笑むと、額に口づけた。

「それともうひとつ覚えておいてね。シィンワンが王様になったら、大和の国から君のためのリューセーが来るんだよ。そしたら優しくしてあげてね」

「僕のリューセー？　母上と同じ名前なの？」

「そうだよ。リューセーの名前は竜の聖人の証。オレのいた大和の国で、証を持つ者が生まれたらそれと分かるように『龍聖』の名前を付けて育てられるんだ。ずっと昔の王様、ホンロンワン様がオレのご先祖様と約束をしたからね」

「僕のリューセーが本当に来るの？」

「ああ、もちろんだよ」

シィンワンが瞳を輝かせて尋ねたので、龍聖は頷いてみせた。

『本当に来る？』

龍聖は一瞬、得体の知れない不安な気持ちが胸をよぎった。

「母上？」

少し表情を曇らせた龍聖を見て、シィンワンが心配そうに首を傾げる。

龍聖は慌てて笑顔を作った。

「大きくなったシィンワンを想像しちゃった。父様と似ているから、間違えちゃうかもなぁって」

龍聖の言葉を聞いて、シィンワンは嬉しそうに笑った。大好きな父と似ていると言われることが、とても嬉しいようだ。ようやく笑顔になったシィンワンに龍聖は安堵した。

「シィンワン、寝てないんだろ？　眠くない？　少し眠ろうか」

龍聖にそう言われて、シィンワンは甘えるように龍聖に抱きつき、その胸元に頬ずりをした。

「お歌を歌って」

「うん、いいよ。少し寝て、起きたらジンヨンの所に遊びに行こうか」

「うん」

「いい子だね。じゃあお歌を歌うからおやすみ」

龍聖はシィンワンをベッドに寝かしつけると、頭を撫でながら子守唄を歌った。それは龍聖が小さな頃に母が歌っていた子守唄だ。自分でもよく覚えていたものだと思ったが、我が子を寝かしつける時に、自然と口から出ていたのだ。

シィンワンの胸の辺りを、優しくトントンと叩きながら子守唄を歌っていたら、すぐに寝息が聞こえてきたので、龍聖は微笑むと、その場をそっと離れた。

扉の近くに立って見守っていたシュレイの下に行くと、シュレイは微笑んで頷いてみせた。

「あとは私が侍女に見ているように申しつけますので、リューセー様は早く姫様達の所へ行って安心させてあげてください。陛下もお仕事に行かなければなりませんので」

「分かった」

小さな声でそう会話を交わして頷き合うと、龍聖は静かに部屋を出ていった。


その日の夜、公務から戻ったフェイワンに、朝はバタバタとしていたため、きちんと話せなかったシィンワンのことを、龍聖が詳しく話して聞かせた。それを聞いてフェイワンも安心したのか、しばらくクスクスと笑っていた。

「その『かぐや姫』というのは、リューセーの世界の作り話なんだよな？」

「そうです。子供向けの童話……作られた物語なんですけど、最後がハッピーエンドじゃないんです……あ、つまり幸せに暮らしましたっていう終わり方ではないんです」

「子供向けなのに？」

「そうなんですよね～」

龍聖は頭をかきながら笑った。

「オレも詳しいことは分からないんだけど、すごく昔に書かれた『竹取物語』という読み物で、元々はたぶん子供向けのものじゃないと思うんですよね。絵本とかになってるけど……オレも知っている童話がそんなにたくさんあるわけじゃないから、うっかりしてました。今度から、子供達に話すのは、幸せな終わり方のものにします」

ソファでくつろぐフェイワンの隣に座って、腕組みをしながらうんうんと頷いている龍聖の様子を眺めながら、フェイワンはおかしそうにまたクスクスと笑う。そんなフェイワンを龍聖は首を傾げてみつめた。

「何がそんなにおかしいのです？」

「いや、物語のお姫様とリューセーが似ていると言ったり、それを真に受けて泣いてしまう子がいたり……子供達は面白いし、リューセーもいろいろと考えていてすごいなと思って」

「ああ、そうですね。オレも思ったけど、四人とも性格が全然違う子で、みんなフェイワンの分身みたいなものなのに、面白いなって思ってます……なんでこんなに違うんだろうって」

「それはみんなそれぞれ別々に生まれた子だし、髪の色や姿や声も違うように、性格も違うだろう」

「人間の子供や、他のシーフォン達のように男女で作る子ならそうだと思うけど、フェイワンの子は、フェイワンの卵核から出来ているでしょ？　オレは男だから卵子なんて持っていないし、オレの遺伝子なんて入っていないから、すべてフェイワンに似てもよさそうなのに……」

「イデンシというのはよく分からないが、お前が腹の中で魂精を与えて初めて卵になり、それをさらにお前が抱いて魂精を与えて育てるのだ。お前にも似てくる部分があるだろう。オレとお前の二人に似てくるんだ」

「そうなのかな？」

龍聖はまだ納得しかねるという顔で首をひねっているので、フェイワンがその体を抱き寄せると、唇を重ねた。龍聖はそれに応えるように、目を閉じてフェイワンの首に腕を回す。深く吸われて、舌を愛撫するように絡められて、その甘い誘いにうっとりとした表情で、唇を離してみつめ合った。

「試しにもう一人作ってみるか？」

フェイワンがニヤリと笑って、低い声でそう囁いたので、龍聖は頬を上気させながら小さく息を吐いた。

「昨夜だって試したくせに……子作りだけが目的ですか？」

「すまない、嘘だ……お前を抱きたいという誘惑に抗えないだけだ」

フェイワンはそう囁いて、龍聖の首筋を強く吸った。

「あっ……」

甘い疼きに龍聖が小さく声を漏らす。その声を聞いて、もっと喘がせようと、フェイワンは首筋から鎖骨まで唇を這わせながら、何度も強く吸っては舌で愛撫した。龍聖がフェイワンの膝の上で、快楽に体を震わせながら、次第に息遣いが荒くなっていくのを感じて、フェイワンもまた昂っていた。

「フェイワン……ベッドに行こう……ここじゃ……嫌だ……」

少し鼻にかかった声で、龍聖が懇願する。フェイワンは龍聖の肌を味わっていた口の端を上げて、軽々と龍聖の体を抱き上げると、寝室へと運んだ。

淡いランプの灯りがひとつ、広い寝室を薄く照らし、ギシリとベッドを軋ませながら、交わり合う二人の姿をかろうじて浮かび上がらせている。

すらりと伸びた白い足を両脇に抱え上げて、開かれた腿の間に腰を埋めるように、昂る熱い肉塊を突き立てたフェイワンが、ゆっくりと体を動かしていた。

「あっあぁあっ……やぁっ……あっあぁあん」

体の奥まで貫かれるように、フェイワンの雄に攻め立てられて、龍聖はただ甘い喘ぎを漏らし、腰を震わせながら身悶(みもだ)えていた。何度交わっても、慣れることはない。フェイワンの雄は苦しいくらいに太く熱く、龍聖の中をいっぱいにして攻め立てる。

「リューセー、愛している」

交わりながらいつもフェイワンはそう囁いた。低く艶のある声が、龍聖の耳をも犯すように、何度も名を呼び、愛していると囁く。その五感を犯されるような快楽に、龍聖は愛の言葉を返す余裕もなく、いつもただ甘い喘ぎを漏らし続ける。

次第にフェイワンの腰の動きが速くなり、龍聖の中を掻きまわすように肉塊が暴れて突き上げられ、やがてドクンとたくさんの精が注がれるのを感じて、龍聖は背を反らしながら大きく喘いで自らも果てた。

「リューセー」

「あっあぁ……フェイ……ワン」

頬を上気させながら恍惚(こうこつ)とした表情で、覆いかぶさる赤い髪の王をみつめて名を呼んだ。その龍聖の表情が、いつも妖艶で美しいとフェイワンは思っていた。何十年も側にいて、何百回体を重ねても、初めての時のように、龍聖に惑わされ欲情してしまうのだ。

唇を重ねると、龍聖が甘えるようにフェイワンの下唇を食(は)み、舌を絡めてくる。それに応えながら、ゆっくりと龍聖の中から引き抜いた。

「あっああっ」

龍聖が小さく喘いで、それを恥じらうようにフェイワンの首に腕を回して抱きついてきた。そんな仕草も以前から変わらない。互いの体の熱が冷めないまま、余韻を楽しむように深く浅く口づけを交わし合い抱きしめ合った。

「お前は本当に変わらないな」

龍聖をみつめながらフェイワンが囁いた。それを聞いて龍聖がクスクスと笑う。

「また言った。毎日のように言ってます」

龍聖が笑いながらそう答えて、フェイワンに甘く口づける。それに応えるように口づけを返して、フェイワンも微笑んだ。

「毎日そう思っているから言っているんだ……オレはいつもお前に一目惚れして、お前に欲情している。だからいつだってお前を抱きたいと思うし、こうして抱いた後も、また抱きたいと思ってしまう……愛しているよ」

フェイワンの囁きに、龍聖はくすぐったいというような顔をして、恥ずかしそうに笑った。

「フェイワンは、オレのことを好きすぎるよ」

「ダメか？」

「ダメじゃないです。でもオレだってフェイワンのこと、いつもカッコいいなぁって思って、ドキドキする。……オレは……かぐや姫じゃないよ。だってフェイワンを好きになっちゃったし、迎えが来たってもう離れることなんて出来ないんだからさ……それをどううまくシィンワンに説明するか困っちゃったけど……あの子もいつか自分のリューセーに会えたら、きっと分かりますよね」

「そうだな」

二人は微笑み合うと、唇をそっと重ね合った。

「あ、ジンヨンが歌ってる」

龍聖が唇を離して、嬉しそうにそう言ったので、フェイワンも少し顔を上げて耳を澄ませた。遠くから不思議な音色が聞こえてくる。獣の鳴き声とは違う音楽のような不思議な音色。竜が歌を歌っているのだ。フェイワンの半身である竜王ジンヨンの歌声。

「また明日、タンレンに冷やかされるな」

フェイワンがチッと舌打ちをしたので、龍聖は何のことか分からないという顔で首を傾げた。

「何の話？」

「いや……竜王が歌を歌うと、みんなから幸せそうだねとからかわれるって話だ」

フェイワンは苦々しいというようにそう言って誤魔化したが、龍聖はそれを聞いて嬉しそうに笑った。

「竜は嬉しいことがあると歌うんですよね……この国が平和だという証だと、シュレイが言っていました」

「まあ……そうだな」

フェイワンは諦めたように小さく溜息をつくと、龍聖の頬に口づけた。

竜王の歌は、平和なエルマーン王国の空に響きわたっていた。

第9章　掌中之珠

　エルマーン王国王城の最上部にある広間では、今日も子供達の賑やかな声が響きわたっていた。

「フォウライ！　ジンシェを食べないと大きくなれないよ！　インファ、シィンワン、ヨウチェン、ここはいいから向こうで勉強しておいで……ナァーファ、アイファと遊んであげて！　アイファ！　なんで泣いてるの？　泣き虫だなぁ……マウリ！　ごめん」

　龍聖は子供達の面倒を見ていたが、きりがないと判断して側近のマウリに後を頼むことにした。マウリは二人目の龍聖専属の側近だった。

「リューセー様、どうぞここはお任せください。先ほどからお待ちです」

　マウリが微笑んで頷いてみせたので、龍聖は「ごめんね」と両手を合わせて拝むような仕草をして、申し訳なさそうにその場を脱出した。

　広間を出て隣にある王妃の私室へと向かう。

「ごめんね、お待たせしちゃって」

　慌てて中に入ると、ソファに座ってお茶を飲んでくつろいでいるシェンファの姿があった。龍聖を見て嬉しそうに微笑む。

「私が広間に行っても良かったのに」

「いやいや、あっちはもう大変だから、ゆっくり話も出来なくなるし……シェンファは何か話がしたくて来たんだろ？」

龍聖は言いながら、どさりとソファに腰を下ろして、やれやれという表情でお茶を一口飲んだ。その様子を見て、シェンファは楽しそうにクスクスと笑う。

「で？　どうかした？」

龍聖に促されて、シェンファは思い出したように頷いた。

「それがね……私……赤ちゃんが出来たの」

「ええ！　本当！　すごい！　おめでとう!!　いつ分かったんだい？」

龍聖が手放しで大喜びするので、シェンファもとても嬉しそうに笑った。

「今朝、お医者様に診ていただいたの」

「そう、ラウシャンも喜んだでしょう？」

「それがまだ言ってなくて……。ラウシャンは仕事に出た後だったから」

シェンファの言葉に、龍聖はオーバーに驚いてみせた。

「ええ！　ダメだよ！　オレの所に来るよりも早くラウシャンに教えてあげないと！」

「リューセー……私、なんだかちょっと不安で……リューセーに話を聞いてほしくて……」

困ったような顔になり俯いてしまったシェンファを見て、龍聖はすべてを察して優しく頭を撫でた。

「そうだよね。初めての赤ちゃんは不安だよね……結婚してどれくらいだっけ？」

「三年目よ」

「そうか……すごいじゃないか、早く出来た方でしょう？　シーフォンの女性は、年に二回しか排卵期が来ないから、妊娠が難しいんだよね。シェンファは偉いね」

龍聖はそう言って、何度もシェンファの頭を撫でた。

「リューセーは、私達を産んで大変だった？」

「オレは卵で産むからさ、妊娠期間も四、五日だし、そんなに大変じゃないよ。妊娠期間って長いんだっけ？　生まれるのはいつ？」

「二年後よ」

「二年かぁ……それは大変だ。でも大丈夫だよ。シェンファなら絶対大丈夫、素敵なお母さんになれるよ。ラウシャンもきっと、すっごく手助けしてくれると思う。オレも手助けするし、いつでもここにおいで」

龍聖の言葉に元気づけられたのか、シェンファは顔を上げて微笑んでいた。

「一人産んだらね、きっとまた二人目が欲しくなるよ。たくさん産みなさい。シェンファはまだ若いんだから、いくらでも産めるよ」

「リューセーみたいに？」

シェンファがそう言うと、二人は顔を見合わせて笑った。

「そうだよね……シェンファ、インファ、シィンワン、ヨウチェン、ナァーファ、フォウライ、アイファ……三男四女……七人も産むなんて、オレも思ってみなかったけど、産んでよかったって思うよ」

「もう産まないの？」

シェンファがからかうように言ったので、龍聖は大笑いして首を振った。

「もう無理無理、アイファを身籠(みごも)った時だって、もう無理って思ったくらいだからさ……フェイワンもオレも、もういい年だからね……人間で言ったら五十歳くらいだよ？　夜とかすぐ寝ちゃうもん。

あんまりエッチもしなくなったし……だいたいさ、孫が出来るんだよ？　オレ、お祖母ちゃん！」

龍聖はそう言ってまた大笑いした。

その夜、公務から戻ったフェイワンに、シェンファのおめでたを報告した。フェイワンは大層喜んで、今日は遅いから明日改めて二人にお祝いを言おうと、興奮気味に語った。

「それにしても……意外だったな」

龍聖が身支度を済ませて、寝室に入ってくると、先にベッドで横になっていたフェイワンがポツリと呟いた。

「何がですか？」

龍聖は隣に横になると、不思議そうな顔で尋ねた。フェイワンは腕組みをして、考え込むようなポーズを取りながらチラリと龍聖を見た。

「正直なところ、もしかしたら子は難しいかもと思っていたんだ」

「え？」

「ラウシャンとシェンファだよ……ラウシャンは若く見えても、実際はかなりの年寄りだからな……その……子作りは無理じゃないかと思っていたんだ」

フェイワンの言葉に、龍聖はちょっと呆れたような顔になった。

「それはラウシャン様に失礼でしょう……まだまだ大丈夫ですよ」

「オレの倍は年取ってるんだぞ？」

「貴方がもう無理でも、ラウシャン様は若い妻を相手に頑張っているんですよ」

「オレだってまだ頑張れるぞ」

「フェイワン！　そんなことで対抗心燃やさないでください！」

フェイワンが龍聖に覆いかぶさり、首筋を強く吸ったので、龍聖は笑いながら少しだけ抵抗してみせた。

「あ……フェイワン」

深く口づけられて、フェイワンの大きな手が、優しく龍聖の体を撫でて愛撫すると、抵抗の言葉はすぐに甘い喘ぎへと変わる。

「愛しているよ、リューセー」

耳元で囁かれて、その心地よい低い声に、ぞくりと背筋が痺れる。何度聞いても慣れることはない。フェイワンの甘い囁きは、龍聖を体の芯までとろけさせる。

龍聖の体中をすべて知っているように、フェイワンの唇がその白い肌を愛撫し、隅々まで這うと、龍聖が鳴くように喘ぎを漏らす。

胸の突起を指で執拗に捏ねまわされ、唇で何度も吸われ、それが次第に下腹部へと降りてくると、さらにその先の快楽を期待して、龍聖の体の奥が疼いた。

「あ……ああっ……フェイワン……早く……」

甘い誘いに、フェイワンはクッと口の端を上げる。

「ああ、いくらでも満たしてやろう」

フェイワンは龍聖の腰を抱くと、その中央に昂る雄を押し当てて、ゆっくりと差し入れた。


「リューセー！　懐妊したって本当？」

とても驚いた様子で、部屋に駆け込んできたシェンファを、ソファに座ってくつろいでいた龍聖が、目を丸くしてみつめた。

「シェンファ、妊婦は走っちゃダメだよ……それに懐妊したっていうか、もう昨日、卵を産んじゃったんだけどね。男の子だったよ」

龍聖は笑いながらそう言って、照れ隠しのようにペロッと舌を出してみせた。シェンファは呆れたような顔で立ち尽くしている。それもそのはずで、龍聖に妊娠を報告してから、まだひと月しかたっていなかった。

「なんかさぁ、ラウシャン様に対抗心燃やして、フェイワンが毎日のように頑張っちゃってさ……出来ちゃった……シェンファの子と大体同い年になっちゃうね」

あっけらかんとした様子の龍聖に、シェンファも釣られて吹き出した。

「まったく……いつまでも仲良いんだから」

二人は幸せそうに笑い合う。その笑い声に呼応するように、エルマーンの空に、竜達の歌声がいつまでも響きわたっていた。

第10章　父子相伝

エルマーン王国王城の最上部は、国王一家の居住空間となっている。王の私室と王妃の私室、家族で食事をしたりくつろぐための広間、子供達の部屋。

皇太子シィンワンは、自室にて本を読んでいた。いつもであれば、教育係のユイリィが部屋へと来て、王となるために必要な様々なことを学ぶのだが、今日は午後から別の用があるので来られないと、午前の勉強中に告げられた。

シィンワンは、ふと読んでいた本から視線を逸らすと窓の外をみつめた。雲ひとつない青い空を、数頭の竜が舞っているのが見える。見慣れた景色だ。しかしシィンワンは、もうすぐこの景色を見られなくなる。

言葉に出来ない寂しさを感じて、小さく溜息をつく。その時、扉をノックされたので、我に返って返事をした。扉がゆっくりと開き現れた人物に、シィンワンはとても驚いて立ち上がった。

「ち……父上！」

「シィンワン、少しばかりいいか？」

ニッと笑いながら現れたフェイワンに、シィンワンは一瞬返事に困って口籠った。

「忙しかったかい？」

返事のないシィンワンに、フェイワンは首を傾げながらそう問うたので、シィンワンは慌てて首を振る。

「いえ、大丈夫です。どうぞお入りください」

フェイワンを中へと招き入れると、ソファを勧めた。フェイワンが座ると、シィンワンも向き合って座り、侍女がお茶を用意する間も、困惑した表情で目の前のフェイワンをじっとみつめていた。フェイワンはすぐに侍女を下がらせると、シィンワンをみつめ返してニッと笑った。

「なんだ、そんな顔して……オレが来ては困ることでもあるのか？」

「いえ、そうではなく……このような時間に、父上が私の部屋にお一人でいらっしゃるなんて初めてのことですから……何事かあったのかと案じているだけです」

生真面目な息子の様子をみつめながら、フェイワンは楽しそうにニヤニヤと笑っている。

「実を言うと……今日はどうしてもお前に話しておかなければならないことがあって、ユイリィに時間を空けてもらったんだよ」

「え!?」

「そのうちにと思っている間に、時間ばかりが過ぎてしまって……お前も間もなく眠りにつかねばならない時期が来た。だからその前に、竜王が世継ぎに必ず伝えなければならないことを、お前に話す時が来た」

フェイワンはそう言うと、急に真面目な顔になって少し前のめりになったので、シィンワンは姿勢を正すと、ゴクリと唾を飲み込んだ。竜王が世継ぎに伝えることなんて、やはりよほど大事な話なのだと思ったからだ。

「シィンワン……お前、性交の仕方は知っているか？」

「えっ！」

シィンワンは驚いて真っ赤になった。ふざけているのかと思ったが、フェイワンは、変わらず真剣な顔をしている。シィンワンは赤い顔のままで、とても困ったように眉根を寄せながら頷いた。

「け、経験はありませんが……知識としては……習いましたので……なんとなくは知っています」

「そうか……では、我々竜王の子の作り方は知っているか？」

「え……」

「リューセーと、どのようにして交わるのか、どのようにして子を作るのか、知っているか？」

シィンワンは、ますます赤い顔になって視線を落とした。父の顔を真っ直ぐにみつめ返せない。なぜいきなりこんな話をするのだろうと思う。それもいつものからかうような話し方ではない。真面目な王としての顔のままで、そんな話をする父に困惑していた。

「父上……大事な話とは……そのことなのですか？」

「そうだ。とても大事な話だ。竜王が世継ぎを残さねば、我ら竜族は滅びる。王となるためのどのような勉学よりも、最も大事なことだ。お前が眠りにつく前に、この話は絶対にしなければならない」

竜王としての大事な話だと、真面目な顔で言われては、シィンワンも恥ずかしがってばかりもいられない。顔を上げて父をみつめ返す。

「分かりました……教えてください。男女の性交については、なんとなく学んでいます。私は私のリューセーと、性交をしなければならないことも分かっています。でも具体的なことは分かりません。何か知っておくべきことがあれば……教えてください」

シィンワンの言葉に、フェイワンは大きく頷いた。

「性交のやり方自体に正解はない。作法もない。それに関しては、前戯のやり方や様々な体位についての詳しい書物もあるから、いくらでも独学で学べばいい。だがオレがお前に教えなければならないこと……竜王として伝えなければならないことは別にある」

父の真剣な表情と言葉に圧倒されて、シィンワンはぎゅっと両手の拳を握りしめた。

「リューセーは、大和の国からこの異世界に一人でやってくる。それも我らと同じ、男として今までの人生を生きてきたのだ。そのリューセーを妻に娶り、我が子を産んでもらわなければならない。リューセーは男なのに、見知らぬ男から女のように抱かれるのだ。それを決して、決められた当たり前のことだと思ってはならない」

改めて言われた言葉にとても驚くと共に、衝撃的すぎて言葉を失ってしまった。赤かった顔も、みるみる冷めて素面に戻る。

「シィンワン、これだけは決して忘れるな。リューセーの望まぬ性交は、絶対にしてはならない」

「父上」

語気を強めて語った言葉の重さに、シィンワンは背筋が震える思いがした。

「もう一度言う。リューセーの望まぬ性交は、絶対にしてはならない。絶対だ。たとえそのせいで、子を作ることが出来なくなっても……それくらいの覚悟をもって、お前のリューセーを愛するのだ」

フェイワンは、さらに語気を強めて、きっぱりとした口調で告げた。真っ直ぐにみつめるシィンワンの表情が、緊張しているのを感じ取って、一瞬表情を和らげた。

「もちろん、お前が王となれば、お前のやり方でこの国を治めればいい。国を思えば、世継ぎを残すことは絶対なのだから、そのためにたとえリューセーが拒んでも、子を作らねばならないという考え方もある。それを選ぶのはお前自身で、オレの主義を押しつけるつもりはない。だがそれでもお前には伝えておきたいし、お前の次の竜王にも伝え続けてほしい。さっきの言葉を」

「分かりました」

シィンワンはぐっと腹に力を入れて、力強く頷いた。フェイワンは安堵したように微笑む。

「だが難しく考えることもない。要は命を懸けて愛せばいいのだ。ただひたすらに愛せば、リューセーにもその想いは届く。そうすれば自然と交わりたくなる」

優しく語った父の言葉に、シィンワンは少しばかり緊張が解けて、ほっと表情を綻ばせたので、フェイワンは目を細めてニヤニヤと笑みを浮かべた。

「さて、ところでいざ交わることになれば、全力でリューセーを気持ち良くさせなければならない。どうすれば気持ち良くさせることが出来るか、オレの秘技を教えてやろうか？」

シィンワンが驚いて目を丸くすると、フェイワンが楽しそうにニヤニヤと笑うので、再び耳まで赤くなった。

「父上！　からかうのはやめてください！」

「まあそういうな、男同士の大事な話だ……お前、不能ということはないだろうな？　自慰はしたことあるか？」

「父上！」

真っ赤になって怒るシィンワンを、フェイワンはとても嬉しそうに笑いながらみつめた。

間もなくシィンワンは、次の世への眠りにつく。それは今生での永遠の別れ……。

第11章　不機嫌な君が愛おしい

「本当に大丈夫ですか？」

　シュレイが心配になって尋ねると、龍聖は呆れたような顔をして溜息をついた。

「シュレイ、それもう何回目？　今日は朝からそればっかり言ってるよ？」

「も、申し訳ありません」

　シュレイは、少しばかり頬を染めて頭を下げた。

「オレってそんなに頼りない？　たった一日でさえも、シュレイがいないとダメそう？」

「いいえ！　いいえ、決してそのようなことはありません！　申し訳ありません。私が気にしすぎているだけなのです」

　シュレイが慌てて謝罪するので、龍聖は苦笑した。

「シュレイ……いいかげん観念しなよ。月に一日休暇を取るって、シュレイも承知してくれたでしょ？　そりゃあ、シュレイとしてはいやいやなのかもしれないけど……兵士や侍女や乳母だって、ちゃんと休みがあるのに、シュレイだけ休みなしっておかしいだろ？　オレとしては週休二日くらいにしたいところを、散々話し合って、シュレイが納得してくれたのが月に一日なんだからさ。そこはもう守ってもらわないと」

「はい……」

　シュレイは、不本意ながら頷いた。それを見て、龍聖は思わず吹き出した。

「あははは……もう……シュレイ、正直すぎ！　そして真面目すぎ！　はい、それじゃあ、今日はもう下がって良いよ。もうすぐフェイワンも帰ってくるし、特に何もないでしょう？」

「はい、それでは……お言葉に甘えて失礼させていただきます」

「うん、お疲れ様。明日はゆっくり休んでね」

龍聖がにこやかに手を振るので、シュレイは困惑しつつも一礼すると、王の私室を後にした。


廊下を歩き、自分の部屋へと向かっていたが、まだ距離のあるうちから、扉の前に人影が見えたので、少し歩みを緩めた。

王の私室を出た時から、少しばかり眉を曇らせていたが、その人影を見てから、更に眉間にしわが寄る。

「やあ、シュレイ、お疲れ様。今日の仕事は終わったんだろう？」

シュレイが近くまで来たところで、相手が声をかけてきた。タンレンだ。シュレイの困り顔を見ても、タンレンは特に気にする様子もなく、笑顔で話を続ける。

「明日は休みだよね？　良かったらオレの別荘で夕食を一緒に食べないかい？」

シュレイは眉間にしわを寄せたままタンレンをじっとみつめた。

「城下町に小学校を建設した時に、リューセー様がどうしてもと休みをくださって……それを私が承諾してしまったのがそもそもの間違いだったのです。あれ以来、リューセー様が、休め休めとしつこくて……あまりにしつこいので話し合いをして、半ば強引に月に一日の休みを取ることを約束させられてしまいました。こんなこと……あってはならないのに……」

シュレイが力説するのを、タンレンは何度も頷いて、微笑みながら聞いていた。シュレイがこんなに饒舌なのは、少しばかりお酒が入っているからだ。

普段はどんなに勧めても決して飲まないのだが、今日は食事中に勧めてみたら「一杯だけ」と言って飲んでくれた。

よほど不満が溜まっていたのだろう。

夕食に誘った時も、いつもならば少しばかり行く行かないの攻防を繰り広げなければならないのだが、今日は素直についてきた。

「行きます」とは言わなかったが、眉間にしわを寄せたまま、黙ってついてきたのだ。

それもこれも、タンレンに話を聞いてほしかったのだろうと察すると、タンレンとしては実に嬉しい。愚痴でもなんでも聞こうと、上機嫌でシュレイの話を聞いていた。

「こんなことあってはならないって、穏やかではないね？　どうしてだい？」

愚痴をすべて吐き出させるために、時々質問を投げかける。

シュレイは、二杯目のお酒を、先ほどからちょっとずつ飲んでいる。夕食の後、ソファに移動して、二人で並んで座り、さりげなく二杯目のお酒を注いだグラスを、シュレイの前に置いたのだ。今もまた、ちょこっとだけ口を付けてグラスをテーブルの上に置いた。

「歴代の側近で、休暇を取った者などおりません。側近とはリューセー様のお側に常にいるものです」

「でもリューセー様の言い分も一理あると思うよ。城に仕える者達すべてに休みがあるというのに、側近にだけ休みがないなんておかしい。オレだってラウシャン様だってユイリィだって、休みはあるよ？　もちろんフェイワンも政務を休みにすることもある」

「ですが側近は……」

「リューセー様が良いって言うんだから良いじゃないか。リューセー様の優しさだよ。君のことを心配しているんだ。主の施しは受けるものだよ」

タンレンの言葉に、シュレイは少し眉根を寄せて黙ってしまった。再びお酒をちびちびと飲む。

『怒らせたかな？』とタンレンは思ったが、立ち上がる様子はないのでまだ大丈夫だなと微笑んだ。

「リューセー様はお優しいのです」

ぽつりとシュレイが呟いた。

「ああ、お優しいね」

「いつも私のことを思いやってくださいます。私のことを家族のように思っていると言ってくださいます」

タンレンは微笑みながら頷いた。

「本当にありがたい話です。リューセー様ほど慈悲深い方はいらっしゃいません」

シュレイはそう言って、とても柔らかく微笑んだ。タンレンは、そのシュレイの顔を、眩しそうに目を細めてみつめる。シュレイがこんな顔をするのは、龍聖のことを考えている時だけだ。タンレンは、シュレイの柔らかな微笑みは好きだが、それがすべて龍聖だけにしか向けられないものだと思うと、少しばかり嫉妬してしまう。

「じゃあ、もう休暇のことは諦めて納得したんだね？　リューセー様の慈悲深さに免じて」

タンレンがそう言うと、シュレイはチラリとタンレンに視線を向けて、また少し眉を曇らせた。

それとこれとは違うと、シュレイは思っていた。

龍聖が執拗に、シュレイに休暇を取らせようとするのは、タンレンとゆっくり過ごす時間を持たせようという魂胆がある。

もちろんシュレイの体を気遣ってというのも嘘ではないだろう。だが話し合いの中で、そんなに働かせすぎで心配だというのならば、昼に一刻か二刻ほど休憩時間を貰うというのはどうかと提案したのだがそれは却下された。

それでは会いたい人にも会えないだろう……などと言うので、「会いたい人などいません」と言ったが、それも却下された。

その上、月に一度の休暇の日にちを決めると、誰よりも早くタンレンの耳に入る。恐らく龍聖からフェイワン、フェイワンからタンレンと、どんな急使よりも早く伝わるのだ。

そしてタンレンが同じ日に休みたいという申し出を、フェイワンがあっさり受諾するのだろう。

フェイワンと龍聖の夫婦揃って、タンレンの味方なのだ。このことに関してだけは、龍聖もシュレイよりタンレンの意見を尊重するような気がする。そう思うと、少しばかり嫉妬のようなもやもやとした気持ちになる。

「でもリューセー様はご存じないんだよ。シュレイは、休みの日でもリューセー様の話しかしないってことを」

タンレンが、しれっとそんなことを言うので、シュレイは驚いたように目を丸くした。

「タンレン様こそ、陛下のお話ばかりではないですか」

思わぬシュレイの反撃に、タンレンは少し驚いた。いつもなら……いや今まで一度もそんなことを、シュレイが言ったことなどないからだ。

「オレが？　別にそんなにフェイワンの話はしていないよ？　君が……君の話をするのを嫌がるから、オレは君の話をしたくても出来ないんだよ？」

タンレンは、苦笑しながら答えた。

「私の話などしても、面白いことなどありませんから……そもそも、この休暇のことだって……」

「この休暇が何？」

シュレイが言いかけた言葉を飲み込んだので、タンレンは不思議そうに尋ねた。シュレイは言い淀んで、お酒を飲んで誤魔化した。

「シュレイ？　なんだい？」

なおもタンレンが尋ねると、シュレイは思いっきり眉間にしわを寄せた。頬が赤くなっている。少しばかり酔いが回っているようだ。

「陛下もリューセー様も、いつもタンレン様のお味方で……ずるいです」

「え？」

「タンレン様だって、私よりも陛下の方が大事でしょう？」

「そ……それは……」

タンレンは驚きながらも言葉を詰まらせた。驚いたのは、まさかシュレイの口から、そんな言葉が出るとは思わなかったからだ。なんだかシュレイが嫉妬しているように勘違いしてしまいそうだ。そして言葉を詰まらせたのは、やはりどちらが大事かと言われると、正直なところ即答出来なかったからだ。

「ほら」

シュレイはそう呟いて、グラスに残っている酒を飲み干した。

「ま、待ってくれ！　君のことは誰よりも一番大事だし、愛している。でもフェイワンを引き合いに出されるのは困る。オレにとって、フェイワンはただの主君ではない。絶対に裏切ることの出来ない人だ。君とどちらかなんて、選べるはずがないのは、君も知っているだろう？」

「陛下を選んでいただいて構わないのですよ？　もちろん承知していますから」

そう言ったシュレイは、明らかに怒っているように見える。いつもの冷静な口調ではない。やはり嫉妬しているのか？　といつもと違うシュレイの態度に、タンレンは翻弄(ほんろう)されてしまいそうだ。

「シュレイ、シュレイ、オレは選べないと言っているんだ。そりゃあ、恋人としてならば、君を選ぶべきだと思う。だが百歩譲って、フェイワンも選んでいないんだ。どちらも選べないくらい大事だという風に、理解してもらえないだろうか？」

「ですから、私は構いませんと申し上げました」

シュレイがそう言って、ぷいっとそっぽを向いたので、タンレンは、鎌をかけてみようと考えた。

「だけど君だって、リューセー様とオレのどちらを選ぶかと言われれば、もちろんリューセー様を選ぶだろう？」

「それは――……も、もちろんリューセー様です」

シュレイは一瞬言葉を詰まらせたが、自分のその態度に驚いたのか、目を丸くした後、慌てて言い直した。その一瞬の「間」に、タンレンは驚いて、やがて満面の笑顔になった。

「シュレイ」

タンレンはシュレイの肩を抱き寄せて、軽く口づけをした。

「シュレイ、その辺りの話は、寝室でゆっくりしないか？　明日は休みだ。君の気が済むまで話し合おう」

「タ、タンレン様」

シュレイは赤くなって逃れようとしたが、タンレンは強く抱きしめて、今度は深い口づけをした。

暁の竜
シィンワン×十代目龍聖

第1章　能ある鷹は褒(ほ)め殺す

エルマーン王国は、シーフォンという竜族が治める国だった。

はるか昔、獰猛で残虐な竜は、あらゆる生き物を殺戮(さつりく)し、世界を滅ぼさんとばかりに暴れまわっていた。それに怒った神は、天罰を与え竜と人間のふたつの体を、ひとつの魂(たましい)で生きなければならない身とした。たとえ強靭(きょうじん)な肉体を持つ竜であっても、か弱い人間の身が病やケガに倒れればひとたまりもなかった。

シーフォンという新しい人間の種族となった竜族は、国を作り、人間の世界で生きていかねばならない。

今、エルマーンの空には、獰猛な竜など一頭もいなかった。


雲ひとつない真っ青な空の下、エルマーン王城の中庭に兵士達がずらりと整列していた。

兵士達は皆、少し和んでいるような表情で何かを見守っている。

その視線の先には、中庭の中央に立つ二人の青年の姿があった。

長い深紅の髪の精悍(せいかん)な顔立ちの青年と、その横に立つ、短い黒髪の面立ちに少し幼さの残る青年。

深紅の髪の青年は、この国の若き王シィンワン、黒髪の青年は、その伴侶である龍聖だった。

この日、龍聖はシィンワンに請われて、弓矢の使い方をシィンワンに教えていた。

まず龍聖が手本として、矢を的に射ってみせた。

「おお、すごい！　真ん中にあたっているではないか……リューセー、すごいよ」

シィンワンが瞳を輝かせながら、手放しで喜んでみせるので、龍聖は少し頬を染めて、照れくさそうに笑いながら頭をかいた。

「それで……今ので分かった？」

龍聖が気を取り直して、シィンワンに尋ねると、シィンワンは少しばかり自信なさそうに、弓に矢を番えて構えてみせる。それを龍聖が腕組みをしながら、じっとみつめた。

「もっと胸を張って……左の肩を少し下げて肘を伸ばして……右の脇を締めて……」

「こう……かい？」

シィンワンは慣れない姿勢に、少し窮屈そうに顔を歪めて龍聖に尋ねた。

「いや……えっと……もっとこう……」

龍聖はシィンワンの後ろに回ると、シィンワンの両腕の位置を正そうとした。しかし、シィンワンの背中が広くて、龍聖が一生懸命後ろから両手を伸ばしても、シィンワンの両手の先にはとても手が届かない。手の先どころか、肘の辺りがやっとという感じだった。

その龍聖の姿が、シィンワンにじゃれついて、抱きついているように見えて、見守る兵士達の顔が、自然と綻んでしまう。

「これは、これは……」

国内警備長官を務めるシィンワンの弟のフォウライが、吹き出しそうになるのを一生懸命堪えながら、右手で口を押さえてニヤニヤと笑う。

途中でとうとう龍聖は諦めてしまい、シィンワンから少し離れて、腕組みをしながら「うーん」と唸っている。

「まだダメかい？」

シィンワンが窮屈そうに尋ねると、龍聖は小さく溜息をついた。

「とりあえずそれでちょっと矢を放ってみて」

龍聖の許しを得たので、シィンワンはバッと弦を引いていた手を離した。矢は真っ直ぐに飛び、遠く離れた的へバスッと音を立てて突き刺さった。真ん中からはずいぶん離れているが、それでも的に命中したので、兵士の間で「おおっ」と歓声があがる。

シィンワンは少しがっかりとした表情になり、頭をかきながら「やっぱり難しいね」と笑って、龍聖の方を振り向いた。

すると龍聖が、大きく目を見開き、頬を紅潮させている。

「すごい!!　シィンワン、すごいよ！　初めてなのに的にあたるなんて！」

龍聖が大喜びしながら褒めるので、シィンワンはちょっとご機嫌になった。再び弓を構えると、またバスッと矢を放つ。それも見事に的にあたった。先ほどよりも少しばかり中心に近づいている。

それを見て龍聖が歓喜の声をあげて、嬉しそうに手を叩いて褒めるので、シィンワンはまた調子に乗った。

時々龍聖に、姿勢などを正されながら、それから何度も射続けて、十数回目でとうとう真ん中に矢が刺さった。

これには兵士達も、とても驚いて大きな歓声があがる。

シィンワンは嬉しそうに満面の笑顔で、「やった！」と言って龍聖を見ると、龍聖は真っ赤になって、「すごい！」と言いながら、ピョンピョンと飛び跳ねて喜び、シィンワンと目が合うと、駆け寄ってきて抱きついた。

「シィンワン！　すごいよ！　やっぱりシィンワンは違うね！　すっごくカッコいいし、なんでも出来るんだね！　ああ、もうカッコよすぎるよ、シィンワンは最高だよ！　大好き！」

龍聖が瞳を輝かせながら、ものすごい勢いでシィンワンを褒め称えるので、シィンワンは頬を上気させて嬉しそうに笑うと、龍聖をぎゅっと抱きしめ返した。

「君の教え方がうまいんだよ」

シィンワンはそう言って、龍聖の頬に口づけた。

それを兵士達は笑いながら手を叩いて見守る。

「リューセー様は褒め上手だなぁ……」

フォウライは大笑いしながら、手を叩いて喜んだ。

「兄上は、褒めると伸びるタイプのようだ……この教え方は参考にさせていただこう」

そう言って、腕組みしてから何度も頷いた。

城のテラスでは、ヨウチェンが手摺りに頬杖をついて、ニヤニヤと笑いながら、中庭の様子を見下ろしていた。

「まったく平和だね～～」

ポツリと嬉しそうに呟いて、空に響くジンフォンの歌声に聞き入った。

第2章　密談

螺旋状に長く続く石の階段を最上部まで昇りきると、天井の高い広々とした部屋に辿り着く。そこは王城の高い塔の上にある部屋で、竜王ジンフォンの住む部屋であった。

深紅の長い髪の少年が、息を弾ませながら階段を昇りきると、一度大きく息継ぎをした。

部屋の中央には、巨大な黄金の竜が、堂々とした様子で座り、長い首を高く上げて、静かな眼差しを少年へと向けている。少年の後ろには、数人の兵士が付いてきていた。一定の距離を空けて、少年を見守るように控える。

少年はじっと黄金の竜をみつめながら、ゆっくりと歩きだした。部屋の中へと進み入り、竜の側まで歩み寄ると、頬を上気させながら見上げる。そして恭しく竜に向かって礼をした。少年は年の頃はまだ十歳にも満たないように見える。だがその仕草には、堂々とした貫禄さえ感じられる。それもそのはず、彼はこの国の皇太子レイワンであった。

礼をした少年に対して、竜は小さく返事をするかのように、ググッと喉を鳴らした。それを聞いて、少年は一瞬顔を綻ばせて微笑んだが、すぐに大きな溜息をついた。

「ええ、ジンフォン、ぼくは変わりなく元気です。元気ですけど……まあここに来た理由を察してください」

首をすくめながらそう話すレイワンに、ジンフォンはその大きな金色の目を少し細めた。グルルッと低く鳴くと、レイワンはそれを聞いて頷いてみせた。

「そうです。シィンレイに振りまわされて疲れました……別に弟に悪気がないことは分かっています。思いつきで行動してしまうのは、彼の短所ではありますが、行動力があるところは長所だと思っています。ぼくでは到底、思いつきもしないようなことを考え、それを迷いもなく行動に移すのですから……」

レイワンはそう言って苦笑した。ジンフォンがゆっくりと頭を下へと下ろし、床につくまで下げると、レイワンの目の前に大きな頭が鎮座したので、首が痛くなるほど上を見上げなくてよくなった。

レイワンは微笑んでから、ジンフォンの鼻先に、小さな手でそっと触れる。

「今日だって……おかあさまを元気づけたいからって……神殿にぼく達だけで行ったのは初めてで、すごく怖かったけど、シィンレイがどうしても行くって言うから……ぼくは兄だから、シィンレイの前で怖がったりしたらいけないし、守ってやらなきゃって思って、平気なふりをしたけど……ホンロンワン様に叱られて罰を受けるんじゃないかって、本当にひやひやしました」

レイワンは眉根を寄せながら、肩をすくめて、訴えるようにそう話した。するとジンフォンがグルルッと鳴いたので、レイワンは頷いて微笑みを浮かべたが、すぐに顔を曇らせると拗ねたように口を尖らせる。

「ホンロンワン様からはお叱りを受けませんでした。最初に神殿でホンロンワン様の像が怒っているように見えたけれど、一生懸命お祈りをしたら、とてもお優しい顔に見えました。だけど……その後、ぼく達だけで神殿に行ったことがばれて、ハンヨウからものすごく叱られちゃったし、おかあさまには心配したと泣かれるし……秘密だって言ったのに、シィンレイはすぐしゃべっちゃうから……それで悪びれる様子もなくケロッとしているんです。まるで他人事みたいに……」

するとジンフォンが目を細めながらググググッと喉を鳴らしたので、レイワンは慌てて首を振った。

「違うんです。ぼくは別に叱られたことで、シィンレイを怒っているわけじゃないし、不満に思っているわけでもありません。ああ、ジンフォン、だからこのことは、おとうさまには内緒にしてくださ い！」

レイワンは、とても焦ったように、耳まで顔を赤くして、必死に弁明をした。ジンフォンは、そんなレイワンを優しい眼差しでみつめながら、ググッと喉を鳴らしたので、レイワンは安堵したように笑顔になると、両手を広げてジンフォンの鼻先に抱きついた。

「ありがとうジンフォン……そうなんです。ただ誰かに愚痴を聞いてもらいたかっただけなんです。シィンレイは本当にいい子なんです。おかあさま思いの優しい子です。ぼくは彼が、ぼくの弟で本当に良かったと思っています。おとうさまがいつもおっしゃるように、将来ぼくが竜王になった時に、ぼくのためにあの行動力で、なんでもやってくれると思います。大好きな弟です」

レイワンはそう話してから、抱きついていたジンフォンからゆっくりと体を離すと、優しい大きな金色の瞳をみつめて、肩をすくめながら苦笑してみせた。

「ぼくにはどうも、彼を止めることが出来そうもないので、これからも振りまわされちゃうと思いますけどね……それでまた疲れちゃったら、ここに来てもいいですか？」

ジンフォンは笑っているかのように目を細めると、グルルッと優しく鳴いた。それを聞いて、レイワンは嬉しそうに満面の笑顔で笑う。

「陛下、何をニヤニヤ笑っておいでですか？　それは眉間にしわを寄せるような難しい書簡のはずですけど……」

王の執務室で、問題の書簡を見せに来ていたヨウチェンが、急にニヤニヤと笑い始めたシィンワンを見て、呆れたような顔でそう言ったので、シィンワンはコホンと咳払いをしてから真面目な顔を作った。

「すまない……ちょっと今、別件で緊急の相談事を受けていたものだから……」

「それは……解決出来そうですか？」

「ああ、問題ない」

シィンワンは静かにそう答えて、ほくそ笑んだ。ヨウチェンは察したように笑みを浮かべて、それ以上何も聞かなかった。

エルマーン王国は、今日も平和である。

雲ひとつない青い空に、数頭の竜がゆっくりと舞っている。竜族が治める国エルマーン王国。十代目竜王シィンワンの治世は、とても穏やかで平和である。

その日重臣達を集めた定例の会議も、大きな問題も上がらず終了した。

「あ、ちょっと聞きたいことがあるから、ヨウチェン達はもうしばらく残ってくれるかい？」

会議が終了したので、その場に集まった者達は、自分の仕事に戻るために、次々と席を立った。それをシィンワンが呼び止める。すぐ側の席にいたヨウチェンは、上げかけていた腰を下ろし、その隣にいたフォウライとファーレンも顔を見合わせた。

「陛下、それは……我ら兄弟だけ……という意味でよろしいですか？」

ヨウチェンが、自分の副官であるネンイエをチラリと見てから尋ねたので、シィンワンは少し考えてから頷いた。

「そうだな……大した用件でもないから、わざわざみんなに残ってもらうのも申し訳ないし……」

シィンワンの答えを聞いて、ネンイエや他の者達は頷くと、シィンワンに向かって一礼してから、部屋を去っていった。

「それで……何ですか？　我らに聞きたいことというのは、兄弟として？」

「ああ、そうだ」

シィンワンが微笑みながら頷くと、ヨウチェン達の間に、少しばかり安堵の空気が流れる。家臣の顔から、兄弟の顔へと変わった。

「実はみんなに聞きたいんだけど……私が眠った後も、ピクニックは続けてたんだよね？」

シィンワンが尋ねると、三人は少しばかり驚いたような顔で互いに顔を見合わせた。それは思いがけない質問だったので驚いたが、すぐにフォウライがニヤリと笑い、ヨウチェンが気まずいという表情になって顔を逸らした。兄弟で一番下のファーレンが口を開く。

「ええ、オレが六十の年になるまでは続きましたよ」

「お前が六十歳まで？　そうか、ずっとというわけではないんだな」

ファーレンの返事を聞いて、シィンワンは少し意外そうな顔をしたが、すぐに納得したように頷いた。

「そりゃそうですよ……末っ子のオレが小さかったから続けてくれていましたけど……兄上達が大人になって、ピクニックに来てくれなくなると、兄弟が揃わないのでは意味がないというか……。それで母上が決めたんです。オレが六十歳になったら止めようって」

ファーレンが首を竦めて、笑みを浮かべながら説明すると、シィンワンは僅かに眉間にしわを寄せた。

「六十歳？　なぜその年齢なんだ？」

「六十歳で、我々王子は、剣の訓練や乗馬の訓練を始めるでしょう？　そもそも母上が、ピクニックという大和の国の風習を持ち込んだのは、我ら王の子達が、自由に外に出ることが出来ないことをかわいそうに思ってのこと。六十歳になったら、武術の訓練で外に出られるようになるのだから、もうそこまでと思われたんだ。ピクニックをするには、たくさんの兵による大規模な護衛が必要だ。母上は、我が子への愛情と、たくさんの兵を私用で使うことを傲慢だと思う気持ちの間で、いつも悩んでいらした。だから止める機会を作ったのだと思うよ」

ヨウチェンが代わりに説明をしたので、シィンワンは納得したように何度も頷く。

「母上らしい決断だ」

「でもヨウチェン兄上のせいでもありますよね？」

それまで黙って聞いていたフォウライが、ニヤニヤと笑いながらヨウチェンに向かって言ったので、シィンワンは不思議そうに首を傾げる。

「フォウライ！　なんで私のせいなんだ」

「だってそうでしょ？　オレは六十歳とは言わず、最後まで付き合いましたよ？」

むっとした様子で反論するヨウチェンに、フォウライはなおもニヤニヤと笑いながら、ヨウチェンを冷やかすように言葉を続けたので、シィンワンが「どういうことだ？」とさらに首を傾げた。

「シィンワン兄上が眠りにつかれた年から、ヨウチェン兄上がピクニックに参加しなくなったんですよ」

「なぜ？」

「さあ……シィンワン兄上がいらっしゃらないからでしょ？」

「フォウライ！」

ヨウチェンが少し赤くなって、フォウライに摑みかかろうとしたが、フォウライは笑いながら、ヒョイッとそれをかわす。

「ヨウチェン！　子供みたいなことをするな」

シィンワンが窘めると、ヨウチェンは仕方ないという様子で、じろりとフォウライを睨んでから椅子に座り直した。

「ヨウチェン、私がいないからピクニックに行かなくなったというのは本当か？」

「知りませんよ、昔のことです。忘れました」

ヨウチェンは気まずそうに少し顔を歪めて、ぶっきらぼうな口調で答えた。シィンワンは驚いたように目を見開いてから、そんなヨウチェンをみつめて、その後フォウライ達へと視線を送った。

「まあとにかく……あの頃はシェンファ姉上とインファ姉上は、嫁がれてしまってもうピクニックには来られなかったし、シィンワン兄上もいない上に、ヨウチェン兄上まで……。それで一気に我ら下の兄弟四人だけになってしまって……。父上も母上も家族みんなでというのを楽しみにしていらしたから……母上が決断したのも仕方ない話です。だからヨウチェン兄上のせいなんです」

フォウライが残りの説明まで終えると、おかしそうにまたニヤニヤと笑う。ヨウチェンは憮然として腕組みをしたままだ。

「そうだったのか……じゃあ、最後のピクニックからずいぶん時間がたってしまっているんだね」

シィンワンは残念そうな表情になり、少し考え込んだ。

「それがどうしたんですか？」

ファーレンが尋ねると、シィンワンは視線を上げて弟達を見た。

「いや……リューセーとレイワンのために、ピクニックをしてあげたいなと思ったんだ……本当はもっと前にリューセーには約束していたんだけど、いろいろとあっただろう？　だから延び延びになっていたけれど、そろそろ良いだろうかと思って……それでピクニックに必要な準備について、お前達が知っていたらと思ったんだが……」

シィンワンはそこまで言って苦笑したが、ヨウチェン達は顔を見合わせると、「なんだ」と言って笑いだした。

「それならもちろん、我々は協力しますよ……ラウシャン様もタンレン様もまだご健在だし……ファーレン達の頃は、シェンレン様が警護を取り仕切っていらしたから、すぐに聞くことが出来ますよ」

ヨウチェンがそう言って、フォウライ達も頷いたのでシィンワンは安堵したように笑った。

「そうか、すまない……しかしツォンの方はどうだろうか？　シュレイがきちんと記録として残しているとは思うけれど、実際に経験した側近がもういないというのは……」

シィンワンがそう言って考え込むと、突然ファーレンが「あっ」と声を漏らして、勢いよく立ち上がった。

「いますよ！　ユイリィが！」

「ああ……そういえば、そうだな。ユイリィならばいつも一緒に来てくれていたから、いろいろと知っているだろう」

ヨウチェン達もそれには同意して頷いた。

「しかし隠居(いんきょ)して、城を出て、郊外の屋敷に引き籠もっていると聞く……こんなことのためにわざわざ登城してもらうのもなぁ」

シィンワンが苦笑してそう言うと、ファーレンが瞳を輝かせながら手を上げた。

「オレが聞きに行ってきます」

「お前が？　しかし……」

「全然大丈夫！　気にしないで！　オレも久しぶりにユイリィに会いたいし！」

ファーレンは、少し興奮気味に頬を上気させながらそう言ったので、シィンワン達は顔を見合わせたが、ファーレンの勢いに負けて、ここは任せることにした。

「それじゃあ、みんな、すまないけれどよろしくお願いするよ」

シィンワンが弟達にお願いすると、皆嬉しそうに笑って頷いた。


城下町から離れた湖の近くに、一軒の小さな館があった。小さな……と言っても、二階建ての立派な屋敷で、そこはかつて八代目竜王ランワンの妹であるミンファが所有する別荘であった。今は隠居したユイリィが一人で住んでいる。

その館の近くの小高い丘に、一頭の竜が静かに舞い降りた。その背から降りたのはファーレンだった。ゆっくりとした足取りで館に向かう。

玄関で呼び鈴を鳴らすと、少しして扉が開いた。現れた使用人はファーレンの姿を見て驚くと、慌てて中へと通した。

客間に通され、ソファに座り待っていると、しばらくして家人が現れた。

「ユイリィ！」

久しぶりに見るユイリィの姿に、ファーレンは嬉しさを抑えられず、立ち上がり名を呼んだ。そんなファーレンとは逆に、ユイリィは眉間にしわを寄せて、露骨(ろこつ)に怪訝そうな表情でファーレンをみつめた。

ユイリィはかつてファーレン達の養育係をしていた。だが、末の王子であるファーレンが成人を迎え、養育が済んだことを機に、城を離れて隠居していた。年齢は、ファーレンの父であるフェイワンよりも少しばかり下で、三百五十歳を越えた老齢であるが、外見は年齢不詳と思えるものだった。

もちろんその顔には、若者のような肌の張りはなく、それなりの年齢を思わせるしわなどもあるのだが、凛とした眼差しや、背筋の伸びた立ち姿や、清楚な雰囲気が、あまり年老いて感じさせないのかもしれない。

ファーレンが子供の頃から何も変わっていない。憧れに満ちた眼差しでユイリィをみつめた。

「ここには来てはならないと申し上げたはずですよ」

少し厳しい口調で咎められて、ファーレンは笑顔を失った。

「王子である貴方が自らいらっしゃれば、使用人達も門前払いすることなど出来ないのですから……」

「そんなにっ……そんなに冷たくしなくてもいいでしょう。これでも、ずっと貴方の言いつけ通り、来るのを我慢していたのですから……。一生会ってくれないつもりですか？　たまに来るくらい良いではないですか……」

ファーレンは、悲しさと悔しさの入り交じったような複雑な表情で、ユイリィをみつめながらそう言った。ユイリィは顔色ひとつ変えずに静かにファーレンをみつめ返す。

「言ったはずですよ？　貴方が妄言を止め、考えを改めれば、いつでも会いに来てかまわないと……そうは言っても、王子が使用人の所に会いに来るなど、あまり褒められることではありませんが……」

「オレは別に妄言なんて言ってないし、考えを改めなければならない理由なんてないから、そんな理不尽な言い分には従えないし、そもそもあなたは使用人なんかじゃない」

ファーレンは、きゅっと眉を寄せて反論した。するとユイリィは小さく溜息をついた。

「私の教育が至らなかったのでしょう……フェイワン様になんと詫びればいいのか……」

「貴方を好きだという私の気持ちを、失敗作みたいに言わないでください！　貴方を想う気持ちではあるけれど、これはオレのものだ。たとえ貴方でも、蔑んでいいことではない」

「殿下、私は別に蔑んでなどいません。ただそれは誤りであると申し上げているだけです。このような老人に、恋心を寄せるなど、誤り以外の何であるというのですか？」

「じゃあ、シェンファ姉上は？　ラウシャン様が一体おいくつだとお思いですか？　貴方の倍の年齢なのですよ？　年齢で恋愛を否定するのは間違いだと思います」

ファーレンが興奮気味に頬を上気させてそう述べると、ユイリィは困ったように苦笑して、また溜息をついた。

「確かに……私の失言です。ですが、私が使用人であることは間違いのない事実です。殿下はご自身の立場を考えて行動なさらなければなりません」

「ユイリィ……ねえ、やめてよ……オレは貴方と喧嘩したくて来たんじゃない……貴方が嫌だというのならば、もう二度と愛の告白も、愛の言葉も告げないから……ただ貴方に会うことだけは許してください。それ以上は望まないから」

「では早くご結婚なさってください。ご結婚なさって、早く子を儲けてください。それがロンワンの義務です」

ユイリィの答えに、ファーレンはきゅっと唇を固く結ぶと黙って俯いた。しばらく考え込むように立ち尽くしていたが、やがてゆっくりとソファに腰を下ろした。

「ユイリィ、今日は陛下から頼まれたことがあって来たんだ。話を聞いてほしい」

顔を上げたファーレンは、先ほどとは打って変わって、とても冷静な表情で改まって述べたので、ユイリィは驚いて、すぐには返事が出来なかった。だが気を取り直すと一礼して、ファーレンの向かいに腰を下ろした。

「陛下が、リューセー様のためにピクニックをしたいそうなんだ。護衛の方はフォウライ兄上が、タンレン様やシェンレン様に当時のことを伺って準備すると言われた。その他に必要な諸々の準備についてて、ユイリィにツォンの手助けをしてほしいと……。シュレイが記録を残してくれているとは思うけれど、やはり実際にピクニックの経験のある者が、助言してくれた方が良い。ユイリィが分かることを、ツォンに教えてもらえないだろうか？　と陛下が申されているんだ」

ファーレンは真面目な顔で、淡々と依頼内容を伝えた。するとユイリィは、少し表情を綻ばせた。

「そうですか……シィンワン陛下が、ピクニックを……」

「お手伝いいただけますか？」

ファーレンが尋ねると、ユイリィは柔らかな表情で頷いた。

「もちろんです。私に出来ることであればなんなりと……」

「それではそのように陛下にお伝えします。詳しいことが決まりましたら、知らせを寄こしますので……」

ファーレンは立ち上がると、事務的な口調でそう述べて、会釈してから出口へと向かった。先ほどまでの態度や言葉が嘘のようで、突然の変貌ぶりに、ユイリィは首を傾げた。立ち上がり、ファーレンの後を追う。

「殿下……」

ファーレンの後ろ姿に声をかけると、ドアノブに手をかけたファーレンが動きを止めた。

「ユイリィ……本気でオレに妄言をやめさせたいのならば、ボロクソにオレのことを振らないとダメだよ。嫌いだって……想いを寄せられても気持ち悪いだけだって……真剣に断らないと、オレが諦められるわけないじゃん。貴方が少しでもオレのことを特別扱いしてて、かわいいと愛情をもっている限りはダメだよ」

ファーレンは振り返らずに、後ろに立つユイリィに向かってそう言った。ユイリィは困ったように顔を少し歪めた。

「そのようなことをおっしゃられても……殿下は大切な私の教え子です。それに王子としてもとても大切な方です。嫌いなどと言えるはずもないでしょう。殿下のことは好きです。でもこれは恋愛のそういうものではなく……」

「それでもいいんだ！　貴方にオレのことを愛してもらおうなんて思ってない。何も求めてない！　オレは貴方と恋人になりたいとか、抱きたいとか、そういう性的なものを求めているわけじゃない。ただ……愛してるんだ。貴方のことを愛してるんだ。このオレの想いを否定しないで！　……オレは貴方の側にいられればそれでいいんだ。貴方の残りの人生を共に過ごしたい。貴方にとって幸せだったと思ってもらいたい。貴方を一人にしたくない。ただそれだけなんだ」

ファーレンはくるりと振り返ると、ユイリィの胸元を両手で掴んで、叫ぶように言った。その勢いなかった。

と、真っ直ぐな眼差しに、ユイリィは圧倒されて、戸惑ったように言葉を失い、ただみつめ返すしか

「なぜ……私なんですか？」

苦し気にようやくそれだけ尋ねることが出来た。だがファーレンは泣きそうな顔で、じっとユイリィをみつめたまま首を振る。

「分からないよ……そんなの……恋するのに理由なんているの？」

「それは恋ですか？　親に対するような愛情ではないのですか？」

「知ってるくせに！」

ファーレンが強い眼差しでみつめ返し、責めるように言ったので、ユイリィは、はっとしたような顔をする。ファーレンの言う通り、ユイリィは知っていた。ファーレンがずっと前から、ユイリィに対して熱い眼差しを向けていることを知っていた。

あれはファーレンが六十歳を越えたくらいの頃からだったと思う。最初は恋愛についての質問が多くなって、そういうことに興味が出てくる年頃になったのかと、感慨深い思いでいた。だがファーレンの視線がいつからか変わっていることに気がついた。あれは恋する瞳だった。でもそれを向けられる先が自分であることに戸惑った。

そういう年頃特有の誤解だろうと思っていた。恋に恋するような……自分よりも大人の相手に憧れを抱き、それを恋と勘違いするような……そういうものならば、いずれ間違いに気づくだろうと、知らぬふりを続けていた。

しかしファーレンの想いはとても真剣で、決して変わることはなかった。何度も愛の告白をされて、

それを時には冗談のようにかわし、時には厳しく叱りつけてかわし、逃げ続けてきた。ファーレンが成人した後、養育係の任を終えて、フェイワン達から、他のロンワンの子供達の教育をしてほしいと頼まれたが、すべて辞退して隠居を願い出た。

ファーレンから逃げたかった。ファーレンの真剣さが怖かったのだ。

「ユイリィ……貴方はいつまで自分のことを罪人と呼び続けるの？　父上も母上も、みんながもうとっくに貴方を許しているのに……」

「殿下……」

「オレでは貴方を幸せにできない？　貴方は言ったよね、オレ達の養育係をしてきた間は、とても幸せだったと……自分の罪も忘れるくらいに幸せだったと……今は？　ここで独りぼっちで、また懺悔の日々でも送っているの？　オレが側にいたら、貴方はもう笑ってはくれないの？」

ユイリィは目を見開いて、驚いているような顔でファーレンをみつめた。背は少しばかりファーレンの方が高かった。瞳をみつめると、少しだけ視線が上へと向く。

『いつの間にこんなに大人になられたのだろう？』

ユイリィはそんなことを思いながらファーレンをみつめていた。それはもちろん身長のことではない。ユイリィをみつめるファーレンの眼差しは、変わらず熱いものだが、以前のような激しさはない。愛しい者をみつめる優しさがある。自分の想いを一方的にぶつけるようなものも感じない。ただただ、ファーレンのユイリィを思いやる気持ちが溢れていた。

ユイリィは、眉根を寄せて、困ったように微笑んでから、小さく溜息をついた。

「またおいでください」

それは昔と同じ、優しい口調だった。愛のこもった優しい言葉。

ファーレンはユイリィから手を離すと、嬉しそうに微笑み返して頷いた。


ヨウチェン、フォウライ、ファーレンの兄弟が力を合わせて、ピクニックの準備が着々と進められた。

ユイリィが何度か城へとやってきて、ツォンに助言をしてくれた。

皆の協力で、再び王家の恒例行事「ピクニック」が復活したのだ。

「リューセー、明日ピクニックに行くよ」

夜、政務から戻ってきたシィンワンが、龍聖にそう告げると、龍聖は最初ポカンとした顔で、すぐには意味を理解出来ずにいた。

「以前言っていただろう？　ピクニックに連れていくと……いろいろとあって遅くなってしまったけど、ようやく準備が整って、明日行けることになったんだよ」

「ピクニックって……あのピクニックだよね!?」

龍聖はみるみる顔を綻ばせて、瞳をキラキラとさせながらそう言ったので、シィンワンはおかしそうに笑った。

「他にもいくつピクニックというものがあるかは知らないけれど、たぶん君の言っているピクニックだと思うよ」

シィンワンが言い終わるかどうかというところで、龍聖が「わあ！」と歓喜の声をあげて、ぴょんと飛び上がると、シィンワンの首にぶら下がるように抱きついた。

「本当に！　本当に？　明日？　明日って急だね!?」

「事前に決めておいて、ダメになると君をがっかりさせてしまうからね。私の立場上、急にダメになることも大いにあり得るし……その辺りは、ヨウチェンがいろいろと苦心してくれてね、明日は絶対大丈夫ってなったんだ。他の準備とか、フォウライやファーレン、ラウシャン様やタンレン様やシェンレン様、姉上達やユイリィやツォンや……みんなが協力してくれたんだよ」

シィンワンも嬉しそうに龍聖を抱きしめてそう言った。

「えー！　ツォンなんて、全然そんな素振りも見せなかったのに……ファーレンとは昨日お茶したのに、一言もそんなこと言わなかったし……みんなで隠してたの？」

龍聖が頬を膨らませてそう言うと、シィンワンが笑いながら、その頬に口づけた。

「その方が喜びも大きいだろう？」

「ありがとう！」

龍聖はシィンワンの首にぎゅっと抱きつき頬ずりをした。


翌日はお昼前くらいに出発することになった。朝からそわそわと落ち着かない様子の龍聖は、赤子のシィンレイを胸に抱き、ジンフォンの背に乗ると、さらに頬を上気させて興奮した様子でいた。

「家族でジンフォンに乗るのは初めてじゃない？　レイワン、ジンフォンに乗るのは初めてだろ？」

龍聖はしゃがみ込んで、レイワンの顔を覗き込みながらそう言うと、まだ幼いレイワンは、嬉しそうな母の様子に釣られて、丸い頬を赤く染めながら、ニコニコと嬉しそうに笑った。

「嬉しい？　レイワンはジンフォン大好きだもんね」

「君が一番嬉しそうだよ」

シィンワンが笑いながら、ジンフォンの背に登ってきたので、龍聖は少し赤くなって照れくさそうに笑った。

「だって本当にピクニックに行けるなんて思ってなかったから……家族でだよ？　レイワンとシィンレイも一緒に……もう、これが喜ばずにいられると思う？」

龍聖の心からの笑顔に、シィンワンは満足そうに微笑んで頷いた。

「じゃあ、お待ちかねのピクニックに出かけようか」

シィンワンがそう言って、ひょいっとレイワンを抱き上げて、空いている方の手で、龍聖の腰を抱き寄せた。するとそれに応えるように、ジンフォンがオオオッと吠えて、首を高く上げると、翼を大きく広げた。ドスドスと歩みだし、翼に風を受けながら、ふわりと宙に身を躍らせた。

ジンフォンの巨体がぶわりと風を切りながら宙に舞い上がる。空は気持ちが良いほど晴れ渡り、風も心地よかった。

シィンワンの腕に抱かれたレイワンが、きゃあっと声をあげて笑う。

「楽しいか？」

シィンワンが優しく囁くと、レイワンは頬を上気させてニコニコと笑った。その笑顔に、シィンワンが笑みを零すと、ジンフォンがグググッと喉を鳴らした。

「ジンフォンはなんて言ってるの？」

龍聖が顔を上げて、シィンワンに尋ねた。

「ジンフォンもとても楽しいと言っているよ」

シィンワンの答えに、龍聖も嬉しそうに笑って頷いた。

ジンフォンはゆっくりとエルマーンの上空を三回旋回(せんかい)した。少しでも長く空の旅を楽しませてくれようとしているようだ。やがて少しずつ高度を下げて、郊外の草原に降り立った。

「着いたよ」

シィンワンはそう言うと、膝の上に抱いていたレイワンをジンフォンの背に降ろして、ここでじっと待っているように告げた。シィンレイを抱いている龍聖を軽々と胸に抱き上げて、ひらりと下に降りていく。龍聖を地面に降ろして、再びジンフォンの背に戻ると、残してきたレイワンを抱いて下へと降りる。

「ジンフォン、ありがとう」

龍聖がジンフォンにそう声をかけると、ジンフォンは目を閉じて小さく頷いた。

「ほら、向こうに大きな木が見えるだろう？　あそこに行こう」

「はい」

龍聖はシィンワンと手を繋ぐと、言われた大木の所へと仲良く歩いていった。草原を渡る風がとても心地よかった。青い草の香りがする。こんなに広い草原を歩くのは初めてで、足元の草の感触が気持ちいいと思った。しっかりと握ってくれているシィンワンの大きな手が温かい。腕の中では、まだ首もすわっていない赤子のシィンレイが、安らかに眠っている。隣に視線を送ると、シィンワンが幼いレイワンを抱いている。

家族でこうして草原を散歩するなんて、夢みたいだと思った。龍聖は幸せを噛みしめていた。

前方の大きな木の下で、ツォンが待っていてくれるのが見える。

「ツォン！」

龍聖が大きな声で名を呼ぶと、ツォンが手を振って応えてくれた。ツォンも龍聖にとっては大事な家族だ。お母さんのような、お兄さんのような存在だ。

シィンワンは王様なのに、誰よりも優しい夫で、いつまでも恋人のように、龍聖を愛してくれる。

みんなのおかげで、龍聖は一度も寂しいと思ったことがない。いつもこうして、龍聖が喜ぶことをしてくれる。

龍聖は幸せすぎて、なんだか泣きたくなってしまった。ふと足を止めると、シィンワンに抱きつくように顔を胸に埋める。

「リューセー？　どうしたんだい？」

「かあたま？」

二人が驚いて、心配そうに声をかけると、龍聖はぐっと歯を食いしばって涙を堪えて、ぐりぐりとシィンワンの胸に顔を擦り付けてから顔を上げる。ニッと笑ってみせた。

「なんでもない……なんか興奮しちゃって……シィンワン、すっごく楽しいよ、連れてきてくれてありがとう」

シィンワンは優しく微笑み返した。

「向こうに綺麗な花畑があるよ。レイワンを連れていってごらん。私はシィンレイを木陰に連れていくから」

シィンワンはそう言って、レイワンを下に降ろすと、龍聖の抱いているシィンレイを受け取った。

「うん、行ってくる……レイワン、おいで」

龍聖はレイワンと手を繋いで、花畑へと向かった。シィンワンはそれをしばらく見送ってから、大木の下へと向かう。

「ツォン、いろいろとご苦労だったね。リューセーがとても喜んでいるよ」

「私は何も……陛下が計画なされたのですから……よろしゅうございましたね」

ツォンはシィンワンからシィンレイを受け取ると、用意してあった籠型の簡易ベッドに寝かしつけた。

シィンワンは絨毯の敷いてある上に腰を下ろすと、離れた場所にある花畑で、楽しそうに遊ぶ龍聖とレイワンを、嬉しそうに眺めた。

その姿は、はっとするほど、母に似ている。幼き日、自分もあのように母が遊んでくれたのだろうか？　と、その風景を懐かしそうにみつめた。

「陛下……シィンワン陛下」

何度か呼ばれて、ハッと我に返る。すぐ側にツォンが立っていた。

「どうかなさいましたか？」

ツォンが心配そうな表情をしたので、シィンワンは微笑んでみせた。

「いや、なんでもないよ……ちょっと昔を思い出していたんだ」

シィンワンはそう答えて、ツォンが差し出したお茶の注がれたカップを受け取った。

「リューセー様があんなにはしゃがれるなんて……レイワン様も」

「うん、母が初めて家族でピクニックに行こうって言い出したんだ。それから毎年一度、家族でピクニックに行くことが恒例になって……本当に楽しかったんだ。だからリューセーとレイワンも連れていきたいと思って……レイワンももう走り回れる年になったからね」

シィンワンが遠い目をして龍聖達をみつめながらそう話すのを、ツォンは微笑んで聞いていた。

「同じ場所なのですか？」

ツォンの問いに頷いて、シィンワンは上を見上げる。青々と生い茂る葉の間から、木漏れ日がキラキラと光って降り注いでいるようだ。

「この木の下だ。この木も長生きしてくれて良かった」

「同じことをヨウチェン様達もおっしゃっておいででした」

ツォンがクスリと笑って言ったので、シィンワンも笑いながらお茶を一口飲んだ。

「大切な家族の思い出なんだ。たぶんどこの国の王家にも、こんな家族の思い出なんてないと思うよ。母のおかげだ」

「きっといつか、レイワン様も受け継がれることでしょう」

「そうだといいね」

シィンワンは、カップを置いて立ち上がった。

「もう一つ、受け継いでほしいものを教えてこようかな」

シィンワンはそう言って、龍聖達の下へと歩きだした。

「リューセー、レイワン……花冠を作ってあげるよ」

「花冠!?　本当？」

龍聖が喜びの声をあげ、レイワンがぴょんぴょんと嬉しそうに跳ねる。シィンワンは二人の側にしゃがみ込むと、花を摘んで花冠を作り始めた。

ツォンは、その幸せそうな家族の光景を、眩しそうに目を細めてみつめる。

それはエルマーン王国の平和の象徴だと思った。

受け継がれる幸せ……それがエルマーン王国の永遠の繁栄。

学生服と満天の星

漫画：ひたき　原作：飯田実樹

これを毎日
着てたっけ
ど、
どうかな
ああ、やはりよく
似合っている
私はそんな君に一目で
恋してしまったんだからね
シインワン
ったら

コト…
おかあさま
いっしょにねても
いいですか？

レイワン
………
そのかっこうは
なあに？
これ!?
これは大和の、
お母様の国の
服でね
この服を着て
この国に来たんだよ
……

ぶわわ
かえっちゃうの…？
えっ!?
やまとのくにに
かえっちゃうの？
えーーっ
違うよ
違うよ!!
いやっ!!
帰らない!!
まだ？
帰んないよ
まだ帰んないよ！
ずっとレイワンの
側にいるから！
もうこれは
着ないよ！
すぐ着替えるね!!
そうだ
これからお散歩に
行かない？
ぐすっ
おさんぽ？
お父様とお母様と
三人でジンフォンに乗るんだ
お星様がきれいだよ
ね、一緒に乗りたくない？

のりたい!!
じゃあ泣くのは
やめようね
ジンフォンに笑われ
ちゃうよ?
その夜――
幸せな親子を
乗せた金色の竜が
満天の星空を悠々と
舞っていたそうです
End.

黎明の竜
ホンロンワン×守屋龍成

第1章　初めての贈り物

どこまでも続く荒野を眼下に見下ろしながら、ゆっくりと高度を下げるその姿は、夕日を浴びて光り輝いていた。金色の巨大な竜。

その背には茜色(あかねいろ)の空よりももっと赤い、深紅の長い髪をたなびかせた竜王ホンロンワンの姿があった。

荒野に突如現れる険しい岩山の群れ。上空から眺めると、岩山は環状に連なり、その中央の盆地は、周囲から隔絶された楽園のように緑豊かであった。

竜王ホンロンワンの治めるエルマーン王国である。

大きな翼を羽ばたかせながら、ゆっくりとその巨体を岩山の頂へと着地させ、ホンロンワンはひらりとその背から降りた。

「ありがとう。ゆっくりと休んでくれ」

ホンロンワンは仰ぎ見ながら、金色の竜ウォヨンにそう声をかけると、岩場を降りてその中腹に造られた入り口から中へと入った。

岩山の中をくりぬくように造られた城は、常に薄暗くひんやりとした空気が漂っていた。廊下を進み、ひとつの扉の前で足を止めると、一度扉を叩いた。中からの声を確認しながら扉を開けると、愛しい人が穏やかな微笑みを浮かべながら、いつものように出迎えてくれる。

「おかえりなさいませ、ホンロンワン様」

夜空の闇よりも黒い艶やかな美しい髪と、澄んだ瞳の美しき伴侶。

「リューセー、今日も変わりなかったか？」

「はい」

龍成は微笑みを浮かべて頷く。その頬をそっと撫でると、目を閉じたので、肩を抱き寄せながら優しく口づけた。

こうして部屋で待つ者がいるということが、どれほど嬉しいものか最近になって、つくづく分かるようになった。外遊に出た時などは、特に感じる。長き人生の中で、一度も考えたことがなかった。むしろ今は、なぜ今まで一人で平気だったのだろうと不思議に思うほどだ。

「あの……ホンロンワン様……差し上げたいものがあるのですが……」

「ん？　我にか？」

「はい……お気に召すと嬉しいのですが……」

龍成はホンロンワンから離れると、側に隠しおいていた衣を手に取り、ホンロンワンの前で広げてみせた。藍色の地に赤い模様の入った衣だった。

「これは？」

「ホンロンワン様のお体に合うように、私が仕立てました」

「仕立てた……？　そなたがこれを作ったのか？」

「はい……よろしければ羽織っていただけませんか？　たぶん……寸法は合っているはずなのですが……」

ホンロンワンはとても驚いたようで、珍しく目を大きく見開いたまま言葉を失っている。龍成に促されるままに、着ていた衣を脱ぎ、龍成が作ったという衣を身にまとった。

「ああ、良かった……肩幅も裄もちょうど良いですね……それに思った通り、この柄と色合いが、ホンロンワン様によくお似合いです」

龍成は安堵したように大きく息を吐きながら、ニコニコと笑っている。ホンロンワンはまだ無言のままで、着ている服を、両手を広げて眺めていた。黙ったままのホンロンワンに、龍成は不安に思ったのか、少し表情を曇らせた。

「あの……申し訳ありません。勝手に喜んでしまって……お気に召しませんでしたか？」

龍成の言葉に、ホンロンワンは我に返ると、慌てて首を振った。

「いやいや、違うのだ。そなたが作ったと聞いて驚いてしまったのだ。衣服は作れるものなのか？」

ホンロンワンの言葉を聞いて、龍成は思わず吹き出してしまった。コロコロとかわいらしく笑う龍成を、ホンロンワンは唖然と見つめている。

「あ、ああ、申し訳ありません。ホンロンワン様があまりに面白いことをおっしゃるので……衣服を作れなくて、なぜ衣服が存在いたしますか？　ここにある衣も、机も椅子もベッドも、すべて人の手で作り上げたものですよ？」

「ああ、そ、そうだな。言われてみればそうだ。我としたことが、本当におかしなことを言った……分かってはいたことだが……なんというか……そなたが作ったというので驚いてしまったのだ。それにこの衣は実に着心地がいい。手を上げたり動いたりするのに、邪魔にならぬ……リューセー、そなたは魔術でも使えるようだな」

ホンロンワンが珍しく、高揚した表情で、何度も手を伸ばしてみせながら言うので、龍成もとても嬉しそうに頷いた。

「ホンロンワン様や他の皆様が、寸法の合っていない衣を着ていると伺ったので、ホンロンワン様に合う衣をお作りしたいと思って、先日より内緒で縫っておりました。この世界の衣の形は、初めて作るので大丈夫か心配しましたが……気に入っていただけたのでしたら嬉しゅうございます。よろしければまた何着もお作りいたしますね」

龍成が言い終わらぬうちに、ホンロンワンは龍成を強く抱きしめていた。

「そなたは本当に……我を喜ばせるのがうまい……こんなに嬉しい贈り物は初めてだよ。リューセー、ありがとう」

「ホ、ホンロンワン様に喜んでいただけるのが、私の喜びです。本当に嬉しゅうございます」

龍成はホンロンワンの逞しい胸に顔を埋めながら、心から幸せそうな笑みを浮かべた。

「そなたは我の宝だ」

ホンロンワンは腕の中の龍成を、心から愛おしむように何度も髪に口づけて、何度も「愛している」と囁いた。

第2章　其は我が腹心

赤い岩山の中腹にある城の出入り口の脇に、岩を削って簡易的に作られた階段を上る人の姿があった。深紅の長い髪が風にたなびいている。

竜王ホンロンワンだ。

足元の悪い岩場を、慣れた様子で上まで上がり、頂上近くにある大きな洞の前に辿り着いた。

ホンロンワンは洞の中に座る黄金色の巨大な竜に声をかけた。竜はホンロンワンの姿を見て軽く頭を下げるとググググッと喉を鳴らした。

「ウゥヨン」

「少しそなたと話をしに来たのだ」

ホンロンワンはそう言って、側にある岩に腰を下ろした。するとウゥヨンがググッと鳴いたので、ホンロンワンは薄く笑みを浮かべた。

「そうだな、わざわざこうして話をせずとも、我らは互いの気持ちを通じ合わせることが出来る……だがすべてが分かるわけではない。我もそなたも互いに気持ちを隠すことも出来る。元は一つであったのに、二つに体を分けられると、不思議と別々の人格を持つのだな……だから我にとってそなたは、我自身というよりも……兄弟のような気がするのだ」

ホンロンワンの言葉を聞いたウゥヨンが、同意するかのように頷きながらググッと鳴いた。ホンロンワンも頷き返す。

「それで早速だが、我はそなたに聞きたいことがあるのだ……昨日のあれはなんだ？　そなたも歌を歌ったのか？」

ホンロンワンが微笑みながら問うと、ウゥヨンがグルルッと鳴いたので、それを聞いてホンロンワンが思わずクッと喉を鳴らして笑った。

「ああ、さすがに我も驚いたが、リューセーが上手いと褒めておったぞ？　しかしなぜ歌った？　歌など知らぬであろう？　リューセーの歌が聞こえたか？」

ホンロンワンが尋ねているのは、昨日テラスで赤子のルイワンをあやしていた龍成が子守唄を歌っていて、それを初めて聴いたホンロンワンが、とても気に入って何度も歌うように催促をしていた時、突然空に不思議な音色の鳴き声が響き渡り、それが歌っているように聞こえたという事についてだ。

その鳴き声の主はウゥヨンだった。

ウゥヨンは目を細めて笑っているかのような表情を見せると、ググッグルルルッと鳴いた。ホンロンワンは笑いながら首を振る。

「いやいや、我は歌わんよ……そうか、リューセーの歌声を聞いて、我が心の中でそれを反芻していたのを、そなたが再現したというのか？　まったく……そなたは存外面白い男なのだな」

ウゥヨンも笑っているかのように、グッグッグッと喉を鳴らした。

「まあ、そなたの気持ちは分かる……リューセーの歌声を聴いていると、心がとても癒やされて、心地よい気分になった。嬉しいような、気持ちが高揚するような……人間達は音楽というものを楽しむと聞いた。色々な道具を使って音を鳴らすそうだ。我も最初にそれを聞いた時は、何のためにそのような事をするのかと不思議だったが……リューセーの歌を聴いてようやくその意味が分かった」

ホンロンワンがしみじみと語ると、ウゥヨンもグルルルッと鳴いて答える。

「ああ、そうだな。リューセーは、我に色々な事を教えてくれる。リューセーのおかげで、人間を好きになっていくよ……そなたもそう思うであろう？」

ホンロンワンが尋ねると、ウゥヨンは大きく頷いてみせて、グググッと喉を鳴らした。

「リューセーが好きか？　ははは……我とそなたは一心同体なのだ。同じ相手を好きになるのは当然だな。リューセーを見つけることが出来て、我は本当に幸運だったと思う」

ホンロンワンは目を閉じると、初めて龍成を見つけた時のことを思い浮かべた。暗闇の中に眩い一筋の光をみつけたかのようだった。その光は、ホンロンワンを癒やす暖かな光だった。

まだ幼子だった龍成だが、その小さな体を抱き上げただけで強い魂精の力を感じた。今まで出会った人間達とは明らかに違う。ホンロンワンの体を満たしてくれそうな強い魂精。

「リューセーは我に魂精を与えてくれただけではなかった。我の子を産んでくれて、我を人間へと近づけてくれた。たくさんの愛をくれる……かけがえのない存在だ」

二人はしばらく黙ったまま思いを巡らせていた。やがてウゥヨンが先に口を開き、グルッググッと鳴いた。

「ああ、歌も教えてくれたな」

ホンロンワンが頷いて笑う。

「それにこうして笑うようになったのもリューセーが来てからだ。ウゥヨン、我は変わったか？」

ウゥヨンはググッと鳴いた。ホンロンワンは微笑むと、ゆっくり立ち上がった。

「ありがとう。また今度話をしよう」

ホンロンワンはウゥヨンと視線を交わすと、満足そうな笑みを浮かべてその場を後にした。

ホンロンワンが去った後、ウゥヨンもまたゆっくりと洞の中から出てきて、伸びをするように翼を大きく広げた。心地よい風が翼に当たる。ばさばさと力強く翼を羽ばたくと、大空に飛び立った。

「あっ……ほら、ルイワンごらんなさい。龍神様が空を舞っておいでですよ」

テラスに立つ龍成が、腕に抱いているルイワンに優しく語りかけながら、青空に舞う美しい金色の竜を、眩しそうにみつめていた。

第3章　触れえぬ宝

エルマーン王国は、周囲を険しい岩山に囲まれた不思議な形をした地にある。緑豊かな盆地には、池や川があり、森や丘もある。その豊かな地の一角に、アルピンという種族が集落を作っていた。

その日、竜王ホンロンワンは、スウジィンを従えて、アルピンの集落を訪れていた。人々が働くさまを、じっと眺めながら、しばし物思いにふけるホンロンワンの様子を、スウジィンは不思議そうにただ見守るしかなかった。

夕方、城に戻ると、スウジィンは思いきって疑問をホンロンワンに投げかけた。

「ホンロンワン様、今日はいかがされましたか？　急にアルピンの集落を視察したいとおっしゃったかと思うと、特に何をするでもなく、一日中ただアルピン達を眺めて、とても難しいお顔をなさっておいでもでしたので、何事か問題でもあったのかと、ずっと案じておりました」

恐る恐るといった様子でスウジィンに尋ねられて、ホンロンワンは少しばかり驚いたような顔をした後、困ったように苦笑してみせた。

「それはすまぬことをした。別に何ということはないのだ。ただ……人間の子供とはどのようなものか、観察したいと思っただけなのだ」

「人間の子供を……でございますか？」

意外な答えに、スウジィンは驚いたようで、意味が分からないというようにさらに首を傾げた。ホンロンワンはその様子に、苦笑しながら頷く。

「ルイワンは、我らシーフォンにとって初めての子供だ。我が子ではあるが……人間の子があまりにも儚く脆く見えて、我は触れるのもはばかられるほどだ。だがずっと龍成に任せきりなのもかわいそうで、人間はどのように子供を育てているのか、少しばかり見てみたいと思ったのだ」

ホンロンワンの告白に、スウジィンは何と返事をしてよいのか分からずに、当惑していた。ホンロンワンは小さく溜息をつく。

「ルイワンは生まれてもう半年もたつのに、とても小さく、自分で動くこともままならず、少しでも目を離せば簡単に死んでしまいそうだ。龍成が言うには、我らシーフォンの子は、人間の子供に比べて成長が遅いそうだ。この様子だと歩けるようになるまでには長くかかりそうだという。アルピンの子にしても、先ほど観察した限りでは、赤子の頃は親がいつも世話をしなければならないようだ。……我は傷つけてしまいそうで、ルイワンを抱くことが出来ぬ」

「ホンロンワン様……」

ホンロンワンは大きな溜息をつくと、スウジィンと別れて、龍成の待つ部屋へと戻っていった。

「おかえりなさいませ。ホンロンワン様」

ルイワンを抱いた龍成が笑顔で出迎える。

「何も変わりはないか?」

「はい……あの……ルイワンはよく笑うようになりました。目が良いのでしょう。私の顔が分かるようです」

「そうか……賢い子だ。そなたに似たのであろう」

ホンロンワンは微笑みながら龍成の頭を撫でて、龍成の腕の中のルイワンを覗き込んだ。ルイワンはくるりと丸い大きな目を開いて、じっとホンロンワンをみつめている。

「ホンロンワン様……あの……ルイワンを抱いていただけませんか？」

龍成がとても言いにくそうに告げたので、ホンロンワンは龍成の顔をみつめた。

「あの……少しでも構わないのです……も、もちろん無理にとは申しませんが……」

ホンロンワンは龍成をみつめながら、少しばかり不思議な気持ちになった。なぜ龍成が、悲しそうな表情に見えるのだろうと思ったのだ。

「リューセー、いかがしたか？　何か心配事でもあるのか？」

ホンロンワンが優しい口調で尋ねると、龍成はホンロンワンを真っ直ぐにみつめて、少しばかり眉根を寄せた。

「ホンロンワン様が……ルイワンを抱いてくださらないので……この子に何かあるのかと心配で……もしも私が何か至らないことをしたせいであれば……」

「ああ、リューセー、何を申す！　とんでもないことだ。違うのだよ。リューセー、違うのだ。我が悪かった」

ホンロンワンは慌てて言い訳をした。つい先ほど、スウジィンに話したことを、龍成にも話して聞かせた。すると龍成は、驚いたようにしばらくホンロンワンをみつめた後、少しばかり両目を潤ませてから、ほっとしたように笑みを浮かべた。

「良かった……ルイワンが生まれた時は、あんなに喜んでいただけたのに、全然抱いてくださらないので、心が離れてしまわれたのかと案じておりました。ホンロンワン様、どうか、どうか抱いてやってくださいませ。傷つけることなどありません。ルイワンはホンロンワン様に抱いていただきたいと願っています」

龍成がルイワンを差し出したので、ホンロンワンは恐る恐る両手で受け取った。とても軽くて柔らかい。だが実際の重みとは違う何か、ずしりと腕に、胸に、感じるものがある。

ルイワンはずっとホンロンワンの顔をみつめている。大きな金色の瞳は、龍成の瞳のように澄んでいた。ホンロンワンが思わず顔を綻(ほころ)ばせると、ルイワンが満面の笑みを浮かべて「きゃぁっ」と声まであげたので、ホンロンワンは驚いた。

「まあ、こんなにご機嫌に笑って……ホンロンワン様が分かるのですね。ルイワンがとても喜んでいます。ホンロンワン様、赤子は無垢(むく)です。嘘も世辞(せじ)も知りません。今こうして、ホンロンワン様に抱かれて見せているこの姿が、ルイワンの今の気持ちを表すすべてなのです」

龍成の言葉を聞きながら、ホンロンワンは胸が熱くなるのを感じた。なんと愛しいのだろうと、胸の奥から止めどなく喜びが湧き上がる。そっとルイワンの額に口づけた。とても温かく柔らかく、そして甘い優しい香りまでする。

龍成に対するものとはまったく違うが、同じくらいに心地よい熱い感情がホンロンワンを支配した。

「リューセー、ルイワン、すまなかった。我は……なんとも情けない。未熟な親だ」

ホンロンワンが苦笑したので、龍成は嬉しそうに笑って、そっとホンロンワンに体を寄せた。

「そんなホンロンワン様も好きでございますよ」

ホンロンワンはそれに答える代わりに、愛しいその唇に口づけた。

天穹の竜
ルイワン×二代目龍聖

第1章　新妻の心得

エルマーン王国は、ここしばらくないほどに、喜びに沸き返っていた。

それは若き二代目竜王ルイワンの伴侶となる「竜の聖人」リューセーが、異世界より降臨したからだ。

二人が契りを交わすため、『竜王の間』と呼ばれる場所に籠っている間も、昼夜を問わず人々は喜びに酒を酌み交わし、笑い合い、大いに盛り上がっていた。

その賑わいは一向に静まる様子もなく、二人がようやく竜王の間から出てきた後も、年配のシーフォン達は、二人を囲んでわいわいと騒いだり、喜びの言葉をかけたりした。

夜もすっかり更けて、ルイワンが「リューセーを休ませてやってくれ」と頼んで、ようやく皆から解放されて、数日ぶりに静かな夜が訪れた。

「疲れたかい？　あんなに大騒ぎになっていて驚いただろう？」

ルイワンの部屋で二人きりになり、そう優しく声をかけられて、龍聖は部屋の入口に立ち竦んだまま、恥ずかしそうに小さく頷いた。

「どうしたんだい？　そんな所にいないでこちらにおいで」

ベッドに座っているルイワンが手招きをすると、龍聖は躊躇したように、もじもじと身を捩らせながら、少しばかり考えてから、ゆっくりと歩きだした。

ルイワンの正面に立つと、頬をほんのりと上気させて俯いて、ルイワンの言葉を待った。ルイワンは、そんな龍聖の様子から彼の気持ちを察することが出来ず、不思議そうな顔で目の前に立つ龍聖をみつめていた。

「リューセー……先ほども言った通り、これからはこの部屋が私達二人で暮らす部屋だ。何か足りないものがあれば、なんでも遠慮なく言ってくれ……身の回りのことは、朝から来てくれるアルピンに頼むといい。ああ……言葉が通じないけれど、それについては、これからゆっくりこの国の言葉を学んでいくと良いよ。スウジィンが優しく教えてくれるから……困ったことがあれば、スウジィンに聞くと、大抵のことは解決してくれるよ」

ルイワンは、特に気にする様子もなく、龍聖に説明をして聞かせた。龍聖は赤い顔で俯いたまま、話を聞きながら何度も頷いて、小さな声で「はい」と返事をしている。

ルイワンの部屋は、王様の部屋というには、思っていたよりも簡素だった。龍聖が最初に過ごした部屋と広さは変わらず、ふたつくっつけられている「ベッド」という寝具と、「テーブル」という大きな机と椅子、いくつかの戸棚のようなものがあるだけだ。

そんな現実に引き戻される静かで簡素な部屋に、「龍神様」と二人きりで、優しい笑顔で声をかけられて、龍聖はそれにどう答えれば良いのか分からずにいた。

「疲れているだろう？　今日はもう休もう」

「は、はい」

龍聖は緊張した面持ちで、ルイワンに促されるままベッドに上がった。ルイワンが横になり、その隣に寝るように言われて、龍聖は顔から火が出そうなほど赤くなっていた。ルイワンはそんな龍聖を優しく包み込むように抱き寄せると、「おやすみ」と囁いて目を閉じた。

そこでようやく、今夜は夜伽を仰せつからないのだと、龍聖は理解して、もっと赤くなった。

『私はなんてはしたないことを考えていたんだろう』

ぎゅっと目を閉じて、羞恥に震えながら反省したが、ルイワンの温もりと、抱きしめられる腕の重みに、また我に返る。こんな風に誰かに抱きしめられて眠るなんて、小さな幼子の頃くらいにしか覚えがない。

それも「龍神様」に、添い寝するなんて……龍聖は恥ずかしくて恥ずかしくて、消えてしまいたくなった。

一人で真っ赤になって震えていると、耳元で安らかな寝息が聞こえてきた。そっと顔を上げると、ルイワンが眠ってしまったようだ。その美しい寝顔にしばらく見惚れた後、龍聖はまた羞恥に震えてしまった。

『ルイワン様はなんとも思っていらっしゃらないのに、私一人ではしたないことを考えるなんて……恥ずかしい……消えてなくなりたい……』


龍聖は一睡も出来ないまま最初の夜を明かした。その翌日も、ルイワンに抱きしめられるだけの眠れぬ夜を過ごした。

夜伽を仰せつけられぬまま、ただ添い寝をするだけというのは、龍聖には恥ずかしさと緊張で、とても眠れるものではなかった。

一睡も出来ない日々が三晩も続くと、さすがに平気でいられるはずもなく、周囲に気を張り続けることが出来ず、頭が朦朧としてきた。スウジィンがとても心配して、横になるように何度も勧められたが、龍聖は必死に頑張って、なんとか誤魔化そうとした。

スウジィンに「リューセー様の様子がおかしい」と言われて、ルイワンは慌てて部屋に戻った。

「リューセー、朝からおかしいとは思っていたけど、どうしたんだい？　どこか具合でも悪いのかい？」

ルイワンが心配そうに尋ねると、龍聖は笑顔を作って首を振ってみせた。

「大丈夫です。どこもおかしなところは……」

龍聖はそう言いかけたところで、ふっと意識を失ってしまった。眠気の限界と、ルイワンの優しい言葉に気が緩んだせいで、眠りに落ちてしまったのだ。

その場に崩れる龍聖の体を、ルイワンが慌てて抱きとめた。

「リューセー!?」


ふと目が覚めると、隣で優しく微笑んでいるルイワンの顔があった。

「あ……ルイワン様……あ、え？　わ、私は一体……」

「おはよう。よく眠れたようだね」

「え？」

「昨日は突然目の前で倒れたからびっくりしたよ。眠っているだけだと分かって、安堵したけど、そのままなかなか起きないから、このまま起きなかったらどうしようかと思った」

ルイワンはそう言って、クスクスと笑いながら、龍聖の頭を何度も撫でた。龍聖は、今の状況をまだ理解出来ずに、きょとんとした顔でルイワンをみつめている。

自分がベッドに横になっていることは理解した。ルイワンも隣に添い寝するように横たわっている。

「あの……私は……どれくらい眠っていたのでしょうか？」

「昨日私が昼頃に戻ってきてから、今朝までだよ」

「そ、そんなに!?」

龍聖は驚いて赤い顔で飛び起きようとしたが、それをルイワンに止められた。

「それよりも、そなたはこの三日、ずっと眠っていなかったのかい？」

「え……あ、は、はい」

「どうして？　私と一緒では眠れなかったのかい？」

「はい」

龍聖は赤い顔のままで頷いた。ルイワンはその答えにとても驚いてしまった。

「え？　何か嫌だったのかい？」

「そ、そうではありません……あの……ルイワン様が抱きしめてくださるので、恥ずかしくて……緊張してしまって……眠れなかったのです」

龍聖の言葉に、ルイワンは目を丸くしていたがすぐに破顔して、あははと大きな声で笑い始めた。

「何事かと思ったら……そんなことで……あはは……ああ、そなたはなんてかわいいんだ」

ルイワンは、龍聖を抱きしめると、額に口づけた。

「でもこればかりは、慣れてもらうしかないね。私達はもう夫婦なのだから」

「はい……な、慣れるように頑張ります」

龍聖は赤い顔で、両目を潤ませながら答えると、ルイワンは仕方ないなという顔で微笑みながら、何度も額や頬に口づけた。

「早く私の妻だということに慣れておくれ。私も協力するから」

「はい」

龍聖は、どうすれば妻であることに慣れるのだろう？　とぼんやりと考えながら、まずはルイワンの優しい口づけに慣れなければと、頬を染めて目を閉じた。

第2章　終(つい)の棲家(すみか)

赤い岩肌の険しい山をくりぬくようにして造られた北の城。洞窟の入り口のような、中腹に空いた穴に、鉄の扉が付いている。

北の城の主要玄関となっているその扉を開けると、眩しい光と強い風に、誰もが一瞬身を竦める。

深紅の長い髪が、風に煽られて長い衣と共に、ぶわりとなびくのに、少しばかり鬱陶(うっとう)しそうに眉根を寄せて、竜王ルイワンが城の中から現れた。

少し広くなっている踊り場に立ち、上を見上げると、彼の半身である金色の巨大な竜が、さらに上の山の頂にその身を置いている。

「ジンレイ！　そなたの部屋がいよいよ完成したらしいから、見に行ってみないかい？」

ルイワンが笑顔で声をかけると、ジンレイが頷くように頭を上下に動かして、グググッと喉を鳴らした。

ルイワンは階段を上り、ジンレイの足元まで近づくと、ジンレイが下げてきた頭に摑まり、その背中に誘われるようにして乗った。

ルイワンが背中に乗ったことを確認すると、ジンレイは翼を広げて大きく羽ばたいた。その巨体が風に乗り、険しい山の頂から空へと舞い上がる。

金色の竜が空に舞うと、たくさんの竜達が道を空けるように、離散していった。

ジンレイはゆったりと旋回しながら、エルマーン上空を飛んで、北の城の対角線上にある新しい城へと向かった。

新しい城はまだ建設中で、すべてが完成するには、もう少しかかるようだった。だが城の中央に一際高くそびえる大きな塔はほぼ完成している。

ジンレイはその塔の頂上を目指して、ゆっくりと高度を下げていった。

塔の最上部は、屋根と壁の一部が開いた状態になっている。近づくと、ジンレイの巨大な体が降りても、まだ余裕があるくらい十分な広さがあるのが分かる。

ジンレイは慎重に着地した。

「どうだい？　広いだろう？」

ルイワンは嬉しそうに、話しかけながら、ジンレイの背中から首を伝って下へと降りた。

「ジンレイ、ほら、その上から下がっている鎖を下に強く引いてごらん」

ルイワンに言われて、ジンレイは長い首を伸ばして、天井から下がっている大きな鎖を口に咥（くわ）えると、グイッと下に引いた。

するとガラガラガラと金属の歯車が回る音がして、正面の開いている場所に、左右から壁が現れて扉を閉めるように、中央でぴたりと合わさって壁が出来た。天井も上から降りてきて、開いている部分が塞がってしまった。

「どうだい？　ここはそなたのための部屋だよ」

ルイワンが満足げに、ジンレイに言うと、ジンレイは驚いているようで、目を大きく見開き、辺りをきょろきょろと見回している。

「ふふふ……驚いた？　すごい仕掛けだろう？　造るのは結構大変だったみたいなんだ。でもこれで雨風も凌げて、そなたもゆっくり休むことが出来るよ」

ルイワンがそう説明すると、ジンレイは驚いたような顔のままで、ルイワンをしばらくみつめ、グルルッと喉を鳴らした。

「そうだよ……そなただけの部屋だよ。ここはそなたが自由に使っていいんだ」

ルイワンにそう言われて、ジンレイは大きな金色の目を、ぱちぱちと何度か瞬かせた。その後またぐるりと部屋の中を見回して、ドスドスッと何度か足踏みをした。

「かなり頑丈に造ってあるから大丈夫だよ」

ルイワンが笑いながらそう言うと、ジンレイは翼を半分ほど広げて、不思議な音色を響かせ始めた。

「ジンレイ！　歌を歌っているのかい？　そんなに嬉しかった？」

ルイワンが尋ねると、ジンレイは首を揺らしながら、不思議な音色を響かせ続けたので、ルイワンは大声で笑った。お腹を抱えてひとしきり笑うと、両目に滲んだ涙を拭って、はあと大きく息を吐いた。

「そなたがそんなにはしゃぐ姿は初めて見るよ……いや……喜んでくれて何よりだ。でも前から言っていただろう？　新しい城にはそなたの部屋を用意するって」

歌い終わったジンレイが、頭を下に向けて、ルイワンをみつめながらグルルッと喉を鳴らした。

「こんなにちゃんとした部屋だと思っていなかったって？　私もね、まさかこんな仕掛けを作るとは思っていなかったんだけど、竜王のためにって、みんなが苦心して考えてくれたんだよ。他国のいろいろな建物などを見て考えたらしい。でもそんなに気に入ってくれたのならば、みんなも喜ぶと思うよ」

ルイワンが嬉しそうに言うと、ジンレイは目を細めてグググッと喉を鳴らした。

「ああ、皆に言っておくよ。ジンレイが礼を言っていたってね」

ルイワンの返事に、ジンレイは満足そうに頷くと、また辺りをきょろきょろと見回した。

「今日からここを使っても良いよ？　もうここは完成したみたいだから」

ジンレイはルイワンをみつめて、しばらく考えた後、グルルルッと鳴いた。それを聞いて、ルイワンはハハハと笑うと何度も頷いた。

「そうだね、城が完成してから、みんなで引っ越した方がいいね。じゃあそれまでの楽しみにしておいてくれ」

ルイワンの言葉に応えるように、ジンレイは再び天井から下がっている鎖を引いて、閉じていた壁と天井を開いた。一気に強い風が入ってくる。

ジンレイは頭を下げて、ルイワンを背に乗せると、大きく翼を広げた。首を真っ直ぐ上へと伸ばし、オオオオォォォォォッと咆哮(ほうこう)をあげると、ドスドスと数歩歩いて、宙へと飛び出した。

再びエルマーンの空に、不思議な音色が響きわたる。ジンレイの歌に呼応するかのように、他の竜達も鳴き始めた。エルマーンの青い空を、竜の歌声が埋め尽くしていった。

エルマーン王国の王城。王の家族が住む一角は、今日もとても賑やかな声が廊下にまで漏れ聞こえていた。

「母様！　もう一回！　もう一回！」

「ええ、何度でも構いませんよ。さあ来なさい！」

真っ赤な髪をした幼子が、丸い頬を上気させて、嬉しそうにはしゃいでいる。母と呼ぶ黒髪の人に向かって、突進していくと、ころりと横に転がされて、げらげらと楽しそうに大声で笑った。

「スウワン、これは転がって遊ぶものではありませんよ。ちゃんと私と戦いなさい。母様を転がすつもりで頑張るのです」

はしゃいでいる幼子に向かって、母である龍聖が、少しだけ厳しめな口調で注意した。「これは相撲という武道だと言ったでしょう？　戦うための技を習うものですよ」

「たたかうためのわざ？」

スウワンは少し首を傾げながら、龍聖の言葉を繰り返した。

「そうですよ。技を鍛えれば、自分よりも大きな相手だって、負かすことが出来るのです。それが相撲ですよ」

「母様を、えいって出来る？」

「ええ、スウワンが頑張れば、えいって投げられますよ」

龍聖が微笑みながら言うと、スウワンはキラキラと瞳を輝かせて、嬉しそうな笑顔になり、見よう見まねで構える姿勢になった。

「さあ、スウワン、かかってきなさい」

「やあ！」

スウワンは勢いよく突進してくると、龍聖の右足に抱きつくようにしがみついた。

「いいですね。さあ、もっと頑張って」

龍聖はスウワンを励ましながら、スウワンの腰を両手で掴むと、ころりとまた床に転がした。するとスウワンがまた大声をあげて笑う。

「ずいぶん賑やかだね。何をしているんだい？」

そこへルイワンが戻ってきた。

「父様！」

スウワンは寝転がったまま、嬉しそうに父を呼んだ。

「相撲を教えていたのです」

龍聖が微笑みながら答えると、ルイワンは「おお」と頷いて、床に転がっているスウワンを助け起こした。

「母様に勝てないか？」

ルイワンがスウワンに尋ねると、スウワンは満面の笑顔で頷いた。

「よし、では父様がスウワンの助っ人(すけっと)になろうかな」

「ルイワン、それではスウワンのためになりません」

龍聖が苦笑して言うと、ルイワンは子供のような顔で笑った。

「いいじゃないか、お手本を見せるんだよ」

「私がルイワンに勝てるはずがないでしょう？」

「分からないよ？　そなたはなかなか強そうだ」

龍聖は困ったように首を竦めてみせた。

「スウワン、父様が手本を見せるから、よく見ておくんだよ」

「では私も本気でやりますね」

龍聖がそう言って腕まくりをしたので、ルイワンは嬉しそうに身構えた。

スウワンは手を叩いて、二人の取り組みを見守った。少し離れた所で、赤子のファーレンを抱いた乳母と侍女達も、笑いながら見守っている。

「はっけよーい！」

龍聖の掛け声を合図に、二人はがっつりと組み合った。ルイワンが龍聖の腰帯を摑み、龍聖も負けじとルイワンの腰帯を摑んで、互いに肩をぶつけ合う。

「リューセー……意外に力が強いのだね」

「だから本気でやりますと申し上げたでしょう？」

龍聖は力を入れるように眉間にしわを寄せながら答えた。

「でも力では負けないよ」

ルイワンがニヤリと笑って言ったので、龍聖が「どうでしょうか？」と小さく呟いたかと思うと、右足をルイワンの股の間に入れ、ルイワンの左足に掛けるとぐいっと引いて、ルイワンがバランスを崩したところで、そのまま押し倒した。

わあっとスウワン達が歓声をあげた。

「母様が勝った！」

スウワンがぴょんぴょんと跳び上がって大喜びしている。

ルイワンは尻もちをついたような状態で、床に転がったまま、驚いた顔で龍聖を見上げていた。龍聖は頬を上気させて、少し息が上がっている。

だがすぐにハッと我に返ると、みるみる耳まで赤くなり、悲鳴をあげそうになって、両手で口を押さえた。

「ル、ルイワン！　も、申し訳ありません！　どこも痛めていませんか？」

龍聖が慌ててルイワンに手を貸すと、ルイワンは苦笑しながら立ち上がった。

「いやあ、本当に驚いたよ。今のはなんだい？　どうやったんだい？」

「う、内掛けという技です……ああ、つい本気になってしまって、竜王様を押し倒すだなんて……ああ、どうしましょう」

ひどく狼狽(ろうばい)する龍聖に、ルイワンは大笑いを始めた。スウワンも一緒に笑っている。侍女達まで笑いだした。

「いつも私の方がそなたを押し倒しているけど、まさか押し倒されるとは思わなかった。ガンシャンからは、投げる技ばかり習ったから、これは知らなかったな……さすがはリューセーだ」

「申し訳ありません」

龍聖は赤くなって、ひたすら頭を下げて謝った。

「スウワン、見たかい？　母様はとても強いんだ。だから母様に逆らってはいけないよ？」

「はい！　分かりました！」

「ルイワン！　変なことを教えないでください」

真っ赤な顔で抗議する龍聖を、ルイワンは笑いながら抱きしめた。

「そなたは意外と負けず嫌いなのだね。今の技は、今夜じっくりと教えてもらおうかな？」

「ルイワン……いじわるを言わないでくださいませ……」

龍聖は恥ずかしそうに、ルイワンの胸に顔を埋めた。

深緑の竜は愛に迷う

城の廊下を歩く男が一人。行き止まりまで来ると首を傾げて、近くにある扉に手をかけた。しかし扉には鍵がかかっており、反対側の扉も開けてみたがやはり鍵がかかっていた。

男は舌打ちをして元来た方向へ戻ろうとした。

「どうかなさいましたか?」

いつの間に現れたのか、目の前に緑の髪の男が立っていた。国内警備長官のタンレンだ。

「あ、いえ、馬車に忘れ物を取りに行くように、主人に頼まれたのですが、階段が見つからなくて……」

男は少しばかり焦ったように笑顔を引きつらせて言い訳をした。

「ルマニス王国の方ですね? 下へ降りる階段でしたら、こちらとは逆ですよ。方角を間違えられたのですね。我が城は迷うほど複雑ではありませんが、よろしければ私がご案内いたしましょう」

「あ、いえ、大丈夫で……」

「どうぞ、ご案内いたします」

タンレンは男に断る隙を与えず、そのまま強引に案内をした。

一階まで降りて、馬車が並ぶ場所まで先導する。男は気まずいという顔をしながらも、馬車の中から小さな箱を持って戻ってきた。

「よろしいですか?」

「はい、お騒がせいたしました」

男は深々と頭を下げた。

「それではお部屋まで、部下に案内させましょう。ごゆっくりおくつろぎください」

タンレンは微笑みを浮かべて、丁重に男を見送った。男は兵士に伴われて、主の待つ貴賓室へ戻っていった。

タンレンは、男が馬車の中で探し物をしている間に、兵士に『あの男を終日見張れ』と命じていた。また怪しい動きをするようならば、捕らえる必要があると思ったのだ。

「ルマニス王国か……」

タンレンは厳しい表情で呟いた。


「ルマニス王国の王の従者が？」

外務大臣のラウシャンが、少しばかり驚いたような表情で聞き返した。

「はい、城の奥へ行く道を探していたように見えました」

タンレンはラウシャンの執務室を訪れて、先ほど見たことを報告していた。それを聞いたラウシャンは、腕組みをしてしばらく考え込んだ。

「ルマニス王国のモルガン王は、よこしまな野心を持つような人物ではないのだが……」

ラウシャンの呟きを聞きながら、タンレンは神妙な面持ちで同じように腕組みをして考え込む。

「何もなければそれにこしたことはありません。本当にただ迷っただけかもしれませんが……疑わしく思ったので見張らせてもらっています。このまま明日まで何もないことを祈りましょう」

「そうだな」

二人は頷き合った。

深夜、静まり返った城内を、足音を忍ばせて歩く男の姿があった。

男は謁見の間の前まで来ると、辺りを見回した。扉に手をかけたが、鍵がかけられているので開けることは叶わない。男は忌々しいというように顔を歪ませて、チッと小さく舌打ちをする。

「一体どうなっているんだ……外から見た限り、もっと広い城のはずなのに、廊下を少し歩くとすぐに行き止まりになるというのは……」

男は苛立ちを隠しきれずに、口元を歪めて呟いた。

「城の中枢には、外部の者は出入り出来ないのですよ」

男の独り言に、答える声が背後からした。男は驚き慌てて振り返った。そこには兵士を数人従えたタンレンが立っていた。

「今度はどちらにお忘れ物ですか？」

「や、わ、私はただ……」

「ただ……何ですか？」

男は真っ青な顔で、目を泳がせて、必死に言い訳を考えているようだった。

「そ、そうです……懐中時計を……どこかに落としてしまって……謁見の間ではなかったかと……」

かなり苦し紛れの言い訳に、タンレンは呆れてしまったが、顔には出さなかった。厳しい眼差しで男を見据える。

「だが貴方は部屋を出てから、上の階へ上がり散々うろついた後でここに来た。今日の昼間、貴方は上の階になど一度も立ち寄らなかったはずですよ?」

タンレンが冷静な口調でそう指摘すると、男は小さく「ひぃっ」と声をあげた。

「別室で詳しい話を聞かせていただきましょうか?」

タンレンはそう言って右手を挙げた。それを合図に兵士達が男を捕らえる。

「ま、待ってくれ!」

男は必死で弁明しようとしたが、タンレンはそれを聞かず、兵士達によって男は連れていかれた。


タンレンは自分の部屋に戻ってきた。侍従が起きていてタンレンを出迎える。

「シュレイは?」

タンレンが尋ねると、侍従は申し訳なさそうな顔で首を振った。

「やっぱり……遅くにすまなかったね。もう休んでいいよ」

タンレンは侍従を下がらせると、寝室へ向かった。扉を開けて中に入り、ベッドに視線を送った。もちろんそこには誰の姿もない。たった今、侍従からシュレイは不在だと聞いたばかりで、何を期待したわけでもないのだが、やはりその目で確かめてがっかりした。

扉を閉めて中に入り、服を乱暴に脱ぎ捨てて、ベッドに横になった。

「まあ……そうだよな。今夜は仕事で戻らないかもしれないと伝えたのだから、シュレイが待っているはずはなかった」

タンレンは独り言を呟いて、クッと自嘲気味に笑った。

シュレイが半同棲のような形で、タンレンの住まいで暮らすようになってから、ずいぶんたつ。もう三十年近くになるだろうか？　当初タンレンと共に暮らすことに、シュレイはあまり乗り気ではなかった。周囲の目を気にしていたからだ。

それはもちろん彼が何か言われるのを気にして……ではなく、タンレンが周囲から何か言われるのを気にしてのことだ。

自分のような者が、タンレンと交際しているなど……ましてや夫婦のように一緒に住んでいるなど、周囲からどれほどタンレンが非難されることか……。シュレイはいつもそう気にしていた。

タンレンは懸命にシュレイを説得し、しつこいくらいに誘い、なんとか完全ではないにしても一緒に住めるところまで持ち込むことが出来た。

シュレイがタンレンと住んでくれるようになった背景には、タンレンの説得だけではなく、シュレイの主である龍聖の存在も大きかった。龍聖は二人の関係を認めてくれている数少ない存在で、最初から後押しをしてくれている。龍聖の応援がなければ、シュレイの気持ちを動かすことは出来なかっただろう。

だがシュレイは、今まで住まいにしていた彼の部屋を引き払うことはなかった。

タンレンが外遊に出るなど、住まいを留守にする時は、決まって自分の元の部屋に戻ってしまう。タンレンの帰宅を、タンレンの部屋で待っていてはくれないのだ。

最初のうちはそれも仕方ないと思っていた。タンレンのいない家で、妻のような顔で侍従達と共に過ごすことは、シュレイには難しいのだろうと理解した。

それでもそんなこんなで三十年も過ぎて、最近ではすっかり、もう一人の主人のように、この住まいで過ごすことに慣れてきたように見えていたのだ。

長い外遊ならともかく、今回のようにほんの一晩留守にするかもというだけで、元の部屋に戻ってしまうなんて……。タンレンは自分でも意外なほどひどく落胆していた。

しょせん、シュレイにとってタンレンは『他人』なのだと思い知らされた気がした。

正式な婚姻関係ではない。男同士だし、事実上の夫婦になることも出来ない。その上身分の違いもある。こんな何重もの障害があって、それでも共に寄り添い合う二人には、互いを想う『愛情』しか繋ぎ止めるものはない。

タンレンは言わずもがなシュレイを心から愛している。シュレイもタンレンを愛していると言ってくれた。その気持ちに偽りはないと信じている。

だがタンレンとシュレイの関係は、主従のような上下関係による『恩ある方の言うことに逆らえない』というような気持ちで、シュレイがタンレンの慰み者になった……というのが始まりだった。もちろんタンレンには最初からそんなつもりはないが、シュレイはそんな想いで、タンレンからの求めに応じたのだ。

二人の想いの落差を埋めることは、容易ではなかった。

確かにシュレイの身の上を考えれば、自身を卑下するのも仕方がない。だが正当に判断すれば、不義の子とはいえ右大臣を父に持ち、龍聖の側近という地位にあるシュレイは、ただのアルピン（正確にはシーフォンとアルピンの間に生まれた子）ではない。そこまで自身を卑しめる必要はない身分だ。

タンレンがロンワンであるため身分の格差が出来てしまっているだけで、二人の間に障害があるとすれば、男同士であることだけだと、タンレン自身は思っていた。

だがそれも、エルマーン王国では禁じられてはいないし、同性愛者に対する差別も存在していない。それは竜王の伴侶が男であるというところが大きい。

元々男女の性別を持たなかった竜族にとって、同性で愛し合うことを禁忌とするような思想は存在しないし、誰よりも崇拝する君主である竜王の伴侶が男なのだから、それを批判する気持ちもない。ならばタンレンとシュレイの関係を非難する者はいないはずなのだが、根本的なものとして、数の少ないシーフォンには、子孫を残さなければならないという使命がある。

特にロンワン（王族）であるタンレンは、血を絶やしてはならないという絶対的な使命を負っていた。

それでもシュレイとの愛を貫けているのは、タンレン自身の努力によるものだ。長い時間をかけて家族を説得し、周囲に理解を求めた。そしてシュレイへしつこいくらいの求愛もした。

タンレンは、周囲の者から何を言われても、まったく気にすることはないのだが、シュレイからこのように時々される仕打ちが一番こたえた。

タンレンは大きく溜息をついて目を閉じた。

『明日の朝は早い……気持ちを切り替えよう』

「早朝からすまない」

タンレンは、フェイワンと共に廊下を歩いていた。

「いや、むしろ昨夜のうちに知らせてくれればよかったものを……」

「深夜だったからな。陛下を叩き起こすほどの事件でもなかったので、ラウシャン様と話をして、翌朝で良いだろうと……。捕らえた男はオレが尋問したが、何も話さないので地下牢に入れておいた。今朝、詮議のために謁見の間に連れ出している。ルマニス王国のモルガン王にも、男を捕らえたことは今朝伝えた。モルガン王も一緒に詮議にかけるか？」

「いや……捕らえた男の詮議が先だ」

フェイワンとタンレンは、歩きながら話をまとめた。

二人が謁見の間に辿り着くと、後ろ手に両手を縛られた男が、二人の兵士に槍の柄で取り押さえられる形で、膝をついて項垂れていた。

フェイワンは厳しい表情で、男の前まで歩いていった。正面に立ち、じっとみつめた。

「男、顔を上げろ」

フェイワンが声をかけると、男はゆっくり顔を上げた。そして目の前に立つのがエルマーン王国の国王だと気づき、ひどく狼狽して目を泳がせた。

「名前は？」

「わ……私はルマニス王国の王の従者でビランと申します。陛下、私は何も悪いことはしていません。城の中を勝手に歩きまわったのは申し訳ありませんでした。でも探し物をしていただけで……盗みも何もしておりません。どうかお慈悲を！」

「ビラン、探し物とは何を探していたのだ？　正直に申せ」

フェイワンは落ち着いた口調で尋ねた。

「か、懐中時計です。昨夜もそう申し上げましたが、信じてもらえずこのように捕らえられてしまったのです」

「嘘ではないな？　オレに嘘は通じないぞ？　もしも嘘だった場合は、罪はさらに重くなると覚悟しろ。もう一度尋ねる。探し物は何だ？」

「う、嘘ではありません！」

男は焦った様子でそう答えた。

「……偽りはないな？」

「本当です！　本当です！　私の主……モルガン王にかけて誓います！　モルガン王を！　モルガン王に会わせてください。そうすれば私が不埒なことなどするはずがないと言ってくださると思います」

「ビラン」

フェイワンが名前を呼んだ。

「は……はい」

男が返事をしてフェイワンをみると、じっとみつめてくる金色の瞳が赤く光り、その光から目を逸らすことが出来なくなった。

男はぼーっとした表情でフェイワンをみつめ返した。

「ビラン、もう一度尋ねる。お前は何を探していたのだ？」

「……はい、城の奥に続く道です」

「城の奥に行って、何をするつもりだった？」

「竜の卵を盗るつもりでした」

男はぼんやりとした様子で、淡々と質問に答えている。それはフェイワンの魔力によるものだった。

人の心の奥深くを探り、すべてを話すように仕向ける催眠術のようなものだ。

どんな催眠術にもかからないというような、訓練を受けた密偵であったとしても、フェイワンのこの力から逃れることは出来ない。

「誰に命じられた？」

「……分かりません」

男は一瞬言葉に詰まりそう答えた。フェイワンは眉根を寄せた。

「分からないとはどういうことだ？　もう一度尋ねる。誰に命じられた」

「知らない男です。自国の酒場で出立前に声をかけられました。賭博に負けて……借金を抱えていたので……金儲けの話を持ちかけられました。向こうは私がモルガン王に仕える従者で、もうすぐ王に付き従ってエルマーン王国に行くという情報を知っていたようです。前金をたくさん貰えて、成功すればもっと金をやると言われて……見ず知らずの男だったのに、まんまとのせられてしまいました」

男は虚ろな表情で、抑揚のない口ぶりで白状した。それを聞いたフェイワンは、タンレンと視線を交わす。

「その男から盗み出す手順などは教わらなかったか？　この城についての詳しい情報を貰っていないか？」

タンレンが代わりに質問をした。

「はい、ただ竜の卵は大切にどこかに隠してあるはずだから、城の奥へ行けと……それだけです」

「それだけでお前に大金を渡したのか？　それだけではないはずだ。失敗するかもしれないのに、初めて会った相手に大金を前払いするはずはないし、お前もそれだけで引き受けるはずはない。他に隠していることがあるだろう。すべて話せ」

　タンレンが厳しく追及すると、男は一度頷いた。

「城の中を探り見取り図を作れと言われました。前金はそれに対する報酬で、竜の卵を盗めたら残りを払うと言われました。私は怖くなって断ろうと思いましたが、この話を聞いた以上はもう仲間だ、王にこのことをバラすぞと脅されました。そんなことをされたら私は仕事を失います。その上賭博場の主人に、『こいつは職を失うし、借金を返すつもりがない』と言って引き渡すと言われました。それで私は断ることが出来なくなったのです」

　男は淡々と白状しながらも、微かに残る意識がそうさせるのか、両目に涙を浮かべていた。

「描いた見取り図は持っているのか？」

　フェイワンが尋ねると、男がうなずいたので、兵士に命じて男の懐から手帳を探し出させた。手帳には謁見の間のある二階と、貴賓室のある三階とその上の四階までが、少し雑な図で描かれており、鍵のかかっている部屋など彼が知り得た情報が、殴り書きされている。ここそこと探りながら書き込んだのだろう。

「お前はモルガン王の従者を務めて長いのか？」

「はい、十五年になります」

「ならば王の信頼は厚いのだな……それを利用されたのだろう。もしもお前が怪しまれてこうして捕まったとしても、お前が白状さえしなければ、モルガン王が弁護してくれるはずだと……我々の方も友好国の王の従者に執拗な詮議は出来ないはずだと……」

「はい、そう言われました」

「分かった」

フェイワンは溜息をつき、瞳の赤い光が消えた。すると男は正気に返り、ぶるぶると震え始めた。白状させられている間、微かに意識は残っていた。だから自分が言った言葉も、尋ねられた言葉もすべて覚えている。

すべてを暴露してしまい、これから自分がどんな目に遭うのかと、恐怖で震えが止まらなくなっていた。

フェイワンはタンレンに目配せをした。タンレンは頷くと、足早にその場を離れていった。


タンレンは真っ直ぐに、モルガン王のいる貴賓室へ向かった。扉の前には兵士が二人見張りとして立っている。タンレンが現れると、兵士達は一礼をして、扉の前から退いた。

タンレンが扉を叩くと返事があったので、ゆっくり扉を開いた。

「ラウシャン様」

部屋の中には、不安そうな表情のモルガン王と、彼の側に付き添うようなラウシャンがいた。タンレンが呼ぶと、ラウシャンはモルガン王に何か言って、タンレンの下へ歩いてきた。

タンレンはそのままラウシャンを促して部屋の外に出ると扉を閉める。

「犯人が自白しました」

タンレンはラウシャンにすべてを説明した。話を聞き終わったラウシャンは、少しばかり安堵したように表情を緩めて頷いた。

「ではモルガン王は関わりなしということで良いのだな？」

「はい、モルガン王への詮議は行われないと思います」

「分かった。ではモルガン王に説明をして、謁見の間にお連れするので、少しばかり陛下に待っていただくように伝えてくれ」

「分かりました」

タンレンは頷いて、謁見の間へ戻っていった。ラウシャンはそれを見送り、部屋の中に戻ると、不安で青白い顔をしているモルガン王が、縋るような目でラウシャンをみつめた。

「ラウシャン殿……」

「モルガン王、詮議は終わりました。実は……」

ラウシャンはモルガン王に説明をした。


「陛下」

タンレンが謁見の間に戻ってからしばらくして、モルガン王を伴ったラウシャンが謁見の間に現れた。

モルガン王は、中央で捕らえられているビランを見て、表情を歪めた。

「ビラン！　そなたはなんということを……フェイワン王……このたびは我が家臣が、とんでもないことをしてしまい……なんとお詫びをすればよいか……」

モルガン王は、フェイワンの側まで駆け寄り、その場に土下座をして謝罪した。

「モルガン王、どうぞお立ちになってください。詮議は済みました。ラウシャンからお聞きになったと思いますが、すべては彼個人が犯した罪……貴国への疑いは晴れました。貴方が平伏する謂(い)われはありません」

フェイワンは腰を落として、モルガン王に手を差し伸べた。モルガン王は震える手でフェイワンの手を取り、よろよろと立ち上がる。

「我々は彼の罪をこれ以上問いません。彼は貴方の家臣です。今後の処分については、貴方に一任いたします」

「フェイワン王……慈悲深きお言葉痛み入ります。しかしそれでは貴国への贖罪(しょくざい)は……我々はどう償(つぐな)えばよいのか……」

モルガン王は、困惑した表情でフェイワンをみつめた。

「ではこちらから提案をいたします。ご帰国なさったら、この男に仕事を依頼した者を捜し出して捕らえてください。そしてその者の後ろにいるであろう雇い主を調べ上げてください。貴国の者なのか、他国からの侵入者か、それが明確にならない限りは、貴国の者の我が国への入国を許すことは出来ません。長年の付き合いです。これで貴国との国交を破棄(はき)はいたしませんが、ぜひ誠意を示していただきたい」

「わ、分かりました！　必ず……必ず捕らえます」

モルガン王は何度も深く頭を下げた。

「犯人を捕らえることが出来ましたら、この男への処罰は軽減してやってください」

フェイワンはようやく少しばかり表情を和(やわ)らげてそう言ったので、モルガン王もビランもその慈悲深い言葉に震えながら深々と頭を下げた。

シュレイは侍女から言伝てを聞いて廊下に出てきた。廊下には同じように呼び出されたユイリィと共にタンレンが立っていた。

「やあ、シュレイ、仕事中に申し訳ない」

タンレンがニッコリと笑って言った。シュレイは、ユイリィもいることでタンレンが個人的に自分を呼び出したのではないと分かると、何事かあったのかと少しばかり緊張の色を浮かべて、二人の側まで歩み寄る。

「実は昨夜、城の中で賊を捕らえた。もちろん城の右の区画で捕らえたし、その後詮議も済んで大事には至らず解決した。だが念のため二、三日はリューセー様や御子達に、中庭への外出はお控えいただきたいと思う。用心のためだけだから、過度の心配はいらない。だからこのことはリューセー様には言わなくてもいい。外出しないようにうまく手を回してほしい」

タンレンは二人を交互にみつめながら説明をした。二人とも神妙な顔つきで頷き合う。

「賊は複数だったのですか？」

「いや、一人だ。昨日より逗留されていたルマニス王国のモルガン王が連れていた従者だ。賊と言っても素人だから、簡単に捕らえることが出来た。特に暴れるなどもしていない。何者かに弱みを握られて利用されていたようだ。だから事件自体はその者を捕らえて、モルガン王に引き渡して、今朝早々にご帰国いただいたので、一件落着と言いたいところなのだが、黒幕が明らかになっていないから、その従者以外にも国内に忍び込んでいる者がいないとも限らない。だから今日、明日は城内を隈なく見回る予定だ。その間リューセー様と御子達に、外出を控えてもらいたいというわけだ」

ユイリィの問いに、タンレンが答えた。それを聞いてシュレイが思わず口を開いた。

「では今夜もお住まいに戻られないのですか？」

「いや、今夜はいつも通りに帰るよ」

タンレンは微笑んで答えた。シュレイは安堵したが、ふとユイリィがいることを思い出して、少しばかり赤くなった。

「で、では、私は仕事に戻ります。ご報告いただきありがとうございました」

シュレイは一礼をして、そそくさと王の私室に戻っていった。

それをタンレンはニコニコと笑顔で見送る。側にいたユイリィは、呆れ顔でそんなタンレンをみつめていた。視線を感じて、タンレンがユイリィを見た。

「なんだ？」

「いや……相変わらず君は態度が正直だと思ってね」

ユイリィはそう言って首を竦めた。

「ん？　何かおかしいか？」

「おかしくはないが……シュレイにべた惚れなのはよく分かるよ」

「隠しきれていないか？」

「隠しているつもりなのか？」

ユイリィはさらに呆れた顔をして言うので、タンレンは困ったように頭をかいた。

「まあ……オレは隠すつもりはないんだが、公私混同するとシュレイが怒るから、仕事中のシュレイの前では、表に出さず平静を装っているつもりなんだけどな」

「まったく装えてないよ」

ユイリィが溜息をつきながら言うと、タンレンは苦笑した。

「おや、それじゃあまたシュレイに叱られてしまうなぁ」

「君達がうまくいっているようで良かったよ。シュレイは君のおかげでずいぶん変わったしね」

「シュレイが？　変わったかい？」

「変わったよ。リューセー様もそんなことを言っていた」

ユイリィに言われて、タンレンは腕組みをして眉根を寄せた。

「どうした？」

「いや……オレよりも周りの方が、シュレイのことを分かっているなんて、少し面白くないなと思ったんだ」

「え？　君、そんなことで不機嫌になっているのかい？」

「なるさ、シュレイのことはいつだって、オレが一番分かっていないといけないからね」

「リューセー様でも？」

「ああ、リューセー様だって例外ではないさ」

「まったく君には呆れるよ」

ユイリィは苦笑しながら言った。

その夜、タンレンは自宅の居間でソファに座り、書類を読んでいた。そこへシュレイが仕事から戻ってきた。

「ただいま戻りました」

「おかえり、仕事お疲れさま」

タンレンの側まで来て帰宅の挨拶をするシュレイに、タンレンは持っていた書類の束をテーブルの上に置いてニッコリと笑った。

「まだお仕事ですか？」

シュレイが書類の束に視線を向けて、心配そうに尋ねた。タンレンは笑顔で首を振り立ち上がる。

「仕事というほどのものじゃないよ。今日の見回り報告書を流し読みしていただけだ。どれも『異常なし』と書いてあるだけだからね」

タンレンはシュレイが心配しないように、明るい口調で説明しながら、シュレイの額に口づけた。

「さあ、それよりも空腹だよ。食事にしよう」

「また……お待ちに……」

シュレイが眉根を寄せて言いかけた言葉を、タンレンが指でそっと口を塞いで黙らせる。

「そのお小言は百万回聞いたからもういいよ」

タンレンはクスリと笑ってウィンクをした。シュレイは少し赤くなって視線を逸らす。

「さあ食べよう」

タンレンはシュレイをダイニングテーブルへと促し、自分もシュレイの向かいに座った。

一緒に暮らすようになった時に、シュレイから「食事は先に召し上がっていてください」と言われた。タンレンもたまに仕事で帰りが遅くなることはあるが、基本的にシュレイの方が帰りは遅い。

龍聖の側近であるシュレイは、龍聖が『もう下がっていいよ』と言うまで側についている。王一家の夕食の場に付き添い、食後の団欒でお茶や酒の用意までする。そんなことは侍女に任せればいいのにということまで、シュレイは自ら進んでする。

だから少なくとも一般的な夕食の時間よりも遅い時間になってからしか帰ることはない。

だがタンレンは、何度シュレイから「先に召し上がっていてください」と言われても、先に食べることなどない。いつもシュレイの帰りを待ち一緒に食べる。

「一人で食べるのは寂しいからね」とシュレイに言い訳をするが、もちろんそれだけが理由ではない。シュレイが帰るまで、絶対に先に食べずに待っているということを徹底すれば、シュレイに必ずタンレンの居室に帰らなければならないという義務感を植え付けることができるからだ。

ちょっとタンレンが気を抜くと、シュレイはタンレンの居室に帰らず自室に帰りかねない。ようやく一緒に住んでくれるようになったのに、まだ完全な同居ではない危うさを少しでも軽減するためには、自分の空腹を楯に取るしかなかった。

もちろんシュレイにも仕事の都合で朝まで帰れないこともある。そういう時は『帰れません』とタンレンに連絡してくれればいい。とにかく連絡なしで、しれっと自室に帰られることだけは避けたかった。

シュレイが帰る場所は、タンレンの家だけなのだという自覚を持たせること。それが長い時間をかけて、タンレンがしつこく目指していたことだ。

シュレイと同居する上で、タンレンがもう一つ心がけていることがある。それはシュレイを問いつめないことだ。

たとえば本心を言えば、昨夜シュレイが自室に帰ってしまった理由を問いただしたかった。なぜこの部屋にいてくれなかったのか？　と聞きたかった。

だが絶対に問いつめない。そんなことをしたら、もう二度と一緒に住んではくれないような気がするからだ。

シュレイを束縛しすぎないように束縛する。シュレイが負担に思わないように、気づかれないように束縛する。それにはとても神経を使う。

『オレって重いかな？』

タンレンは食事をしながらふと考えた。呆れ顔のユイリィを思い浮かべる。

「昨夜捕らえた賊は、やはり竜の卵を盗りに来たのですか？」

「ああ、そうだね。一番の目的はそれだったみたいだけれど、運が良ければ程度の計画だったのではないかと考えている。それよりも城の見取り図を得ることが目的だったようだ。ああ……これは捕らえた賊のというわけではなく、その者の雇い主の目的だよ。雇い主が何者か分からないから、今後も警戒は必要だ。雇い主は恐らく、もっと大きな獲物を得るために、準備をしているといった感じがした」

「もっと大きな目的……ですか？」

「今まで、竜の卵やシーフォンの子供を攫うことに成功した者は誰一人いない。それは我が国の警備がそれだけ厳重で、秘密が守られているということだ。竜を欲する者は多い。つまりたったひとつでも竜の卵を盗むことに成功すれば、巨万の富を得られるはずだ。そしてひとつでも盗むことに成功すれば、それはひとつではなく複数盗むことも可能なはず……綿密な計画を立て、周到に準備すれば、絶対可能だと……恐らくその雇い主は、かなり本気で狙っていると思われる」

タンレンの話に、シュレイはとても驚いたようで、食事の手が止まってしまっていた。

「なぜそのように思われるのですか？」

「まず、オレが出会った今までの賊とはまったく違うんだ。流れ者の傭兵(ようへい)や盗賊を雇っていない。雇われたのは身元がきちんと保証されたエルマーン王国の友好国の者。それも王に仕える者だ。ある意味疑う要素が何もない普通の人物だ。素人だから盗みの経験はまったくない。だからこそ怪しまれることなく城の中に入ることが出来る。まずは彼らに城の見取り図を作らせる。謎に包まれたエルマーン王国の城の内部情報を手に入れることが最大の目的だ。雇い主は『竜の卵を盗め』と命じているが、たぶんそれは期待していない。万が一運よくそんな機会に巡り合えたら……という程度のものだろう」

タンレンは食事をしながら話を続けた。シュレイも我に返り、慌てて食事を続けた。食事の手を止めて、話に夢中になるなど行儀が悪いことだと思ったのだろう。そんな真面目なところもかわいいと、タンレンは内心ほくそ笑みながら、平然とした様子で食事も話も続けた。

「とにかく欲しいのは城の見取り図だ。闇雲(やみくも)に盗みに入っても失敗すると分かっているのだろう。他の国の城に侵入するのとは訳が違うと分かっている。だから成功の鍵は、確実な情報。多少時間がかかったとしても、城の見取り図や警備の様子などの情報を得ることが出来れば、盗みの成功率も上がる。雇い主はそんな風に綿密な計画を立てている。だから今後、我が国を訪問予定の来賓(らいひん)が連れている従者には、目を光らせておかなければならないと、ラウシャン様とも話し合った」

タンレンはそこまで話して、グラスの葡萄酒を一気に飲み干した。

「シュレイ、そんな顔をしないでおくれ、心配はいらないよ。この城の警備は厳重だし完璧だ。どんな手を使われようとも、城の奥まで外部の者は入ることが出来ない。オレが命に代えても、リューセー様と御子達と……君を護るよ」

タンレンはニッコリと笑って言った。シュレイは目を丸くして、一瞬フォークを落としそうになったが、はっと我に返り少し赤くなって眉根を寄せた。

「私を護る必要はありません。タンレン様はいつも一言余計です」

「なぜ？　だってもしもの時に、君は身を挺してリューセー様を護ろうとするだろう？　だからリューセー様を護るためには君を護らないとね」

タンレンがにこやかに言うので、シュレイは何も言い返せず黙り込んでしまった。いつもこうしてタンレンに言い負かされてしまうので、早々に反論することを諦めてしまっていた。反論すればするほど、そんなシュレイの言葉さえも楽しんでいるかのように、タンレンは飄々としてシュレイの反論さえも包み込んでしまうのだ。

シュレイは無言のまま食べ終わり、ナプキンで口元を拭った。

「とにかく……無茶なことはなさらないでください……タンレン様のお命も大事なのですから」

シュレイがポツリと呟くと、同じように食事を終えたタンレンが、嬉しそうに笑って頷いた。

「ああ、君のためにね」

「それが……一言余計だというのです」

シュレイは赤くなって立ち上がった。

「ごめん、ごめん」

「ごめんは一度ですよ」

「はい」

シュレイは居間の中央に置かれたソファへ移動した。テーブルの上には、先ほどタンレンが読んでいた書類の束が無造作に置かれている。ちらりと視線を向けたが、見てはいけないと慌てて顔を背ける。

「別に見ても構わないよ。極秘資料というわけではないから……さっき言っただろう？　今日の見回りの報告書だ」

タンレンが後を追うようにやってきて、シュレイの隣に腰を下ろした。書類の束を掴むと、シュレイの前でパラパラと広げてみせる。

「わ……私は別に……」

「ほら、見てごらん。一部屋一部屋確認しているんだ。棚の引き出しの中から、花瓶の中まで念入りに確認している。アルピン達は真面目だと思わないかい？」

タンレンに無理矢理見せられたが、その見回りの細かさにさすがのシュレイも目を丸くした。

「オレは別にここまで指示はしていないんだ。すべて兵士達が自主的に確認しているんだよ」

「すごいですね」

「昨夜の賊にしても、兵士がオレに報告に来たんだ。賓客の従者だから兵士は下手に手を出せない。だが行動が怪しいと、オレにすぐに報告に来てくれたから、捕らえることが出来た。うちの兵士達は優秀だよ」

「そうですね」

「だから安心していてくれ」

優しくそう囁くタンレンに、シュレイは思わず微笑みを浮かべた。

「分かりました」

シュレイが頷くと、タンレンはその頬に軽く口づけた。

「そうだ！　ゲームをしないか？」

「ゲームですか？」

急にタンレンがそう言って立ち上がったので、シュレイはきょとんとした顔でタンレンを見上げた。

「ちょっと待っていてくれ」

タンレンは書類の束を掴んで、書斎へ向かった。途中で侍女にお茶の用意を頼んで、書斎の中に入り何やら薄い箱のようなものを抱えて戻ってきた。

「これなんだが……先日ラウシャン様が外交先からの土産(みやげ)だと言って持ってきたんだ。面白いからやってみないか？」

タンレンは持ってきた薄い箱のようなものを広げてみせた。それはふたつ折りになった木の板で、広げると盤面には格子状に線が描かれている。小さな木箱がもうひとつあり、タンレンはそこから小さな丸い板状の物を取り出した。

「これは裏が黒く塗ってあるだろう？　二人のどちらかが黒い方を選んで、もう一人は何も塗られていない方だ。交互にこのマスの中に置いていくんだが、相手のこの丸い板を……コマと呼んでいるが……自分のコマでこう……挟むように置くと、挟まれたコマは引っくり返されるというルールだ。この盤が埋まるまで交互に置いて、最終的に自分の色のコマが多い方が勝ちだ。単純だろう？　だけど面白いよ」

タンレンの説明を、シュレイは黙って聞いていた。不思議そうな顔で盤面をみつめている。

「ちょっとやってみようか……最初はお互いふたつずつ……こう真ん中に置いてここから始めるんだ。どっちが先に始めるかは……これが黒か黒でないかを当てた方から……さあ、どっちだ？」

タンレンがコマをひとつ両手を合わせた中で、振るような仕草(しぐさ)をしてそのままテーブルの上に置いて掌(てのひら)をかぶせて隠した。

「え……では……黒で」

シュレイが答えたので、タンレンはそっと掌をテーブルの上から離した。テーブルの上には黒い面を見せたコマがあった。

「おお、すごい、当てたね。じゃあシュレイからだ。コマをひとつ盤面に置くんだ。どこでも良いというわけではないよ？　さっきも言ったように、このゲームの目的は自分の色のコマをひとつでも多くした方の勝ちだ。まずは今盤面にあるコマを自分の色に変える必要があるから、挟むように置くんだ。シュレイは今黒を引き当てたから、黒が君の色だよ。ここか、ここに置けば間に挟まれたコマが引っくり返って黒に変わる……そう……次はオレの番だ。オレはここに置く……するとこれが引っくり返る。次は君……どこに置く？」

タンレンは丁寧に教えながらゲームを進めていった。シュレイもいつの間にか夢中になっている。時折シュレイが笑顔になるのを見て、タンレンは満足そうに笑みを浮かべた。

「これで……おお！　負けた！　すごいよ、シュレイ！　君の勝ちだ」

「え？　あ……タ、タンレン様はわざと負けられたのではないのですか？」

シュレイは頬を上気させて笑みを零しながら、とても楽しそうな表情をしている。

「そんなことはないよ……よし、もう一回やろう！　今度はオレが勝つぞ」

実のところ、タンレンはわざと負けたのだが、シュレイがゲームを楽しんでいるので、とても嬉しかった。

次のゲームではタンレンが勝ち、もう一度と遊んですっかりシュレイも虜になっている。二人は時々大きな声をあげたり、笑ったりしながら時のたつのも忘れて楽しんだ。

「このゲームは簡単だから、シィンワン様でも遊べると思うんだ。だからシュレイに紹介したくてね」

「そうなのですね……ええ、これならばシィンワン様でも遊べますね。きっとお子様達は夢中になりますよ……え？　これを譲ってくださるのですか？」

「もちろんだよ。明日にでも持っていくといいよ」

「ありがとうございます」

珍しく満面の笑顔で、シュレイがそう礼を言うので、タンレンは目を細めてじっとシュレイの横顔をみつめた。シュレイは盤面のコマを、ひとつひとつ拾って木箱に入れていたが、ふと視線を感じたらしく顔を上げた。じっとみつめるタンレンと視線が重なり、シュレイは気恥ずかしそうに眉根を寄せた。

「何ですか？」

「いや……君に喜んでもらえて嬉しいよ」

「そんな……」

シュレイはおもはゆげに視線を逸らして、再び盤面のコマを拾い始めた。

「すみません……子供のようにはしゃいでしまいました」

「それはオレもだから気にすることはない。むしろ君が楽しめたのであれば、このゲームは面白いという証明になって、安心したよ」

タンレンは宥めるように言った。シュレイは我に返って、はしゃぎすぎたと反省しているのか、恥ずかしさを誤魔化すように、眉間にしわを寄せてゲームを片づけている。

タンレンは、シュレイのそんなところも愛しいと思ってみつめていた。

「すっかり遅くなってしまったな。もう寝よう」

「はい」

タンレンは立ち上がり、シュレイの手を取った。シュレイはまだ気まずく思っているのか、俯いたまま立ち上がり、そっとタンレンの手から手を離した。

シュレイが手を繋いでくれないのは、想定済みのことなので、タンレンは特に気にする様子もなく、そのまま寝室へ向かった。シュレイがその後に続く。

タンレンは服を脱いで、寝着に着替えた。シュレイがタンレンの脱いだ服を、丁寧に畳んでいる。

タンレンは先にベッドに入り、シュレイが来るのを待った。

シュレイも着替えて、そっとベッドに入ってきた。

毎度のことではあるが、シュレイはいつも端っこに寝る。もっと側においでと言っても聞いてはくれないから、あえて言わない。本人は遠慮しているのだろうが、タンレン的には、性交抜きでも一緒のベッドで寝てくれるだけ、かなり進歩したと思っている。

シュレイには未だに、タンレンとの性交は、タンレンを慰めるためのもので、こんな体ですが精いっぱい務めさせていただきます……という気持ちがある。それについては違うのだよと、散々話し合ってきたのだが、彼の気持ちを完全に変えることは難しい。一応今は『分かってくれているはず』という程度だ。

それでも一緒に暮らしてくれて、別のベッドで寝ると言いださずに、こうして性交なしでも同じベッドで寝てくれるようになったのは、義務などではなく愛情によるものだろうと思っている。

「シュレイ、おやすみのキスをしたいのだけどダメかな？」

シュレイはベッド脇のランプの火を消そうとしていたが、タンレンにそう言われて手を止めた。少しばかり困ったような顔をして、考え込んだ後黙ってランプの火を消した。

のそりとゆっくりタンレンの方へ上体を寄せて、タンレンの顔を覗き込むように顔を近づける。窓から差し込む月の淡い光に照らされたシュレイの美しい顔が目の前にある。

「ゆっくりおやすみください」

シュレイが囁いた。

タンレンはシュレイの腕を掴み、引き寄せるようにして口づけを交わすと、そのまま腕の中に抱き込んだ。

「タ……タンレン様……」

シュレイが小さな声で、少しばかり抵抗をするような韻を含めて名を呼んだが、タンレンは構うことなくしっかりと抱きしめた。

「おやすみ、シュレイ」

タンレンが優しく囁き、腕の中のシュレイは返事もなく大人しい。

側に来いと言っても来てくれないので、こうして騙し討ちのようにするしかない。だが別にこれも初めてやったことではなく、何度もやっているからもう『騙す』にはならないはずだ。シュレイも分かっていて、いつも引っかかる。だがこの『騙す』という行為が、とても重要だ。シュレイに『仕方なく』という言い訳を与えることが出来る。

素直になれない恋人の対処法は、よくよく分かっている。シュレイのことは誰よりも一番よく知っている。

タンレンは満足して微笑みながら、腕の中のシュレイのぬくもりを感じて静かに目を閉じた。


翌日の昼食後、シュレイは早速ゲームを龍聖と子供達に見せた。

「え!? すごい、これオセロじゃない?」

「リューセー様はこれをご存じなのですか? これはレボロというゲームだそうですが……」

「レボロ……へえ、これ、交互にコマを置いて、自分の色のコマに変えていくゲームだよね?」

「はい、そうです。やはりご存じだったのですね? 大和の国にも同じようなゲームがあるのですか?」

「うん、向こうではオセロっていうんだ。そうかぁ……こっちの世界にはカードゲームもあるし、やっぱり遊びの発想って、どこか共通するものがあるんだね」

龍聖が嬉しそうな様子で、テーブルの上に置かれた盤やコマを手に取って眺めている。

「母上、これは何？」

「ゲームだよ。レボロ……だっけ？　二人で対戦するゲームなんだ。この上にこのコマをこうして置いていって、自分の色のコマで相手のコマを挟んで引っくり返すんだ。それで最終的に自分の色のコマが多い方が勝ちなんだよ……ね？　同じルールかな？」

不思議そうに覗き込んで尋ねるシィンワンに、龍聖が説明しながらシュレイを見た。シュレイが微笑みながら頷いたので、龍聖がさらに嬉しそうに笑う。

「シュレイはこのゲームを出来るんでしょう？　まずはオレと対戦してよ。みんなはそれを見てゲームのルールを覚えるんだよ？」

龍聖がそう提案したので、シュレイは頷いて龍聖の向かい側に座った。子供達は大喜びで、シィンワンとインファが龍聖の両隣に座り、シェンファがシュレイの隣に座った。

「シュレイ、オレにわざと負けてやろうなんて考えないでね。オレは強いから、本気でやらないと完敗しちゃうよ？」

龍聖がニッと笑って言ったので、シュレイは少し驚いたように目を見開いたが、すぐに微笑みを浮かべて頷き返した。

「承知いたしました。手加減はいたしませんよ」

シュレイが受けて立ったので、子供達からわあと歓声があがる。

「先攻後攻はどうやって決めているの？」

「こうして……黒と白どちらが表かを当てた方が先になります」

シュレイが手の中でコマを振ってみせて、テーブルの上に手で隠すように置いた。

「よし、じゃあ……白い方が表」

龍聖がそう言ったので、シュレイは手を退けてみせた。テーブルの上のコマは、色の塗られていない白木の面が上になっていた。

「やった！　じゃあ、オレが先攻ね。黒の方でいい？」

「はい、結構です」

「それじゃあ行くよ！」

龍聖は意気揚々とコマを盤の上に置いた。

ゲームが進むにつれ、子供達の楽しそうな笑い声や、龍聖のかけ声などが激しくなり、居間はとても賑やかになっていた。シュレイまでもが声を出して笑っている。

「やった!!　オレの勝ち！　ね？　強いでしょう？」

盤面の三分の二が黒くなってしまっているのを見て、自慢げに胸を張る龍聖の声と、それを祝福する皆の拍手で盛り上がりは最高潮になっていた。侍女達まで仕事をしながら笑顔で手を叩いている。

「完敗です。リューセー様のお強さに感服いたしました」

「シュレイ頑張って！　次は勝ってよ！」

隣に座っていたシェンファが、興奮した様子で頬を紅潮させながらシュレイに発破をかけた。

「いえ、私はお手本をお見せしただけですから、次はシェンファ様がやってみませんか？」

「え！　私もう一回見てみたいわ。リューセーとシュレイでもう一度やってよ」

「私も！　私ももう一度見たいわ」

「私も見たいです！　すごく面白いです！」

シェンファの言葉に呼応するように、インファとシィンワンも同意した。

「よし、じゃあもう一回やろう！　次はシュレイが先行でいいよ」

龍聖がコマを回収しながら言ったので、シュレイは仕方ないというように微笑んで頷いた。


「面倒くさい」

ラウシャンが、眉間にしわを寄せてきっぱりと言った。

「そんなことはありませんよ」

タンレンはニコニコと笑いながら、足を組んでソファに座り優雅にお茶を飲んでいる。

タンレンは、今後の外国からの賓客への対応について、ラウシャンと話し合うためラウシャンの執務室に来ていた。

一旦休憩にしようということになり、お茶とお菓子でくつろぎながら、たわいもない雑談をしていた。

「君はシュレイに気を遣いすぎじゃないのか？　そもそも一緒に暮らすようになって何年になる？」

「いえいえ、これが良いのです。三十年近くたつのに、まだ付き合い始めのような初々しさがあっていいじゃないですか。シュレイはまだ恥じらいがあるし、彼との日々は、毎日が新鮮なんですよ」

タンレンはとても嬉しそうに話した。ラウシャンは呆れたように目を丸くしている。その反応にタンレンは苦笑した。

「ユイリィにもそんな顔をされたなぁ」

「誰だってするだろう……私は時々君のことが心配になるくらいだ」

ラウシャンの言葉に、タンレンは「え？」と興味深げに少し身を乗り出した。

「ラウシャン様がオレのことを心配なさるとは……一体なんでですか？」

タンレンから嬉しそうに尋ねられて、ラウシャンはゆっくりとお茶をすする。

「思い余って凶行に走らないかと心配になるよ」

「凶行ですって？」

タンレンは他人事のように、わははと笑って言った。だがラウシャンは冗談のつもりではないというように、むすっとしかめっ面をしている。

「君はシュレイのこととなると、理性を失いそうだからな。それに見かけによらず嫉妬深そうだ」

「嫉妬……そうですね～……確かに嫉妬深いかな？　いつもリューセー様に嫉妬していますよ。まあ逆に相手がリューセー様だから嫉妬だけで済んでいるのかもしれませんね」

「ほらみろ」

ラウシャンはそう言って、苦虫を噛みつぶしたような顔をして首を振った。

「私にはまったく分からんよ」

「シュレイのことがですか？」

「違う違う……そんな風に執着することだ」

ラウシャンは大きく首を振って、溜息をつきながら焼き菓子をひとつ摘んで口の中に放り込んだ。

「ラウシャン様は嫉妬なさらないのですか？」

「誰に？」

「まあ……誰ということはありませんが……たとえば今まで好きになった人は？　リューセー様でもいい。他の誰かと……若いシーフォンと話をしていたら、嫉妬しませんか？」

「別に」

「またまた」

タンレンが冷やかすように笑って言ったが、ラウシャンは憮然とした表情で、冗談ではないと言わんばかりだ。

「では君は、シュレイが若いシーフォンと話をしただけで嫉妬するのか？」

「しませんよ。シュレイは難しいのです。そう簡単に仲良くなどなれません。それに誰が見ても美しい容姿をしていますから、見惚れてしまうのも仕方ありませんし……」

タンレンの話を聞きながら、またラウシャンが呆れたように口をぽかんと開けている。

「オレが嫉妬するのはやはりリューセー様だけですね。リューセー様はオレと同じくらいシュレイのことを理解していらっしゃる。オレが唯一勝てるとしたら、リューセー様よりも長くシュレイを見てきたということぐらいだ。ああ、だけどシュレイは、オレよりもリューセー様の方が好きだから、結局負けているんですけどね」

ラウシャンは急に頭を抱え込んだ。

「ラウシャン様、どうなさったのですか？」

タンレンが驚いて尋ねると、ラウシャンは眉間にくっきりとしわを寄せて、両手で頭を抱えながらタンレンを睨みつけた。

「なんで私はこんなくだらない話を聞かされているんだ。君とシュレイのことなど別にどうでもいい!」

するとタンレンは、肩を竦めて頭をかいた。

「なんでって……オレはただラウシャン様からいただいたゲームが役に立ちましたと礼を言っただけですよ。そしたらラウシャン様が、シュレイと遊んだのか？　って聞くから、昨夜の話をしただけではないですか」

「私が悪いのか？　そういう時は、ただ『はい、シュレイと遊びました』と答えればそれ以上は、私もわざわざ詳しく聞かない。それなのに君が勝手に、いろいろと話をしたんだろう……御子達のところへ持っていけばいいと言ったら、とても喜んでいたとか、そうでも言わないとシュレイが遊んでくれないとか……そういう情報は、私にはどうでもいいんだ……ああ、いや、そうだな。私が悪いな。君にシュレイの話を振った私が悪い」

「そんなに怒らなくても……」

タンレンが肩を落としながらぼやいたので、ラウシャンは大きな溜息をついた。

「君はとても優秀な男だが、シュレイのことになると本当に残念な男になるな」

「そうですか？」

タンレンは特に気にする様子はなく飄々としていた。

そんなある日のこと。シュレイがひどく気落ちした様子で帰宅した。どうかしたのかとタンレンが尋ねても、シュレイは『なんでもありません』と言って教えてはくれなかった。

まあどうせリューセー様に何かあったのだろうと想像はついたのだが、こうしてタンレンの下に帰ってくるのだから、非常事態というわけではなさそうだ。おそらく、シュレイがひどく心配になるような状況のまま、リューセー様が何もシュレイに相談しない……というところだろう。

タンレンはそう思って、それ以上の詮索はせずに見守ることにした。

だがシュレイのただならぬ様子は、次の日になっても、さらにその次の日になっても続いた。むしろひどくなる一方で、とうとう一晩中眠れずに朝を迎えたらしかった。

さすがにその日の朝、タンレンはシュレイを問いただした。

「一体どうしたんだい？　昨夜は眠れていないんだろう？　リューセー様に何かあったのか？」

「いえ、何もありません。ご心配には及びません」

シュレイは朝食の席で、ほとんど何も喉を通らないという様子なのに、そんなことを言う。

「何もないって……さっきから全然食事に口をつけてないじゃないか。昨夜だってほとんど食べなかったし、夜も眠れていないだろう？　それで何もないなんておかしい……リューセー様の様子がおかしくて、君は心配でならないんじゃないのか？」

タンレンは思わず少し怒るような言い方になってしまった。シュレイは俯いたまま何も答えない。

タンレンは大きく溜息をついた。

「リューセー様は、禁書を読まれたのだろう？　それで何か様子がおかしくなられたのではないのか？」

タンレンの言葉に、シュレイの体がびくりと震えた。だが俯いたまま何も答えない。

タンレンは『やはりそうか』と思って溜息をついた。

数日前、会議の席でフェイワンから『リューセーに禁書を読ませたいのだがどうだろうか？』と意見を聞かれた。一同は反対する理由がないので承諾した。禁書は竜王しか読んではならないと定められていて、シーフォン達には『ホンロンワン様とルイワン様が残された詳しい歴史書』という程度の知識しかない。なぜ禁書とされて、シーフォンが読むのを禁止されたのか仔細は知らないが、竜王がそれを読んで、エルマーンを正しい道に導いてくれるのならば、別に問題はない……というのが共通の見解で、読めないことについての不安や不満は誰も持っていなかった。

だからリューセー様が読みたいと思ってくれたことも、むしろシーフォン達にとってはその考えが好ましく感じられたので、誰も異を唱えなかったのだ。

シュレイの様子がおかしくなったのは、その後からだから明らかに『禁書』が関わっているだろうと想像が出来た。

「リューセー様はこの前ジンヨンと共にどこかに飛び出してしまわれただろう？　フェイワンがオレのスジュンを借りて迎えに行って……それですべて解決したのかと思ったんだが、それとはまた別に何かあったのかい？」

タンレンがさらに追求すると、シュレイが顔を上げてタンレンをみつめた。ひどく不安そうな表情をしている。

「何かひどく落ち込んでいらっしゃって……禁書の内容が厳しいもので、ショックを受けられたのだろうと思っていたのです。タンレン様がおっしゃるように、どこかに飛び出されて、その後は少しすっきりされたようだったので、私も解決したのかと思っていましたが、それでもまだ様子がおかしくて……それがどんどん深刻そうになっていくものですから……」

「だからって君までがそんなになったらだめだろう？　リューセー様のことだから、ご自分で解決出来ないと思ったら、必ず君かフェイワンに相談するよ」

タンレンは宥めるように、少し声を和らげた。シュレイは申し訳ないというように目を伏せる。

「とにかく食事はちゃんととりなさい。睡眠も……心配で眠れないという気持ちは分かるが、君が倒れてしまったら元も子もないだろう？　リューセー様をお助けしなければならない立場なのだから、君はしっかりしていなくては……。シュレイ、君らしくないよ。長くお側にお仕えしているから、普通の主従以上に情が移ってしまうのは仕方ないけれど、それではいざという時に共倒れになりかねない。君は仕事に私情を持ち込まない主義だったじゃないか。冷静さを欠いてしまっているよ」

「……申し訳ありません」

シュレイは少し青ざめた表情で謝罪した。

「オレに謝られても……シュレイ、すまない、別に責めているつもりはないんだ。オレはただ、君のことが心配なだけだよ。しっかりしなさいと励ますつもりだったんだが……言いすぎたのならすまない」

タンレンは少しばかり焦って、シュレイの様子を窺いながら優しい口調で弁明した。

「いいえ……タンレン様のおっしゃる通りです。これでは側近失格ですね」

シュレイはそう言って、無理矢理食べ物を口に入れ始めた。

『ちょっと言いすぎたかな……？』

タンレンは、しまったと少し後悔したが、今さら無理をするなとも言えず、シュレイを見守るしかなかった。

そしてその夜、とうとうシュレイはタンレンの居室に帰ってこなかった。


タンレンは厳しい表情で廊下を歩いていた。

フェイワンの執務室の前で足を止めると、扉を睨みつけるようにしばらく佇む。扉の前に立つ兵士達は、何事かと動揺して、そわそわと落ち着かない様子だ。

タンレンは大きく深呼吸をして、扉を叩いた。少しの間を置き返事があったので、ゆっくりと扉を開ける。

「失礼する」

タンレンは一言そう言って、部屋の中へ入っていった。

「ああ、タンレンか……なんだ？　どうかしたか？」

机で書簡を読んでいたフェイワンが、顔を上げてタンレンに声をかけた。だがいつもとは様子の違うタンレンに、眉根を寄せて首を少し傾げる。

「フェイワン」

タンレンは真っ直ぐにフェイワンの前まで歩み寄り、真顔でじっとみつめた。

「なんだ……そんな怖い顔をして……」

「お前は平気なのか？」

「は？」

急にそう言われて、フェイワンはますます訳が分からず大きく首を傾げた。

「タンレン……来て早々なんだそれは。言いたいことがあるならはっきりと言え。仕事の話か？　それとも別の用件か？」

「リューセー様のことだ」

「リューセー？」

またもや首を傾げるフェイワンに、タンレンは訝しげに眉を寄せた。

「分からないのか？　そんなはずはないだろう。リューセー様はここ数日様子がおかしいはずだ。お前は平気なのか？」

ぶしつけにそんなことを言われて、フェイワンは顔色を変えた。

「シュレイが何か言ったのか？」

「何も言わないよ。何も言わないから心配して腹を立てているんだ。リューセー様はあのような性格だから、皆に心配させまいと一人で何かを抱え込んでいるのだろう。シュレイもそれを心配しながら見守っていたんだが、よほどリューセー様の様子がおかしいのか、心配しすぎて食事も喉を通らず、夜も眠れないほどだ。見ていられなくて、オレがそのことに苦言を呈したら、戻ってこなくなってしまった。そんな状況なのに、お前はリューセー様に何もしてやっていないのか？」

タンレンが一気にまくし立てると、フェイワンは眉根を寄せたまま視線を落として黙り込んだ。タンレンはフェイワンの言葉を待った。

しばらくしてフェイワンは顔を上げた。少し困ったような表情でタンレンをみつめる。先ほどまでの怪訝そうな様子はなくなっていた。

「もちろんオレだって気になっているし、リューセーがもう二日も眠れていないのも知っている。何か大きな悩みを抱えていて、それが禁書に関わることなのだろうと予想もついている。この前、お前の竜を借りて、後を追いかけた時に、リューセーは抱えていた悩みを打ち明けてくれた。その後だから、また打ち明けてくれるものだと思って待っているんだ。そうか……シュレイにも話していないのか……」

フェイワンは机の上に肘をついて頭を抱えた。

「フェイワン」

タンレンは神妙な面持ちで、フェイワンを見守っている。

すると突然フェイワンが立ち上がった。

「タンレン、すまん。そうだな……これ以上待つ必要はない。無理矢理聞き出すよ」

フェイワンはそう言ってタンレンの肩をポンッと叩いて歩きだした。

「フェイワン」

「いつも迷惑をかけてすまないな」

フェイワンはそう言い残して執務室を後にした。


その日の夜もシュレイは帰ってこなかった。

あれから確認はしていないが、たぶんフェイワンがうまくやったはずだ。リューセー様の悩みもきっと解消されて一件落着のはずなのに、シュレイが戻らないのは、やはりタンレンが怒らせてしまったからだろう。

「シュレイの仕事に口出しするつもりではなかったんだが……いくら心配していたからって、説教じみて命令口調だったのはよくないよな。私情を挟むなだって？　オレが言えた義理ではない」

ベッドで一人大の字になって寝転がりながら、ぶつぶつと独り言を呟いていた。

「あ〜もうこれは平伏して謝ってでも許してもらうしかないな。でもこんな夜中に行ったら、また怒らせてしまうから、明日だな……朝もきっと怒らせるから、やるなら仕事終わりで……待ち伏せしたらまた怒るかな？　いや、でも怒る、怒るっていうほどシュレイは怒らないんだよ。オレに甘い。甘いけどオレがつけ上がるから、わざと冷たい素振りをするんだ。そういうところがかわいくて仕方ないんだが……」

タンレンは急に黙り込んで、両手で顔を覆った。大きく溜息をつく。

「やっぱりオレがリューセー様に嫉妬していたのがバレたのかな？　シュレイが怒っているとしたらそれしかないよな。そうだ。シュレイは、オレが偉そうに説教したからといって、腹を立てるようなことはない。真面目で何事にも真摯だから、人からの意見はどんなものだろうと受け入れる誠実さがある。だがオレがリューセー様に嫉妬していることに気づいたら、それは怒るだろう。ユイリィやラウシャン様だって呆れているくらいだからな。バレるよな。オレの気持ちが重すぎるか？」

タンレンは、う〜むと唸った。そしてがばっと勢いよく起き上がり、ベッドから飛び降りた。

「いや、怒られてもいいから謝りに行こう。夜中に突然押しかけて怒られるのと、昨日怒らせたことは別物だ。まずは一刻も早く、昨日のことを謝罪しよう。その上で夜中に行ったことを許してもらおう」

タンレンは急いで服を着ると、寝室を飛び出した。

居間を横切って外に出ようと扉に向かっていたら、物音に驚いて侍女が控えの間から顔を覗かせた。

「ああ、なんでもないよ。ちょっと出るがお前達は休んでいなさい」

タンレンは優しく声をかけて、扉に手をかけ鍵を開けた。

勢いよく扉を開けると、目の前に慌てて背中を向けるシュレイがいた。

「シュ……シュレイ!?」

タンレンが驚いて名を呼んだので、シュレイは困ったように俯いたままタンレンの方へ向き直った。

「こ……こんばんは」

シュレイがぺこりと頭を下げる。

「こんなところでどうしたんだい?」

タンレンは思わずそう言ってから『馬鹿な質問をした』とすぐに思ったが、口に出してしまったものは仕方ない。俯いたままのシュレイの頬が少し赤くなっているのが分かった。廊下には点々と灯りがともっていて、灯りの消えたタンレンの居室よりも明るいので、シュレイの表情もすべて見て取れる。

「私は……たまたま……通りかかっただけです」

シュレイが苦し紛れにそう言った。

『たまたまってこんな夜中に訪ねる相手はいないだろう?』とか『君の部屋は最上階だろう?』とかいろいろと突っ込みたい言葉が脳裏に浮かんだのだが、嘘の下手なシュレイに対して、自分の失言が招いたことなので、すべての言葉を飲み込んだ。

「そうか、それは良かった。もしも嫌じゃなければ、中に入らないか？」

「タ……タンレン様はどこかにお出かけではなかったのですか？」

「君の所に行くつもりだったんだよ。行き違いにならなくてよかった」

タンレンはシュレイの肩に手をかけて、優しく中に入るように促した。シュレイは大人しくそれに従い部屋の中に入っていった。

「もうみんな寝静まっているから、話は寝室でしよう」

タンレンはそっと小声で耳打ちをして、シュレイの肩を抱いてそのまま寝室へ向かった。

寝室の中に入ると、シュレイをベッドに座らせて、タンレンはベッド脇のランプに灯りをともした。

タンレンは改めて、座っているシュレイの前に立つと、深々と頭を下げた。

「タ、タンレン様？」

「シュレイ、この通りオレが悪かった。謝るよ」

「え？　何のことですか？」

シュレイは突然のことにとても驚いている。

「昨日は言いすぎた。あんな偉そうなことを言って……君にとってリューセー様は自分の命よりも大切な存在。それを全力で守るのが側近の務め。ただならぬ様子のリューセー様の身を案じて、思いつめてしまうのも仕方のないことだ。それをあんな風に言ってしまって……君に相談されたのならばともかく、オレが勝手にあんなことを言う資格はないんだ。私情を挟んでいるのはオレの方だ。リューセー様のことはもちろん心配だが、オレは君のことが何よりも心配だった。君がリューセー様のことで、あんなに思い悩んでいることに嫉妬したんだ。すまなかった」

タンレンは深く頭を下げたままで、まくし立てるように謝罪の言葉を述べた。シュレイは、ただただ目を丸くして聞いている。

「どうか許してほしい……いや、許してくれないとしても、ここに帰ってきてほしい。頼む」

タンレンは両手を合わせて頼み込んだ。その様子に、シュレイはハッと我に返り、慌てて立ち上がるとタンレンの下に歩み寄り、合わせている手を両手で握った。

「許すなど……私は怒ってなどいません」

「え？」

今度はタンレンの方が驚いた。思わず気の抜けたように顔を上げて、目の前のシュレイをみつめた。シュレイは眉根を寄せて困ったような表情で、真っ直ぐにタンレンをみつめている。

「怒ってなどおりません」

シュレイはもう一度言った。今度はタンレンの目をみつめながら、ゆっくりとその言葉を告げた。

「怒っていない？」

「はい」

「じゃあ……」

タンレンは『なぜ昨夜帰らなかった？』と聞きかけたが、ぐっと言葉を飲み込んだ。シュレイの目が少しうるっとして見えたからだ。

「思いつめてしまっていて……タンレン様をそんなに心配させていたのだと……そう思ったら申し訳なくて、今、それでなくてもタンレン様は賊の件でお忙しくしていらっしゃるのに、疲れてお帰りになった後にまで私が心配をかけるのは、許されないことではないかと……そう思ったら自分の部屋に戻っていました。思いつめていたせいか、細かなことにまで考えが回らず……無断外泊になってしまったのだと気づいたのは、今日の夕方なんです。午後に陛下がお越しになって、リューセー様の悩みを解消してくださって……ほっと安堵した後、お子様達のお世話などでバタバタしていたのですが、いざ仕事が終わった段階で……ようやくいろいろなことに気がついて……重ね重ねタンレン様にご心配をおかけしてしまって……申し訳なくて……戻るきっかけをなくしてしまいました」

シュレイは恥ずかしそうに頬を染めて、それでもタンレンを真っ直ぐにみつめながら説明した。

「ですから謝るのは私の方なのです。タンレン様……ご心配をおかけしてしまい……本当に申し訳ありませんでした。昨日、タンレン様に言われた言葉は、とても胸に沁みました。タンレン様はいつも私のことを思ってくださっています。本当に……嬉しいです」

「シュレイ……」

タンレンは言葉を失っていた。言いたいことはたくさんある。『許してくれるのか？』『オレは怒っていないよ』『君を心配するのも幸せなんだ』『君は本当に美しい』いろいろな言葉が頭の中を駆け巡ったが、目の前のシュレイに見惚れて、どれも口から紡ぎ出せない。

「シュレイ……ああ……」

タンレンは深い溜息をついた。

「タンレン様……どうなさったのですか？」

「いや……今、オレは恋に落ちてしまっているんだ」

「え？」

タンレンが夢見るような瞳でシュレイをみつめて、ほうっと溜息と共にそう囁いたので、シュレイは驚いて目を丸くした。

「なんで君はそんなに素敵なんだ。オレを何度恋い焦(こ)がれさせれば気が済むんだ。君が好きだ。愛している」

「タ……タンレン様……タンレン様は、いつも私を好きだと言いすぎなのです」

シュレイが赤い顔で照れたように笑った。その顔がまた綺麗(きれい)で、タンレンは胸が苦しくなる。

「だって君が好きなのだから仕方がないだろう？」

タンレンは優しく囁いて、そっと唇を重ねた。


「あっ……んんっ……んっ……」

シュレイが恥ずかしそうに頬を染めて、眉根を寄せながら唇をきゅっと噛んだ。声が漏れないように、必死に我慢をしている。

タンレンは、上掛けの中に潜(もぐ)り込んで、シュレイの胸から腹、脇へのラインを優しく指先で愛撫し、唇で優しく吸っていた。

裸をあらわにするのは、シュレイが恥ずかしがって嫌がるから、性交の序盤は上掛けをかぶったままで前戯をすることになる。シュレイは宦官(かんがん)として、手術で陰嚢(いんのう)を取られていた。その手術跡が醜(みにく)くて恥ずかしいと、人前で裸になることをひどく嫌がる。正確には好きな人の前に、その体を晒(さら)すことを嫌がるのだ。

タンレンは少しも醜いなどとは思わない。傷跡さえも愛しい。

もっと快楽に呑まれて、シュレイの思考が働かなくなってくれれば、上掛けを取り去りその白い肢体をあらわにしても、抵抗されなくなる。それまでは暗闇の中手探りで、シュレイの体の隅々まで愛撫する。

精通がある前に手術をされるため、シュレイの陰茎は子供のそれのように未発達だ。シュレイの中性的な美しさは、これによるところもあるだろう。タンレンはその小さな陰茎を口に含み舌で優しく愛撫する。

「あっ……ああっ……ぃやぁっ……んんっ……」

シュレイが思わず切ない声を漏らした。何度経験しても慣れることがない。恥ずかしさと、汚い部分をタンレンに咥えられるという背徳感で、身悶えするくらいにひどく感じてしまっていた。未熟なそれでも、性感帯は人並みにあるので、愛撫される気持ちよさで、次第に何も考えられなくなっていく。

後孔に指を入れられ、解されるようにかきまわされると、シュレイは甘い喘ぎを漏らし始める。それが合図のように、タンレンは上掛けを剝いで、上体を起こし、シュレイの美しい肢体をじっくりと眺めた。

シュレイは痩せているが、いつも体を鍛えているので、引き締まった腹や胸は薄く筋肉の形が浮き上がっている。彫刻のように美しいと思った。

右手の人差し指と中指で、後孔の中を丁寧に解していく。

「あぁぁっ……あっ……あっああっ」

シュレイが頬を上気させて、甘い声をあげるたびに、タンレンは気持ちを昂らせていった。もうこれ以上にないほど怒張した男根が、今にも爆発しそうで痙攣している。

タンレンは乱れる息を抑えながら、必死に我慢をしてシュレイの後孔を解し続けた。

「タンレン様……あっ……タンレン様……」

シュレイがうわ言のように名前を呼んだ。それに誘われるように、タンレンはシュレイの両足を脇に抱え込み、いきりたつ男根を摑んで、赤く熟れた後孔に先端を押し当てた。

ずぶりと孔を広げながら、シュレイの中に入っていく。そこは狭くて熱い。最高に気持ちのいい場所だ。

ゆっくり少しずつ挿入していくと、シュレイが背を反らせながら嬌声をあげた。タンレンも思わず唾を飲み込む。気持ち良すぎて油断すると、早々に達してしまいそうだ。半分ほど入れたところで、ゆさゆさと腰を揺すった。

「あっあっあっあっ」

揺さぶられるたびに、シュレイが声をあげる。普段のシュレイからは考えられないような、甘えるような柔らかな声だ。その声が耳をくすぐり、背筋を痺れさせる。本能を刺激されて、腰の動きが止まらない。

タンレンは規則正しい律動で、腰を揺さぶり続けた。

「シュレイ……シュレイ……」

恍惚とした表情で、何度も名前を囁くと、そのたびにシュレイの甘い喘ぎが微かに反応を示す。僅かなその声の違いに、愛しさが増していく。

タンレンは腰を揺するのを止めて、再び挿入を試みた。先ほどよりも柔らかくなった内壁が、男根を奥まで受け入れてくれる。

「あっあぁぁぁぁっあっ」

最奥まで挿入すると、シュレイが大きく喘いで身を捩らせた。

「シュレイ……シュレイ……」

あとは止められなくなった欲望のままに、獣のようにひたすら貪り、求めるだけだ。タンレンは腰を大きく前後に動かして、熱い昂りでシュレイの中を犯しまくった。

太い肉棒が抽挿されるたびに、シュレイの内壁は荒々しく擦られる。体の中を熱い肉塊が動きまくり、体の奥を何度も突き上げられ、シュレイは快楽の波に翻弄されて、何も考えられなくなっていた。

肉の交わる厭らしい音が絶え間なく聞こえる。

タンレンは愛するシュレイを汚しているようで、罪の意識を感じながらも、それが快感にもなっていた。

こんな淫らなシュレイの姿を知っているのは、自分だけなのだという優越感。シュレイが、こうされることを許しているのも自分だけだという喜び。性的興奮以上の満たされる何かが、いつも性交の中にあった。

「シュレイ、シュレイ」

何度も名を呼んで、シュレイの中に精を放った。

「あぁぁっ……あああぁぁぁぁぁっ……タンレン……さま……」

シュレイの腰がびくりびくりと跳ねて、タンレンの放った精液をすべて受け止めた。

ゆさゆさと小刻みに腰を揺すって、残滓(ざんし)まですべてをシュレイの中に注ぎ込むと、ゆっくり体を離した。


火照(ほて)った体を、そっと抱きしめる。シュレイはまだ息を乱していた。

タンレンは、シュレイの頬や額に何度も優しく口づけては、銀の髪を撫でるように手櫛(てぐし)で整える。

「タンレン様」

ほうっと息を吐きながら、シュレイが薄く目を開けた。

「体は辛(つら)くない？」

「はい……大丈夫です」

頬を上気させて、シュレイが頷いた。

性交をしたのは久しぶりだ。タンレンは毎日だって抱きたいのだが、シュレイがあまり好きではないだろうと、いつも遠慮していた。

両想いになり、一緒に住み始めた当初は、ほぼ毎日求めていた。もちろんシュレイの様子に気を配り、嫌がるようならいつでも止めていたが。

だが、二人の関係が安定し、長く続くにつれて、性交しないで、ただ抱き合って一緒に眠る夜が多くなってきていた。

タンレンが求めれば、今でもきっとシュレイは応じるだろう。

『嫌がるようなら』というのも、本当にシュレイが嫌がったわけではない。そういう態度を取ったこともない。ただタンレンから見ていて、それほど乗り気ではないとか、タンレンに気を遣って応じていると感じる時に、『嫌がっている』と解釈して、性交をするのを止めるのだ。

『今日は珍しくシュレイの方も、積極的に受け入れてくれていた気がする』とタンレンは思った。こんな雰囲気なら、さすがに嫌だったということはないだろう。

タンレンがここまで性交に気を遣うのには訳がある。

初めてシュレイと結ばれた時、タンレンは勝手な思い込みで突っ走ってしまった。シュレイの純粋な好意を、自分の想いをシュレイが受け入れてくれたのだと勝手に勘違いして、欲望のままに抱いてしまったのだ。その結果、シュレイは『自分はタンレン様の性欲のはけ口として尽くさねばならない』と思い込んでしまったのだ。

シュレイは不幸な生い立ちのせいで、ロンワンであるタンレンが、自分を恋人と思っているなどとは、夢にも思っていなかった。ましてやシュレイは男である。誤解されても仕方がなかった。

タンレンはそんなシュレイの気持ちに気づかないまま、恋人になったと浮かれて毎晩のようにシュレイを抱いた。

タンレンが事実に気づいた時には、取り返しがつかないほど拗れてしまっていた。

今さら恋人だと思っていると言っても信じてもらえず、それ以前の問題として、元々シュレイはタンレンに対して恋心を抱いていなかったのだと知り、タンレンは自分の犯した罪の重さに苛まれ、シュレイを遠ざけてしまった。

そのことがさらに、自分はただの慰み者だったとシュレイに思わせてしまう結果になった。

誤解は長い時間をかけて、なんとか解くことが出来た。シュレイもタンレンのことを、愛していると認めてくれた。だが性交にはお互いにトラウマがある。

慰み者だと思い込んでいたシュレイの心の傷。

愛する者を凌辱(りょうじょく)してしまっていたというタンレンの心の傷。

三十年以上一緒に暮らしていても、未だに二人の心の底には、互いに対するそんな気遣いと遠慮がある。

だが今日のタンレンは、少しばかり違っていた。さっきのシュレイの告白で、もしかしたら言ってもいいのではないか？　という気持ちになっていた。

「シュレイ」

タンレンは思いきって、ずっと言いたかったことを口にした。

「その……そろそろ君の元の部屋は引き払ってしまってはどうだろうか？　前から言っているように、部屋は余っているんだから、君の書斎にひとつ使ってもいいんだよ。家に帰って仕事がしたい時も、別に問題ないから……」

タンレンは出来る限り、優しく押しつけないような言い方を選んで話した。だがそれまで余韻に浸るように、うっとりとした瞳をしていたシュレイの顔が、一気に曇ってしまった。

「いえ……それは……申し訳ないのですけど……」

すっと手を振りほどくかのように、シュレイは顔を逸らしてしまった。

「おやすみなさい」

シュレイが小さな声でぽつりと言った。

「おやすみ」

タンレンは、動揺を必死に押し隠して、なんとか普通に返事をした。

『失敗した』

タンレンは内心ひどく焦っていた。今はまだ言うべきではなかったのだ。いや、言い方を間違えたのかもしれない。『引き払ってしまえ』と言ったのがいけなかったんじゃないか？

だがしかし完全に引き払わなければ、いつでもまた部屋に帰ってしまうではないか。

『ここが君の家なのだから』そう何度言っても分かってくれない。

シュレイはいつだって、身を引く準備を万端整えているのだ。

摑んでも、摑んでも、いつもするりと腕の中から逃げていってしまう。

それでも愛しい。

タンレンは俯くシュレイの肩を抱き寄せて、目を閉じた。


平和な日々はまたたく間に過ぎ、三年の月日が流れていた。

シュレイはヨウチェンに絵本を読み聞かせていた。シュレイの優しい声が心地いいのか、時々目を擦る様子を見て、シュレイが微笑む。

「ヨウチェン様、少しお昼寝をいたしましょう」

シュレイは優しくそう言って、ヨウチェンを抱き上げると、窓辺で赤子を抱いている龍聖へ視線を送った。

「リューセー様」

そっと声をかけると、龍聖がシュレイを見て、すぐにシュレイが言いたいことが分かったようで、何も聞かずに笑顔で頷き返してくれた。シュレイも頷いて、そのまま子供部屋へ向かった。

ヨウチェンを寝かしつけて、侍女にあとを任せて王の私室に戻ると、龍聖がソファで大きな伸びをしているところだった。

「ナァーファ様もおやすみになりましたか？」

「うん、これで当分起きないね」

龍聖はふふふと笑った。

すっかり明るい龍聖に戻った。

後でシュレイにも打ち明けてくれたのだが、シィンワンのリューセーが来ないのではと、突然不安に襲われたらしい。

龍聖は禁書を読んで、エルマーンの真の歴史を知ったと同時に、あらゆることを理解して、昔とは違う今の大和の国の変化を、改めて『怖い』と思ってしまったようだ。

だがそれもフェイワンが大きな愛をもって解決してくれた。

すっかり元気になった龍聖は、その後も精力的にいろいろな変化をエルマーンにもたらしている。

子供達が城の中を自由に歩けるように提案したり、後のリューセー達に伝えたいことを本にしたり、エルマーンを、龍聖なりの柔軟な頭で考えて少しずつ変化させようとしていた。

もちろんエルマーンのためにならないような、急激な変化は求めない。変えても良いこと、悪いことを慎重に精査しているのだと龍聖は言った。

シュレイは、そんな龍聖を心から尊敬している。

シュレイがお茶を運んでくると、龍聖がニッコリと笑って「シュレイも座って」と言った。

「相談があるんだけど」

いたずらっ子のように、目を輝かせてそんなことを言う時は、何か面白い企(たくら)みをしている時だ。

シュレイは、何を言われても驚かないようにと自分に言い聞かせながら、平静を装って向かいのソファに腰を下ろした。

「実はね、今度ピクニックに行けることになったんだ」

「ぴくにっく……ですか？」

「そう、外に出かけてね、森とか草原とか、そういう場所で食事をしたり遊んだりするんだよ」

「……陛下とお二人で行かれるのですか？」

「ううん、子供達も……家族全員だよ」

龍聖はそう言ってニッと笑った。

「え!?」

シュレイは結局驚いて、大きく目を見開いた。

「ど、どちらにですか？」

「う～ん……まだ決まっていないけど……もちろんエルマーン国内だよ。今日の午前中にフェイワンに頼んで、ラウシャン様とタンレン様の承諾を得たんだ」

そう聞いて、シュレイはさらに驚いた。

「もう決定事項なのですか!?」

「そうだよ。フェイワンにはお願い事があるからって、昨夜のうちに二人を呼んでもらうように頼んで……その場ではフェイワンにも相談の内容は教えなかったんだけど、ラウシャン様とタンレン様と三人揃ったところで相談したんだ。一生懸命説得してなんとか三人の承諾を得たんだよ。それで今回のことは会議にはかけないことにしたんだ。警備とかいろいろな安全面を考えると、シーフォンのみんなにも内緒にして、お忍びで行った方が良いからって……これはタンレン様の提案なんだ」

「タンレン様が……」

シュレイはまだ驚いている。そんなシュレイをみつめながら、龍聖はニコニコしていた。

「最初はね、当然ながら三人ともシュレイみたいに驚いていたし、ラウシャン様なんて、もう……こんな顔しててさぁ」

龍聖は思いっきり眉間にしわを寄せて、しかめっ面をしてみせた。

「絶対反対って雰囲気だったんだけど、タンレン様がね、すぐに承知してくれたんだ。外だから大がかりな警備になるだろうに、大丈夫って言ってくれて、ラウシャン様も承知するように後押ししてくれて……こういう時ってさ、本当にタンレン様って優しいし頼りになるよね」

「そうですね」

シュレイは釣られるように微笑んだ。

「すっごくタンレン様に感謝してるんだ。オレではラウシャン様を説得する自信がなかったもん。それにタンレン様が承知してくれると、フェイワンもすぐに承知してくれるしね」

「そうですか」

シュレイもなんだか嬉しそうなので、龍聖はますますニコニコ笑顔になった。

「それでシュレイにお願いっていうのがね、当日の食事のことなんだ。この世界ってお弁当っていう概念がないよね？」

「おべんとう……ですか？」

「うん、そう。旅をする人とか、食事はどうしているんだろう？」

「そうですね……芋や豆などの日持ちをする野菜や、干し肉などを常備して、そのまま食べるか、火を熾して料理するような感じでしょうね」

「バーベキュー的なやつかぁ……西洋の考えだとそうなっちゃうんだね、どこの世界でも……。やっぱり日本って特殊だよね」

「ばーべきゅう??」

シュレイが首を傾げているので、龍聖はシュレイに『お弁当』を説明した。

「というわけで、重箱にご飯を詰めていって、みんなでそれを広げて野原で食べるんだよ。楽しそうでしょう？」

紙に図解までして説明をしたので、シュレイは真剣に聞いていた。

「これを作ってもらえないかな？　難しい？」

「いえ……この重箱自体は、木工職人に頼めばすぐに出来ると思います。料理については、大和の料理と同じものは作れないかもしれませんが、おっしゃっている意味は分かりましたので、外でも食べられるようなものを用意出来ると思います」

「じゃあ……お願い出来るってこと？」

「もちろんですよ。私はリューセー様の側近です。リューセー様のお願いを断るわけがないではありませんか」

「シュレイ！　ありがとう！　いろいろと大変だと思うけど、オレも手伝うから！」

「はい」

龍聖がとても嬉しそうに笑いながら、両手を合わせるので、シュレイも笑顔で頷いた。


タンレンとシュレイは、郊外にあるピクニック予定地に来ていた。

広い草原に大きな木が一本立っている。その周囲には花畑や緩やかな傾斜の丘もあり、子供達が遊ぶのに適していた。

「この木の下で食事をすればいいんじゃないか？　天幕を張らなくてもよさそうだ」

「そうですね。木陰が出来てちょうどいいでしょう」

シュレイは木の根元を入念に見てまわり、危険な凸凹（でこぼこ）がないか確認していた。持ってきた巻き尺で、周囲の広さを測っては手帳に記入していた。

「何を測っているんだい？」

タンレンが不思議そうに尋ねた。

「下に敷く敷物の大きさを、これに合わせて用意しなければなりませんから……ご家族七人がゆったりと座れる広さがないといけませんし……」

真剣な顔で一生懸命に測るシュレイの様子を、タンレンは楽しそうに微笑んで見ている。

「仕事をしている時の君は、本当に素敵だね」

「からかわないでください」

シュレイは一瞬手を止めて、澄ました顔で答えた。

「別にからかっているわけじゃないけど……」

タンレンは、巻き尺の端を持ってやり、計測を手伝った。

「ここから見える範囲までは、御子達が走りまわっても大丈夫だ」

タンレンが辺りをぐるりと見回しながら言った。そしてゆっくりと歩き始めたので、シュレイも後についていく。

「さっき、あの木のところから見えた範囲が、この辺りまでだと思うけど、ほら、この先もまだ草原が続いていて……その先の森に兵士を百人ほど配置するつもりだ。こちらからは兵士が見えないから、気を遣わなくて済むし、草原の方はこうして見晴らしが良いからいいけれど、森の中は誰かに潜(ひそ)まれたら分からないからね。随時森の中を探索して……兵士達には訓練と称して探索させるつもりだ。それであの辺りの開けたところに、ジンヨンが着地してそのままいてもらえたら、この辺りの見張りはジンヨンに任せることが出来る。それで……こっちの先にはオレの別荘があるから大丈夫だ。別荘の周りは、おれの従者達に見回りをさせる」

タンレンは周囲の状況を、丁寧にシュレイに説明して聞かせた。

シュレイは真剣に聞きながら、手帳に書き込んでいた。

「そっちの先は農地だ。パンポックの広い畑がある。いつもアルピンが作業をしているから、そこも安全だ」

　タンレンが指さしながら、シュレイに説明をした。

「リューセー様は、御子達にアルピンの暮らしを教えたいとおっしゃっていたから、ここから見える畑を喜ばれるだろうか」

　遠くを眺めながら嬉しそうに呟いたタンレンの横顔を、シュレイはしばらくみつめていた。

「ありがとうございます」

　不意にシュレイがそう言ったので、タンレンは不思議そうにシュレイをみつめた。

「一番にタンレン様が快く承諾してくださったので、ラウシャン様や陛下もピクニックを承諾するきっかけになったのだと、リューセー様が嬉しそうに申されておいででした」

「ああ」

　タンレンは、なんだそんなことかというような表情で笑ってみせた。

「それでなくてもお忙しいのに、このためにさらに何倍にも仕事が増えてしまって……申し訳ありません」

「君がこうして感謝してくれるのだから、仕事が増えることなど容易いことだよ」

　タンレンが笑いながら言うので、シュレイは微笑み返す。

「それにこうして君と二人で準備をするのも楽しいし……この後別荘に寄らないか？」

「そんな時間はございません」

　シュレイがあっさりと却下したので、タンレンは「ええ！」と声をあげる。

「少しくらい良いじゃないか、お茶を飲むくらい……ね？」

「ラウシャン様が日程を調整して下さるのですから、それに合わせて準備をしなければならないのですよ？　タンレン様もですが、私も忙しいのです」

「ちょっとだけだから……それこそ忙しくて、当日まで二人きりで過ごす時間もなくなるだろう？　な？　ちょっとだけ」

何度も頼み込むタンレンに、シュレイは根負けしたように小さく溜息をついた。

「お茶を……一杯飲むだけですよ？」

「ああ、もちろんだよ」

タンレンは嬉しそうにシュレイの腰を抱き寄せて、頬に軽く口づけた。


「さあ、お茶をどうぞ」

二人は別荘でソファに座りくつろいでいた。侍女が用意してくれたお茶を、タンレンがシュレイに勧める。シュレイは微笑みながらカップを手に取った。

「ゆっくり飲んでいいよ」

「そんなにゆっくりは出来ません」

シュレイがそう言いつつも、楽しそうなのでタンレンは安堵した。

「私……とても嬉しかったんです」

「何が？」

「別に今回が初めてというわけではなかったのですが……いつもそうなのですけど……」

「だから何？」

シュレイがお茶を飲みながら、もったいぶって言うので、タンレンは笑いながら催促した。

「リューセー様が……タンレン様のことを褒めてくださると……とても嬉しくなるのです」

「え？」

「今回も、それはそれは……本当にリューセー様が喜んでいらして、とてもタンレン様を褒めるので、なんだか自分のことを褒められているように嬉しくて……」

そう言って思い出しながら微笑むシュレイの顔が、とても綺麗でタンレンはまた見惚れてしまった。

「それは……オレもすごく嬉しいな」

「そうですか？」

タンレンはふと龍聖に言われた言葉を思い出した。

『シュレイはタンレン様と暮らすようになって、本当に幸せなのだなって思います。笑顔が本当に素敵になったし、とにかくよく笑うようになりました。もちろん前から愛想はよかったけど……以前はもっとこう……上品な感じの笑い方で……。でも今はこう……ニッコリって感じで、幸せそうに笑うんですよ。時には声をあげて笑ったり……以前のシュレイにはなかったことだから……すべてはタンレン様のおかげです。ありがとうございます』

龍聖にそう言われた時はとても驚いた。

確かによく笑顔を見るようになったと、タンレン自身も気づいていたし、その笑顔の美しさにたびたび見惚れていたから、人から言われるまでもないと思っていたのだが、それがすべて自分のおかげだと言われて、その上礼まで言われてしまった。

自分の側近が笑うようになってありがとうなんて言う主人がいるだろうか？　つくづくリューセー様には敵わないとその時思った。

そしてそれ以来、こうしてシュレイが、自分の前で、かわいく、明るく、美しく、いろいろな表情で笑うのを見て、心が満たされるようになった。

この笑顔は、オレのものなのだと実感するからだ。

『リューセー様が礼を言ってくださったくらいに価値のある笑顔だぞ』

誰に言うでもなくそう思う。

「タンレン様」

「ん？　なんだい？」

「お願いがあるのです」

「お願い？　いいよ、なんでも言ってごらん」

タンレンは上機嫌で頷いた。シュレイは、一度お茶を飲んで、ゆっくりとカップをテーブルの上に置いている。話す言葉を考えているかのようだった。

シュレイは真っ直ぐにタンレンをみつめたが、やはり恥ずかしいと思ったのか少しだけ視線を下に向けた。

「……最上階にある私の元の部屋を……あのままにしておいてはいけませんか？」

「え？」

「タンレン様が、引き払うように言われる理由は分かっています。今ではもうほとんど使うことのない部屋ですから……そうした方が良いと私も思います。そもそも……たいした荷物もありませんし……洋服など普段必要な物は、タンレン様の家に置いていますから……。でも……あのままにしておいてはいけませんか？」

タンレンはそれまでの高揚していた気持ちが、すっと冷めてしまった。

完全に一緒に暮らすのはやはり嫌なのだと改めて知らされたからだ。

『どうして？』と理由を聞く気になれなかった。シュレイの口から『もしも別れることになった時のために』なんて言葉が出ないとも限らないからだ。

もちろんこの『別れ』は、シュレイが願っていることではない。だが、付き合うようになった頃からシュレイはずっと、タンレンが女性と結婚して子供を残すというロンワンの義務を果たすべきだと思い続けている。だから自分は身を引くべきだと、ずっと心の中で思っているはずだった。

タンレンがしつこく部屋を引き払うように勧め続けたのも、それが理由でもあった。帰る部屋をなくさせれば、シュレイも諦めてくれるだろうと思ったからだ。

さっきまで笑顔だったのに、急に深刻な表情で俯いてしまったタンレンを見て、シュレイは眉根を寄せた。きゅっと膝の上に載せた手が、服を握り締める。

シュレイは言うべきかどうか迷っていた。シュレイのお願いにはちゃんとした理由がある。それはとても恥ずかしくて言いたくないのだが、目の前のタンレンを見ていたら、きちんと伝えなければ誤解されてしまうと思った。このままではきっとタンレンは、誤解したままでもシュレイのために『いいよ』と言ってくれるだろう。でもそれではタンレンを傷つけてしまう。

シュレイは覚悟を決めた。

「タンレン様……部屋を残したい理由があるのです」

シュレイが思いきって口を開いた。

「いや、分かるよ、大丈夫だ。心配しないで……君がそうしたいならば……」

「タンレン様、理由を聞いてください」

タンレンがシュレイの話を遮ろうとしたので、シュレイが少し強い口調で言い返した。タンレンは驚いたように視線を上げる。目の前には真っ直ぐにみつめるシュレイの眼差しがあった。

「私があの部屋を残したい理由は……タンレン様が外遊でしばらく留守にされた時に、一人で過ごすための部屋としたいからなのです」

「……」

タンレンは改めて言われたその理由を聞いても、『それは知っている』と思うしかなかった。今まで自分が留守の間そうしていたことは知っているからだ。その理由を聞いたところで、やはりがっかりするしかない。

「私は……タンレン様のいないあの家にはいたくないのです。侍従や侍女達と一緒にいづらいという意味ではありません……あの家のすべてにタンレン様の気配があるから……そんな中で一人で留守番をするのは寂しくて辛いのです」

「え？」

思いもかけないシュレイの言葉に、タンレンは我が耳を疑った。

「私はずっと一人でも平気だと思っていました。仕事にはとても満足しています。リューセー様のお側に仕える日々はとても幸せです、だから夜の間くらい、一人でいるのは少しも寂しくないと思っていました。でも……タンレン様と暮らすようになって……毎日が幸せで……一緒に食事をして、たわいもない話をして、一緒のベッドでぬくもりを感じながら眠って、目が覚めたら隣にタンレン様がいて、朝食を一緒に食べて仕事に出かける……。二人で過ごす時間など、一日のうちのほんの僅かな時間だというのに、本当に……本当に幸せで……それを知ってしまったら、もうダメなのです。ほんの数日、タンレン様がいないというだけなのに……あの家で一人で食事をして、広いベッドで一人で眠るのが寂しくて……寂しくて……」

シュレイは頬を上気させながら、懸命に話していた。タンレンは夢でも見ているかのように、ぼんやりとシュレイをみつめている。

「でも元のあの部屋に行けば、一人だった頃を思い出せるし……最初からずっと一人だったのだと……タンレン様との暮らしは夢なのだと、自分にそう言い聞かせればなんとか耐えられるのです。狭いあの部屋の小さなテーブルで食事をすることも、狭いベッドで一人で寝ることも、何十年もあの部屋で暮らしてきたので、平気になれるのです。だから……どうかあの部屋をあのままにさせてくださ い」

シュレイはそう言って、最後は深く頭を下げた。

ガタンッという音がして、シュレイが驚いて顔を上げると、正面にいたはずのタンレンの姿はなかった。そう思った瞬間強く抱きしめられていた。タンレンがテーブルを跨(また)いで、シュレイの隣に来たのだ。息が止まるほど強く抱きしめられていた。

「君はずるい……そんなことを言われたらダメだと言えなくなるじゃないか」

「タンレン様」

「分かったよ……もう外遊には行かない」

「え⁉　だめです！　それはいけません！」

シュレイはタンレンの腕の中でひどく狼狽えた。

「はは……嘘だよ。だけど出来るだけ早く帰るよ」

「タンレン様……」

「シュレイ、ひとつだけ約束してくれないか？」

「な……なんですか？」

「オレが急な夜勤になった時くらいは、家にいてくれないか？　もちろん一晩君に寂しい思いをさせるのは申し訳ないけれど、もしも早く帰ることが出来た時……早くと言っても真夜中だろうけど……真っ暗な部屋に帰ってきて、ベッドに君がいないことほど悲しいことはないんだよ。君が一人では寂しいように、オレだってもう一人は寂しい。君のいないあの部屋は寂しいよ」

「タンレン様……はい、約束します」

「愛しているよ」

「タンレン様……愛しています」

二人は深く口づけを交わした。


草原を子供達が楽しそうに走りまわっている。

ここまではしゃぎまわる子供達の姿を見るのは初めてだ。子供だけではない。フェイワンと龍聖もはしゃいでいる。

　こんなに幸せそうな家族を、シュレイは見たことがないと思った。

　ゆっくりと草原を歩きながら、竜王一家の幸せな様子をみつめた。いろいろと準備は大変だったが、『ピクニック』というものは、とても良いものだと思う。そうたびたび出来ることではないが、また実現してあげたい。

　なだらかな傾斜を登り、丘の上に立った。吹き抜ける風が城の上とはまた違って、草の香りがして心地いい。

　ふと視線を森に向けた。今頃は訓練と称して、タンレンが連れた兵隊達が、森の中を探索してくれているのだろうか？　そう思って眺めていたら、誰かが森の外に出てきた。

　それがタンレンだということは、遠くからでも分かった。

　シュレイの姿に気づいて大きく手を振っている。

「あんなに手を振ったら、兵士達におかしいと思われてしまうじゃありませんか……」

　シュレイは呆れたように呟いたが、手を振るタンレンが、きっと満面の笑顔なのだろうと想像が出来て、思わず笑みが零れる。

「子供みたいなんだから……」

　シュレイはそっと手を振り返した。

「誰に手を振ってるのかな？」

　突然後ろから龍聖に声をかけられて、シュレイは飛び上がるほど驚いた。

「べ、別に手など振っていません！」

「あ～……タンレン様だ！」

「リューセー様、お子様達が呼んでいますよ！　行きましょう」

シュレイは慌てて龍聖の手を引きながら、その場から逃げ出した。

「もう～……二人ともラブラブなんだから」

「リューセー様、からかわないでください」

シュレイが真っ赤になって怒ったので、龍聖は楽しそうに笑って駆けだした。

「もう……」

シュレイは溜息をついて、思わずクスクスと笑いだした。

『生きていても仕方ない』そう思っていた頃があった。でも今は『生きていてよかった』と心から思える。

今は愛する人がたくさんいるから……。

あとがき

こんにちは、飯田実樹です。「空に響くは竜の歌声　紅蓮の竜は愛を歌う」を読んでいただきありがとうございます。久々のフェイワン×龍聖です。

この本が発売されるちょうど三年前の二千十六年五月十九日は、一作目「空に響くは竜の歌声　紅蓮をまとう竜王」の発売日です。

そうです。デビューして丸三年になります。三年……早いですね。なんとかまだ作家として生き残っています。「空に響くは竜の歌声」も八冊目。三年で八冊というのが多いのか少ないのか分かりませんが、少なくともひとつのシリーズを八冊も出してもらえたのは奇跡だと思います。

そんな訳でいつも応援していただく読者様に感謝を込めて、一番人気のある九代目竜王フェイワンと龍聖の物語を、完全新作として書くことにいたしました。

さらにこちらも人気CPタンレンとシュレイの物語も新作書き下ろしです。今まで書いた中では一番長い話になっています。

そして以前からたくさんのご要望を頂いていた「短編集」を実現いたしました。一作目フェイワン編から五作目ルイワン編までのそれぞれの短編を集めましたが、我ながら結構書いてるな……と驚いてます。短編は、本編の「隙間」をいつも書いています。本編では割愛したような日常の小話ですね。

どうでもいいようなたわいもない話が多いですが、楽しんでもらえると思います。

小bに掲載されたシィンワン達の漫画も載っているのですから、もはやこれはお祭りですよね！

盛りだくさんの竜歌お祭り本！　厚さも歴代一位！

表題作「紅蓮の竜は愛を歌う」は、四人の子供達に囲まれて幸せいっぱいのおしどり夫婦フェイワンと龍聖のお話です。今回物語のキーになっているのが『龍聖誓紙』。覚えている方がいらっしゃるか分かりませんが、六作目「嵐を愛でる竜王」で初めて登場して、十一代目龍聖が「別にそこまでしなくても」と言っていた代物です。なぜ龍聖がそのようなものを書いたのか？　今回の龍聖は、すっかり『良き母』だし『王妃』だし、フェイワンの『恋女房』です。大きな事件はありませんが、夫婦愛、親子愛を上手く描けていたら良いなぁと思います。

同時収録の「深緑の竜は愛に迷う」は、タンレンとシュレイの話です。フェイワン達の話の「一方その頃」を描いた対となっているお話です。こちらの二人は相変わらずではありますが……。

この作品を書くにあたり「タンレンのシュレイへの想いが気持ち悪いくらいだというのを書きたいです」と、担当さんに対してにこやかに宣言しました(笑)。タンレンの愛は重いです(本人も自覚はある)。でもシュレイも大概こじらせているので、お似合いだと思います。

それから短編集ですが、それぞれのCPで扉絵をひたき先生が描いてくださっています。すべてお任せで、ひたき先生に自由に描いていただいたのですが、ホンロンワン編だけどうしてもとリクエストさせていただきました。「龍成は髷姿でお願いします！」の一言(笑)。

ホンロンワン様が本当に幸せそうで、イラストを見つめながら「ホンロンワン様、本当に良かったね……」としみじみと呟いていました。いつまでも眺めていられます。

いやあ……本当に素敵なイラストの数々に、うっとりしたり、ニヤニヤしたり大変です。お任せだったので、どんなイラストが届くか、担当さん共々ずっとワクワクしていました。幸せです。

厳しいスケジュールの中、ひたき先生には本当に感謝いたします。

今回の本は、本当に宝箱みたいで、作るのは大変でしたがとても楽しかったです。作者はこうして楽しんでいますが、担当さんにはぎりぎりまで頑張っていただき、たくさんご迷惑もおかけしてしまい、本当にありがとうございました。

ウチカワデザイン様にも、いつも素敵な本に仕上げていただき感謝いたします。

そしてここまで続けられたのは、皆様の応援のおかげです。これからも続けられたら嬉しいし、皆様に喜んでもらえるように、がんばって物語を紡ぎ続けたいと思います。

この本の感想などをお聞かせください。次回作へのパワーになります！

それではまたお会いしましょう！

飯田　実樹

初 出

空に響くは竜の歌声　紅蓮の竜は愛を歌う／書き下ろし

『紅蓮の竜』

睦言／コミコミスタジオ特典小冊子（2016年5月）掲載
仙姿玉質／とらのあな特典ペーパー（2016年5月）掲載
龍翔鳳舞／ビーボーイ&ダリア　ノベルフェア2016スペシャル小冊子掲載
歡無極／ビーボーイ&ダリア　ノベルフェア2016スペシャル小冊子掲載
好きということ／フリーペーパー（2016年8月）掲載
夫婦喧嘩は竜も食わない／フリーペーパー（2017年3月）掲載
蝸角の争い／アニメイト特典ペーパー（2016年5月）掲載
月に帰らぬかぐや姫／小説ビーボーイ（2016年夏号）掲載
掌中之珠／とらのあな特典ペーパー（2016年6月）掲載
父子相伝／アニメイト特典ペーパー（2016年6月）掲載
不機嫌な君が愛おしい／フリーペーパー（2018年8月）掲載

『暁の竜』

能ある鷹は褒め殺す／アニメイト特典ペーパー（2017年2月）掲載
密談／コミコミスタジオ特典ペーパー（2017年2月）掲載
幸せの継承／小説ビーボーイ（2017年春号）掲載

学生服と満天の星／小説ビーボーイ（2017年春号）掲載

『黎明の竜』

初めての贈り物／とらのあな特典ペーパー（2017年8月）掲載
其は我が腹心／アニメイト特典ペーパー（2017年8月）掲載
触れえぬ宝／コミコミスタジオ特典ペーパー（2017年8月）掲載

『天穹の竜』

新妻の心得／とらのあな特典ペーパー（2017年11月）掲載
終の棲家／アニメイト特典ペーパー（2017年11月）掲載
ちからひと／コミコミスタジオ特典ペーパー（2017年11月）掲載

深緑の竜は愛に迷う／書き下ろし

竜の歌声
MIKI IIDA
飯田実樹
ILLUSTRATION
HITAKI
ひたき

『空に響くは竜の歌声　紅蓮の竜は愛を歌う』をお買い上げいただきありがとうございます。

この本を読んでのご意見、ご感想など下記住所「編集部」宛までお寄せください。

アンケート受付中

リブレ公式サイト　https://libre-inc.co.jp

TOPページの「アンケート」からお入りください。

空に響くは竜の歌声
紅蓮の竜は愛を歌う

著者名　飯田実樹

発行日　2019年5月17日　第1刷発行

発行者　太田歳子

発行所　株式会社リブレ

〒162-0825 東京都新宿区神楽坂6-46 ローベル神楽坂ビル
電話　03-3235-7405（営業）　03-3235-0317（編集）
FAX　03-3235-0342（営業）

印刷所　株式会社光邦
装丁・本文デザイン　ウチカワデザイン
企画編集　安井友紀子

Printed in Japan
ISBN 978-4-7997-4318-8